MARTA ROJAS

SANTA LUJURIA

EDITORIAL LETRA VIVA
CORAL GABLES, LA FLORIDA

SANTA LUJURIA O
PAPELES DE BLANCO

MARTA ROJAS

A mi hermana Mirtha Gregory, a Greshom
y a Charles en New York

MARTA ROJAS

AGRADECIMIENTOS

Al desaparecido académico doctor Jorge
Du Bouchet, especialista en heráldica,
por introducirme en el estudio de familias
cubanas de abolengo.

El tiempo es olvido
y es memoria
JORGE LUIS BORGES

MARTA ROJAS

ANTES DE EMPEZAR
Como hice esta novela

A finales de los años ochenta del pasado siglo, asistí a una exposición de pintores cubanos y españoles del Siglo XIX que abarcaba dos pisos del Palacio de Bellas Artes, en La Habana. Como en todas las muestras pictóricas esta tenía un catálogo en el cual estaban incluidas las reproducciones de las obras y una pequeña biografía de cada autor.

Fue una muestra realmente reveladora para mí porque aparecían muchos retratos de personajes famosos de la época colonial y otras estampas de la vida en Cuba, tanto urbana como rural y sobre la navegación y navegantes de referido Siglo XIX. Entre los retratos que me llamó la atención estaba uno titulado *El marino*. Busqué información en el Catálogo y esta no solo me llamó la atención sino que no pude de dejar de pensar en lo que decía en uno de sus breves párrafos: "El marino, obra de Vicente Escolar, el pintor negro que murió blanco".

Le pregunté a un pintor muy importe que estaba cerca de mí a quien conocía mucho, pues colaboraba como crítico de arte en el mismo diario donde yo trabajaba, por qué se dec*ía de Vicente Escobar que había nacido negro y había muerto blanco.* Con admirable sinceridad me dijo que él no lo sabía pero que siempre se decía eso de él y prometió buscarme información, aunque lo más importante de él era que Escobar había pintado en la Corte de España, tal vez, me afirmó, el primer cubano que pintó a la nobleza allí, Y me agregó que era muy buen retratista y lo buscaban porque tenía probado talento como fisonomista, de manera que los dignatarios y damas de la Corte no tenían que posar por mucho tiempo.

Aprecié su explicación pero no quedé conforme pues no encontraba razón en aquel párrafo de su breve biografía. Seguimos recorriendo la Exposición y me mostró una pintura que había de él en la Iglesia de Santa María del Rosario, una localidad o villa de la Habana rural donde –me dijo—contrajo matrimonio el gran escritor cubano Alejo Carpentier quien hacía unos días había ganado el Premio Miguel de Cervantes, el cual recibió en Alcalá de Henares. Toda la información era válida pero no despejaba la incógnita.

Seguí buscando información. Como la mayoría de los periodistas y escritores, sobre todo los novelistas, me quemaba la curiosidad. Como en la Televisión se presentaba (aún ahora en 2013 se presenta) un programa de participación titulado "Escriba y Lea" en el cual destacados profesores deben descubrir, apenas sin datos significativos quién es quién, a qué personaje histórico o a qué hecho responden pinceladas insignificantes que se ofrecen sobre alguien o algo, e incluso una frase determinada traté de ver a algunos de esos sabios profesores. Un día abordé en la calle, saliendo de la Biblioteca Nacional, al profesor Du Bouchet, uno de los integrantes del referido Él, entonces el más destacado de los panelistas, no lo sabía porque decían eso de Vicente Escobar, pero me ofreció la pista que yo necesitaba: "Marta --me dijo--, mi hermano Jorge es especialista en heráldica, ve a verlo tal vez eso tenga que ver con el apellido o las reglas del linaje...No sé si bromeaba pero fui a ver al doctor Jorge Du Bouchet, quien en esos días había sido elegido miembro de la Academia de la Lengua Española, en Cuba. Lo abordé en el propio acto de investidura efectuado en la residencia de la poetisa Dulce Maria Loynaz, sede entonces de la Academia

Me invitó a su casa para darme la respuesta. Fui y gentilmente me respondió la pregunta de ¿por qué Vicente Escobar nació negro y murió blanco?

Su respuesta fue inmediata pero no me despejaba aún toda la incógnita. Él lo comprendió --creo que le agradaba el suspenso-- y me llevó a su biblioteca, tomó un libro de documentos encuadernados y me lo mostró. Dijo:

— Aquí están las Cédulas Reales que se relacionan con tu pregunta. La que responde ese por qué sobre Vicente Escobar el pintor. Es esta Cédula se llama: "Gracias al Sacar", una legislación del Reino de España para Ultramar, o sea, para el Nuevo Mundo. La Gracia Real, mediante determinado pago legaliza lo mismo la tenencia de un valor que la calidad de una persona, una especie de pase para ascender en la sociedad y poder entrar en la corte, seguramente no lo hubiera podido entrar allí a hacer retratos sin esa Gracia El caso del pintor Vicente Escobar y miles de personas en América Latina se contrae a las Gracias al Sacar. O sea, mediante dinero e influencia en la Corte hasta se podía cambiar de raza. A Vicente Escobar le compraron los papeles de blanco. Al nacer había sido inscripto en el Libro de Negros, en la iglesia correspondiente y al morir, como tenía esa Gracia de Papeles de Blanco pues lo inscribieron en el libro de blancos. Mira que fácil se podía nacer negro o indio y morir blanco en el Nuevo Mundo".

Lo demás fue una erudita pero amable conversación con Jorge Du Bouchet sobre heráldica y leyes de ultramar de España para sus colonias. A partir de ese momento solo pensaba en la conversación con el académico.

Se me ocurrió escribir una novela sobre Vicente Escobar, hurgué en su vida pero los episodios que vivió no fueron —con excepción del valor de su obra como retratista, fisonomista— no me ofrecían ningún nudo dramático. También se ocurrió escribir un artículo periodístico, más me retracté, era como regalar un "tesoro" de argumento. Yo tenía en mi agenda un próximo viaje a España, para reportar, como periodista, una gira de la orquesta Aragón y otros artistas, entre ellos la cantante Annia Linares. Esa gira comprendía la región de Andalucía y por supuesto la ciudad de Sevilla e modo que decidí esperar antes de publicar algo sobre el pintor porque el doctor Du Bouchet me había contado, con las copias de expedientes de heráldica en sus manos que había muchas personas ilustres en la historia de América que eran blancos solo de papeles por la Cédula pertinente y alguno o algunos alcanzaron blasonas reales aunque en este caso fueron los menos porque para ello se requería un árbol genealógico.

Por las mañanas, ya en Sevilla, mientras los músicos y demás artistas dormían luego de sus presentaciones y celebraciones nocturnas yo iba al Archivo de Indias. Tuve acceso franco porque el entonces alcalde de Badajoz, en Extremadura era de apellido Rojas y bromeando me dijo que éramos parientes pues un Rojas estuvo en los primeros tiempos de la colonización en Santiago de Cuba y hasta fue gobernante allí. Entre bromas le expliqué mi interés y él me puso al habla con la persona indicada en el Archivo de Indias y hasta me regaló un pergamino con el escudo heráldico de los Rojas.

Ya en el Archivo de Indias me interesé por los expedientes de Gracias al Sacar relacionados con blasones reales. Y ahí estaba el expediente de Francisco de la Santa Rita Filomeno, Ponce de León y Criloche. Obviamente por el árbol genealógico compuesto para él, se trataba de un descendiente directo de Ponce de León, descubridor de la Florida, el mismo que se encaminó a esas tierras buscando el manantial de la eterna juventud.

¡Ya tenía a mi personaje!

Lo demás, en el Archivo de Indias, fue investigar sobre otras cédulas que pudieran tener relación.

En el expediente de Filomeno aparecía el nombre de la ciudad de San Agustín de las Floridas (oriental y occidental) como se decía en siglos pasados.

De Sevilla la gira artística se encaminó a Cádiz y el entonces alcalde y después diputado a las Cortes, el señor Francisco de Perales, a su vez amigo de Rojas, me recibió. Le conté a grandes rasgos lo que me proponía hacer y él personalmente me acompaño en un recorrido por los lugares más antiguos de la ciudad, que tenían conexión con lo que pudiera ser la trama, entre esos lugares están el Callejón de los Negros y la Plaza del Mentidero sitios que resultaron importantes para mí. Recuerdo que la Alcaldía tenía una revista titulada Cádiz—Iberoamérica, y entre sus portadas había una dedicada al pintor Alberti y otro número era una Flora del cubano René Portocarrero.

A mi regreso a Cuba, sin abandonar el trabajo periodístico cotidiano, sobre temas culturales, sobre todo, dediqué varios meses a buscar en la Biblioteca Nacional. Algunos referentes de Francisco Filomeno y solo encontré uno en un volumen sobre abogados ilustres, era escueto pero me ofrecía un contexto desde el cual podía dar rienda suelta a la imaginación, sin que se perdiera la verosimilitud.

Fue algo importante para mí el hecho de que a finales de los años 50 del siglo XX, cuando yo estaba trabajando, como novel periodista en la Sección en Cuba de la revista Bohemia, fuera enviada a Nueva York, donde Bohemia tenía una oficina para ser adiestrarme allí en el uso del teletipo y en general sobre el periodismo moderno, con el representante de la revista allí, un destacado periodista: Vicente Cubillas, que incluso había entrevistado al Presidente Eisenhower, y un excelente fotógrafo Osvaldo Salas.

La conexión del mencionado ese hecho ocurrido tantos años atrás, con la creación de la novela que ya había comenzado a escribir, fueron los medios de transporte que había utilizado entonces para trasladarme de La Habana a Nueva York. En vez de tomar un avión –con el deseo de ahorrar—tomé el vapor Florida rumbo a Miami y seguí con curiosidad las incidencias y paisajes, hasta Miami y desde allí me trasladé a Nueva York en ómnibus, por una ruta que hacía escala en varias ciudades, entre ellas San Agustín de la Florida. Almorcé en San Agustín el ómnibus turístico le dio una vuelta:

Vi su había de barras, el Cuartel de San Marcos, la Iglesia, las edificaciones más antiguas y me parecía que estaba en La Habana Vieja. Obviamente no pensé en aquella ocasión que tanto las imágenes de la travesía por mar como ese breve recorrido por San Agustín los recrearía tantos años después en **Santa Lujuria**.

Como fue tan breve mi paso por San Agustín traté de buscar algunos mapas y postales, en eso estaba en 1992. No estaba conforme con la recreación que estaba haciendo. Pero, afortunadamente, ese era el año del V Centenario del Descubrimiento de América por Cristóbal Colón, o Encuentro de dos Culturas, que también se le llamaba en Cuba, de esa forma. Hubo un Encuentro Internacional en el palacio de las Convenciones, al cual fui invitada por el doctor Antonio Núñez Jiménez, geógrafo y entonces Presidente de la Academia de Ciencias de Cuba.

En uno de los recesos conversé con el poeta y escritor Miguel Barnet, quien en breves día iría a Estados Unidos y le pedí que me buscara algunos elementos aunque fueran folletos turísticos sobre San Agustín de las Floridas. Al mencionar San Agustín, un invitado norteamericano se volvió hacia mí, que había pronunciado ese nombre "mágico" y me dijo en perfecto español: *Yo soy de allí, mi familia es de San Agustín, me llamo James Early y trabajo en el Smithsonian, en Washington, te puedo mandar esa información"*, se lo agradecí y no demoró mucho en enviarme mapas de lugares y folletos. También me dijo que una estudiante que él conocía vendría pronto a Cuba para buscar información histórica para la tesis de doctorado que estaba haciendo y podía pedirle a ella cualquier otra información porque era de San Agustín. No recuerdo su nombre, pues la vi solo unos minutos en el Hotel Inglaterra, pero con suficiente tiempo para pedirle un patrón o censo de San Agustín de la etapa que trataría en mi novela. Igualmente amable me dijo que me lo buscaría porque James le había hablado de mi interés. Con ese patrón, incompleto que ella me mando después, pues le dije que yo solo necesitaba algunos apellidos que hubieran podido tener cierta vida social o política en San Agustín, tomé nombres que incorporé en una gran fiesta que ofrecería el padre de Filomeno en su casa Agustina, o sea el Marqués de Aguas Claras, don Antonio Ponce de León y Morato.

También ubiqué la casa del marqués en La Habana Vieja, donde hoy está situado el restaurante El Patio.

Se sentí perfectamente preparada para meterme de lleno en la escritura de la novela.

Entonces yo no tenía computadora en mi casa y usaba las del periódico, cuando Tháis Estrada, la meca copista más rápida que he conocido en mi vida, terminaba su tarea., sobre las once de la noche. Muchas veces yo le dictaba a ella borradores para andar más rápido porque tenía toda la novela en la cabeza y yo escribía más despacio.

Aún permanecía en la redacción el diseñador hasta la madrugada, era el gran caricaturista y pintor Santiago Armada (Chago) por si ocurría algún cambio en la primera página y él, para no aburrirse solía sentarse a mi lado y leía pedazos de capítulos.

Chago había estrenado en Cuba con un valor estético extraordinario el dibujo y la pintura erótica. Leyendo lo que yo escribía, a veces se reía de algunos pasajes y un día me dijo: *"Te voy a hacer una pintura que puede servirte de portada para esta novela "*, obviamente cumplió su palabra. Fui a su casa y me mostró varias de las que había realizado pero él mismo, como lector de pasajes de Santa Lujuria me dijo: *"Esta te sirve"*, La había titulado **Vasallo a caballo,** *"así sería la Conquista y colonización erótica de las Indias por parte de los españoles, ¡a caballo!"*, agregó.

Chago murió del corazón poco tiempo después, bien joven todavía, pero en la trama de Santa Lujuria está su nombre impreso en esta cápsula de un pasaje *"(...) y como si todo ello no bastara para turbarlo, también le venía a la mente la tapa se cuero repujado del libro Vasallo a caballo, elaborada por don Santiago Armada, diz que este tenía buena pinta de Quijote..."*

Marta Rojas
18 de Febrero, 2013.

PRIMERA PARTE

I

Se tendió en el catre forrado de lona que tenía en su despacho para dormir la siesta en las tardes de estío. Con la cabeza sobre un almohadón y el cuerpo relajado, sin chaqueta y sin la pechera de encaje sobre la camisa de lino, don Antonio Ponce de León y Morato, marqués de Aguas Claras, buscó lo que más le interesaba del arancel *Gracias al sacar*. Soltó una zapatilla. Luego la otra:

—Umnn... ¡Ya... Aquí está!

Lucía elegante aun echado al descuido en aquel catre. Tenía los ojos pardos, los párpados angostos, y la mirada alegre. Se le insinuaba el vientre pero no era grueso. Con treinta y ocho años de edad le decían «el joven viudo».

El amanuense lo observaba desde su puesto de oscuro escribiente esperando solícito la orden que debía cumplir. Bastante que lo conocía, por eso permaneció más tiempo en el escritorio. No creyó prudente —si el marqués estaba leyendo cuidadosamente un arancel dictado por el rey— darle paso a la otra cuestión de índole personal que, como de costumbre en esos meses y más o menos a esa hora, ventilaba en el escritorio. Asunto por demás bastante ajeno a las responsabilidades de su cargo como Abogado de Audiencias Reales de Santo Domingo y México.

—«Por la dispensación de la calidad de pardo deberá pagarse 700 reales de vellón —leyó el marqués aún echado en el catre—, y por la dispensación de la calidad de cuarterón y quinterón deberá servirse a la Corona del reino de España con 1000.» ¡Pues aquí es donde incluiremos a Filomeno! —exclamó.

—¿Diga, señor?

—¿Acaso no oye usted?: Se trata de los papeles de blanco y del apelativo de don que debemos comprarle a Filomeno; tendrá dieciocho años de edad... Por cierto, vea usted, es más barato comprarle al muchacho los papeles de blanco para que pueda ejercer una profesión digna, que pagar la gracia para poner cadenas en las puertas particulares, lo cual según este arancel costaría 10 000 reales. Y legitimaciones, 25 000. El apelativo de *don* mucho menos, desde luego... ¡Umnn...! El privilegio de hidalguía cuesta 107 000 reales. Es demasiado, ¿no cree usted? El hidalgo no debería pagar por sus derechos *per se*, ni hereditarios. ¡Al diablo!

Molesto por esa última cláusula de las *Gracias al sacar,* don Antonio se quitó la peluca y la tiró al piso; y el amanuense saltó presuroso de su alta silla de escribiente para recogerla.

—Don Armando.

—¿Don, señor? —se extrañó el amanuense.

—Eso dije. El asunto de Filomeno me apremia. Y algo más, no tengo noticias de Isabel de Flandes... Escuche bien, don Armando: Albor Aranda, *El Catalán,* y no otro navegante porque, desgraciadamente, es de los buenos buenos en esa ruta, deberá preparar mi viaje a San Agustín de Las Floridas. En el *Saeta* y sin pérdida de tiempo. Embarque lo mejor para una recepción, no repare en gastos. No debe olvidar las sábanas de Holanda, la vajilla, y el *Eros y Psiquis* de Lepine que trajimos de Aranjuez. Ese reloj lo llevaré conmigo en el camarote, es para el *aya* de Filomeno —era locuaz, pero ese día el amanuense lo encontraba radiante de felicidad, tal vez por el próximo viaje a San Agustín.

Don Antonio se estiró en el catre para quitarse el fajín que le ajustaba. Entregó al amanuense los papeles que había estado leyendo, suspiró profundo, y frotándose contento la bragueta, hizo una reflexión en voz alta:

— ¡Ay, caramba... carambita y carambola! ¡Ay, caramba!, señor mío. ¡Ay, caramba...!, estas cosas complicadísimas en un género tan peliagudo solo me suceden a mí, y ya no lo puedo remediar, mi Dios. Ni quiero, caramba, carambita, porque, ¡ay!, cómo me hace sentir de bien... Se dice y no se cree; increíble, don Armando, usted es testigo: me ocurre a la misma hora... mecanismo de relojería. Si lo supiera Carlos IV... Ningún reloj como el mío. Ese licor perlino o nacarado y dulzón es el secreto de la lozanía.

— ¿La mulata recién parida, señor? —le preguntó el amanuense.

—Sí, ¿qué está usted esperando?, mire la hora que es. ¿Tenía que decírselo?, ¿no tiene noción del tiempo? Mis asuntos personales son tan importantes como los demás. Acabe de llamarla y márchese de una vez, buen hombre. Váyase al diablo y tranque el portón y la cochera. Mientras ella esté amamantando, esta casa se cierra a las cuatro de la tarde para todo el mundo, que nadie me importune; resuelva usted. Además, recuérdeles a los amigos que guardo luto riguroso de mi difunta esposa, que Dios la tenga en la gloria.

Sintió sus pasos.

—Ven —le dijo, y la mulata Caridad entró con el niño en brazos.

—Ponlo en la estera, está por ahí enrollada, detrás del mueble de la iglesia, el reclinatorio —ella lo obedeció.

— ¿Su merced apetece un vino tinto ligero, chocolate o café? —aunque formulada la pregunta con alguna timidez, había en ella un tono de ironía.

—Ya es hora, muchacha, ya es hora, para ustedes el tiempo..., como si no existiera, ¡que barbaridad...! —volvió a suspirar profundo—. Deja a tu hijo en la estera, que del suelo no se va caer, y acaba de venir acá a atender al padre; lo tienes en ayuno desde las cuatro de la mañana, hace doce horas que no me das nada. Hambriento y en continencia total. No soy un monje para hacer penitencia, es demasiado esperar, leyendo papeles y más papeles. ¿Acaso me lo merezco? Tu hijo ya está criado, como aquel que dice.

Después del sermón se ladeó en el catre acomodando la cabeza en el almohadón de raso relleno de plumas.

—¿Por qué me preguntaste, desgraciada sinvergüenza, si yo querría un tinto ligero, chocolate o café, cuando sabes muy bien qué es lo que tanto apetezco de ti ahora que se te desborda? Agarra los cojines, acomódate como mejor te plazca, yo me adaptaré a tu conveniencia una vez más, y acaba de dármela, que el muchacho está lleno. No quiero que la leche se te haga queso en las tetas, con lo bien que te alimento. Mira eso cómo las tienes, tu blusa está empapada y hasta con el paño que te pusiste se traspasa, ¡qué barbaridad! Ven, déjame aliviarte un poquito, que han de pesarte demasiado.

Desabotonándole el corpiño a la esclava, empezó a mamar con la torpeza y candor de un párvulo y luego con lascivia. Al rato, la esclava, sujeta por la boca del amo que succionaba, suplicó:

—Su merced, ya; ya, su merced —insistió—.Ya, su merced..., su merced, después me van a doler; me la sacó todita, mi amo, estése tranquilo —don Antonio se desprendió de los pechos de Caridad acuciado por otro deseo irreprimible, provocado por el inveterado hábito, e, incorporándose, le exigió lo inusitado:

—Ve a preparar enseguida el aposento de mi difunta esposa, tu *castísima* ama Merceditas. Yo no puedo aguantar más las ganas que tengo de fornicar hasta que me canse en esa dichosa cama.

Caridad, perpleja, replicó:

—En el cuarto de la difunta Merceditas no; donde le echaron los santos óleos no, mi amo; allí la amortajé y tendieron el cadáver, ayer mismito fue. Pídame que le haga otra cosa que el cuerpo suyo necesite para contentarse más, pero eso no.

El marqués abandonó el catre, se abrió la camisa, y bajándose los calzones hasta donde pudo, develó su espabilado atributo, reluciente entre sus piernas peludas. Tuvo que sentarse en la silla del escribiente para que la esclava lo ayudara a terminar de quitarse los ceñidos calzones.

—Perversa, no me contradigas; conmigo no se juega. Ya que acabaste de sacarme este martirio de calzón, ve y prepara el cuarto de la difunta; anda, estoy más disparado que otras veces; el licor perlino me hace el efecto de una yesca. ¿Te das cuenta?, no puedo esperar a que cambies de parecer.

Trataba de ser persuasivo, pero Caridad estaba anonadada, no por lo que veía, a lo cual estaba habituada, sino por el capricho del amo de fornicar en el dormitorio de la difunta, porque en vida la había estimado y se decía que, muerta, andaba reclamando compañía.

—Convéncete de que lo quiero hacer ahora —insistía el marqués—; no esperaré otras doce horas, ni tengo que suplicar a quien debe obedecerme. ¿O hago uso de mi *derecho de bragueta*? ¿Se te apagaron los ojos? ¿Perdiste el habla, ladina?

—No, no, lo sé, lo veo; veo de qué forma se le ha enderezado sin los calzones apretados esos y lo terca que se le manifiesta —describió Caridad ganando tiempo con la apología de la verga del amo, y él, imperativo, le ordenó tocarla.

—Anjá, ¿te das cuenta? Aunque estoy seguro —añadió— de que en esa bendita cama se manifestará mucho mejor. Si con solo pensarlo mientras me dabas de mamar sucede esto... Pero, bueno, creo que soy el único amo que da explicaciones a los esclavos. Cógela sin tanto remilgo, que yo te sienta. ¡Ajá! ¡Anjá! ¡Ajaa, ajaa! ¡Así, así...!

La esclava pensó que ésa era la gran oportunidad que no debía dejar escapar para hacer que él olvidara el capricho de copular con ella en la cama de la muerta, de modo que no solo la tocó sin remilgo, como él exigía. Don Antonio se dejó entretener un rato con el ludimiento de Caridad, pero al cabo interrumpiría el juego porque lo que hacía la esclava se estaba convirtiendo en un *sabichoso* acto de insumisión y franca rebeldía contra el *derecho de bragueta*. Entonces le advirtió:

—Si me desobedeces voy a quitarte al chiquillo, porque es de mi propiedad. Si no haces lo que te mando, adiós chiquillo. Aunque no puedo negarte que me resulta placentero tu trajín, mucho más ahora aprovechando la ocurrencia que he tenido de escarrancharme con gusto arriba de esta silla zancuda. ¡Ah, mira!, levanta un momento la cabeza, levántala, anda, ve y trae para acá ese mueble, el reclinatorio de mi comunión, y arrodíllate delante de mí. Tráelo. ¡Anjá!, la altura perfecta. ¡Qué idea la mía! ¡Oh!, ahora de esta forma maravillosa... ¡Santo Padre!, qué bienestar me provoca lo que me haces, ladina maldita... ¿Dónde voy a parar?, me siento como Luzbel en el paraíso. Riquísimo, sinvergüenza; otra vez, de nuevo; riquísimo, malvada. ¿Quién lo creería? Tú ahí, tomando la comunión. ¡Santo cielo...!, ¡qué bienestar! ¡Jesucristo! ¡Madre mía! ¡La gloria...! Venírseme a ocurrir ahora, cuando hacía tanto tiempo...

No se estaba quieto en la silla, jadeaba, y Caridad creyó que lo había hecho olvidar, definitivamente, el capricho de llevarla al aposento de la difunta, pero lo que oiría después volvería a preocuparla:

—No porfío, es un gustazo de padre y muy señor mío

—empezó por decirle, asido a los brazos de la silla zancuda—, pero desde el principio —susurró con voz cascada— adiviné tu plan, no me engañaste: estás buscando que me ocurra aquí, si yo me dejo llevar por este contento que no tiene nombre. Anda, continúa.

Sus palabras quedas fueron seguidas del silencio y la aún más visible demostración de regocijo. Ello renovó las esperanzas de la esclava de que al fin y al cabo su juego terminaría haciéndolo desistir de yacer en la cama de la muerta. Pero se equivocaba.

—Lo voy a hacer contigo ahora en la cama de la difunta Merceditas. ¿Quieres saber por qué? La pardita Lucila fue quien estrenó esa cama conmigo; lo haré para recordarla mejor. ¡Ah, muchacha!, tú no sabes nada de Isabel de Flandes, nadie sabe nada de lo que hubo entre nosotros hace mucho tiempo. Bueno, ya basta —dijo de pronto don Antonio, pero sin soltar los brazos de la silla zancuda e induciéndola con gestos maliciosos a que siguiera—. ¿Vas a parar o no? Antes no veías y ahora no oyes. Está bien, sigue, pero yo te advierto que gozaré contigo en el dormitorio de la muerta. Te está hablando tu amo. Aviso de nuevo que si me sucediera aquí arriba de la silla lo que me estás provocando con esta chifladura, y lo estoy sintiendo venir, no me pidas perdón, olvídate para siempre de tu hijo, y de todos modos yo te voy a llevar al aposento cada vez que me entre gana de fornicar con Isabel de Flandes.

No paraba de hablar:

—Bien, sigue comulgando así, mulata, que te vea la garganta cuando lo recibas. Para eso te he hecho arrodillar en el reclinatorio de la comunión. Bendita fe tienes, ladina. Te sabe mejor que la desabrida hostia, ¿verdad?, pues guarda en tu boca el cuerpo del Señor, que así manda el sacramento de la comunión —decía su estribillo.

Caridad se asustó.

—¡Tenlo, maldita!, vas a hacer lo que te mando porque me has convencido de que prefieres jugar con mi cipote amaestrado y no con tu indefenso crío recién nacido; que si no me aguanto por culpa tuya, no volverás a ver al muchacho nunca más en tu desgraciada vida.

Con esa amenaza, tan avanzado su juego, Caridad lo dejó en ascuas y corrió a levantar a Graciano de la estera apretándolo contra su pecho. Lloraba en silencio y el crío gritaba.

—No me lo quite... No me quite a mi hijo, su merced, haré lo que usted quiera —le dijo temblado de miedo—. Yo me voy ahora mismo a arreglar el cuarto —aceptó.

Pero él no la dejaría marcharse. Bajó de la silla zancuda alborotado como estaba y la agarró por un brazo:

—Ahora estoy más antojado que antes. No te irás de mi lado; vamos allá esté como esté el aposento, *Isabel de Flandes* —dijo don Antonio al tiempo que le levantaba la enagua haciéndola caminar delante de él por el corredor, sin importarle que los esclavos lo estuvieran viendo a pleno día en esas condiciones—.Vamos, que harás lo que yo desee, *Isabel de Flandes* —insistía desmandado por completo.

—Yo no soy Isabel de Flandes, yo soy Caridad; me llamo Caridad. Yo no soy Isabel de Flandes, ya se lo he dicho; fíjese, fíjese bien en mi cara, fíjese, amo —se atrevía a contradecirle, aun sollozando, en el trayecto a la habitación de la difunta.

—Eso que me pides, pretensiosa, que yo me fije en tu cara para no confundirme, me provoca risa, cuando otro dueño te castigaría por insolente y atrevida. Yo me fijo cómo columpias las nalgas y basta —le contestaba don Antonio e iba lijándose entre ellas la verga con fruición.

Para poner las cosas bien en su lugar, decía:

— ¿Que no eres Isabel de Flandes? ¿Y no voy a saberlo? Eres lo que yo desee. Escucha, ya quisieras tú parecerte a Isabel de Flandes... Calma, después que jugaste como te dio la gana con el mono amarrado tratando de hacerme cambiar de idea, no estés tan apurada por entrar al dormitorio de la muerta. Camina despacio, para fijarme bien —y continuaba lijándose con el mismo deleite—. Lo que pueda pasar antes de llegar será culpa tuya, por desobedecerme, y ¡adiós muchachito! —dijo.

A Caridad le parecía infinito el camino, mientras él no cesaba de restregarse y hablar:

—Me pediste que te identifique, que me fije en tu cara. Me dijiste «fíjese, amo, yo no soy Isabel de Flandes, yo soy Caridad», o algo así. Pues eso de fijarme en quién eres tiene que ser de la forma en que lo vengo haciendo con este cipote resbaladizo como yo quería: *lubricona*, casi tan *lubricona* como Lucila, pero no igual que ella... Cómo me gusta... La enagua afuera. Mejor, sin tantos trapos que me obstruccionan, que me importunaban mucho para poder complacerte en lo que me pediste. Por fortuna para ti, tengo el cipote deslizante mejor amaestrado de lo que pensaba para lujuriar en tu poza, *lubricona*, y tal vez, gracias a eso, conserves a tu hijo.

—Mi amo...

—Silencio, estoy identificándote como tú quieres, pero por donde único yo soy capaz de reconocer a las mujeres que no son aquella pardita llamada

Lucila, *Isabel de Flandes*, la que me desató este demonio bendito, Luzbel con alas de ángel... ¡misericordia! ¡Cristo rey, ya no aguanto! —exclamó el amo abrazado a la cintura de Caridad, pero ésta logró zafarse, y apurando el paso entró al cuarto temblando de miedo, sin desprenderse del pequeño Graciano.

Después de complacerlo hasta el anochecer en todo lo que él quiso, mientras la nombraba Lucila o Isabel, Caridad salió del aposento y anduvo persignándose por cualquier parte. La vieja negra Inés María, que la había estado observando santiguarse, la abordó en la cocina cuando la muchacha fue a buscar el pozuelo de caldo de paloma que reclamó el amo para antes del baño, y le habló sin tapujos:

— ¿Y qué bochorno es ese que te traes tú, mulatica? La necesidad hace parir mulatos. Déjate de tanta vergüenza. Dale gracias a Dios o a quien te proteja, para que el amo le dé la libertad a tu hijo y oficio principal, como al niño Filomeno, que van a hacerlo blanco, yo lo oí... En cama de difunta con sábana de holán es mejor que esclava de barracón. ¿Y qué más te da que te nombre Isabel de Flandes o te diga Caridá?

Los esclavos de la Casa de Aguas Claras conocían una parte de la historia de doña Isabel de Flandes, como también el hecho de que la pardita así nombrada no parecía haber perdonado a don Antonio por causa del triste suceso que rodeó la venida del niño Francisco Filomeno a este mundo.

Isabel de Flandes, cuyo nombre verdadero era Lucila Méndes, se convirtió en un personaje muy mentado. Se recordaban los pormenores.

II

Apenas le había alcanzado el tiempo a la negra Aborboleta para atender a su hija, porque tan pronto se escuchó el llanto del chiquillo que acababa de expulsar la pardita Lucila, en presencia del amanuense de don Antonio y del presbítero Ruiz, éste le echó a la criatura el agua del bautizo sin bendecirla siquiera. El marqués esperaba en el coche — frente a la puerta de la casa— con la nodriza para el crío, y mandaderas de algunas blancas chismosas curioseaban para contarles a las amas detalles del paritorio, porque la comidilla era que la pardita había traicionado los lazos afectivos que la unían a su hermana de leche, Merceditas Criloche, la esposa del marqués, aunque había hecho creer que un mayoral de la finca de don Antonio la había violado y que por eso él se haría cargo del paritorio y de lo demás...

Las amigas de Aborboleta, en su mayoría negras nodrizas como ella, rodearon la mesa donde la pardita Lucila Méndes acababa de dar a luz formando con sus pechos un cerco macizo de tetas, para que ni el presbítero ni el amanuense pudieran impedir que Aborboleta le hiciera al nieto el *resguardo de zurrón,* y lo identificara con la figura de la mariposa bien visible, rayándole la piel en el dorso de una de sus pálidas manitas.

—Como hice contigo en el muslo, porque naciste mujer; una niña muy preciosa —le dijo Aborboleta a su hija Lucila cuando rayó al niño Filomeno, porque sabía que se lo iban a llevar.

Impaciente por la tardanza del alumbramiento, el marqués en persona entró aquel día al cuarto y cargó con la criatura envuelta en una sábana bordada con las iniciales de Lucila Méndes.

Aborboleta se le enfrentó con su corpazo, desafiándolo:

—Si le quita a mi nieto los resguardos que le puse, no hay quien le saque de adentro a usted, don Antonio, el mal que le deseo —le advirtió.

A los pocos días, Filomeno se iba en diarreas en la Casa Cuna del Patriarca San José. La nodriza había bebido cocimientos para provocárselas, en venganza por la muerte de su propio crío recién nacido, de quien la habían separado para que viniera a alimentar al otro, a Filomeno, hijo del marqués de Aguas Claras con la pardita Lucila.

Las diarreas de Filomeno ocasionaron que Lucila se plegara a las exigencias de don Antonio, quien la hacía llevar y traer varias veces al día desde la casa de Aborboleta a la Casa Cuna del Patriarca San José, para que el niño mamara. Decían los de la cofradía que don Antonio trataba a Lucila como a una esclava aunque era una parda libre, y que llegaría el día en que, secos sus pechos a los catorce meses de estar amamantando, no la dejarían entrar al hospicio, ni sabría más de Filomeno. Pero no se atrevió a romper con don Antonio, esperanzada en que le devolviera la criatura. Él le decía que el niño había sobrevivido y gozaba de buena salud, y que algún día, cuando lo dispusiera, estaría con ella. Pero a los dos o tres años empezó a dudar; supuso que el niño había muerto, tal vez después que lo destetó, aunque por más que lo llamaba en los ritos religiosos, en cada tambor, no se presentaba como difunto, y volvía a renacerle la esperanza.

Quiso cambiar de vida: Aborboleta le pediría ayuda al marqués para regresar a Santiago de Cuba, de donde habían venido. Por supuesto que él se apresuró a complacerla: le convenía alejarla de La Habana, ya que Merceditas Criloche —su esposa— y el hijo de matrimonio, aunque vivían, estaban muy delicados de salud. Además, Aborboleta invocó el favor del santo y de sus muertos y de sus poderosos dioses... Si a algo le temía don Antonio, era a los poderes mágicos que él dimensionaba. «Que todos los tiene esta maldita bahiana tetona, nacida en asiento de portugueses, de negros criollos, sabichosos, en el Brasil o sabe Dios dónde», se decía. En prevención, el marqués le solicitó a Aborboleta, con humildad, un resguardo adecuado para su persona, y le pagó ese trabajo especial, no solo con dinero, sino satisfaciendo «un segundo deseo, una necesidad», según dijo Aborboleta, y el deseo fue que le traspasara con papeles y todas las de la ley, un esclavo joven para que ayudara a Lucila a sobrevivir. Aborboleta misma lo escogió sin esperar la respuesta del marqués:

—Que sea José, el negrito que también yo parí, calesero ahora de doña Merceditas, la esposa de usted, porque José sabe los secretos que yo le enseñé y servirá a su hermana Lucila mejor que ningún otro de los esclavos de usted.

Don Antonio complació la solicitud, y además de acceder al traspaso de José, mandó al amanuense a que les preparara el viaje en la goleta que saldría en una semana, con breve escala en la villa de Trinidad, y le entregó a Lucila cierta suma de dinero y una carta para que la presentara a un caballero muy reservado cuyas señas le dio, «de total confianza y probado discernimiento», quien la ayudaría a establecerse en Santiago de Cuba.

Transcurría el año 1783. Todavía la pardita se nombraba Lucila Méndes. Isabel de Flandes no era mentada aún.

Lucila llegó a Santiago de Cuba el día de las rogativas dirigidas a San Antonio de Padua, al patrón Santiago Apóstol, a San Juan Crisóstomo y a Ecce Homo, para terminar de una vez con las sequías y esterilidades que durante más de dos años padecía la ciudad.

En esas peregrinaciones conoció al pardo libre Miguel Villavicencio, organista de la catedral, el mejor amigo que tuvo de su misma condición. El pardo le llevó encargos de peinetas y abalorios, aunque muy pocos, por la sencillez en las vestimentas de las señoras de distinción a causa de la pobreza de la ciudad... Tanta era entonces que solo había monedas de cartón de a real, se guardaban las de cobre, y hasta circulaban para pagos y compras barajas francesas de una gran remesa que habían incautado las autoridades a un corsario de nombre Robert.

Por recomendación del reservado caballero amigo de don Antonio, Lucila empleó algún dinero del que tenía en la compra de terrenos cerca del inge-

nio de Las Cuabas, donde había agua que José y
Aborboleta vendían.

Miguel Villavicencio le había hecho reclamos de
amor a la pardita, y durante un tiempo ésta encontró frases amables para rechazar sus proposicio-
nes, pero el atractivo músico al fin fue correspon-
dido.

Como la ciudad de Santiago atravesaba tantas
calamidades, las manifestaciones sociales se limi-
taban, casi siempre, a las promesas y rogativas que
salían de la catedral cada año que pasaba, y en las
cuales los dos participaban. Durante una de esas
procesiones para implorar por la lluvia luego de
otra prolongada sequía después de un arrasador
temporal, seguido de temblores de tierra, la pardita portó en alto un ripio de estandarte de la iglesia,
única distinción que Villavicencio pudo ofrecerle.

Pese al miserable estandarte, marchaba con
aparente orgullo por las pendientes calles de tierra, ausentes de aceras propias, de aquella ciudad
de la que sus habitantes, cuya abrumadora genti-
leza agradaba tanto a los huéspedes, sentían satisfacción por varios motivos; entre ellos los más can-
tados eran que Diego Velázquez la había fundado,
y que Hernán Cortés, su primer alcalde, y el también conquistador Hernando de Soto, gobernador
de la entonces capital de Cuba, habían partido de
allí; el Cortés para conquistar México, y el Soto,
con menos suerte, Las Floridas.

Villavicencio, que caminaba a su lado, observaba
las miradas que los parroquianos le dirigían a su
amiga, que iba sin chal y vestía una bata suelta de
hilo casi transparente que le colgaba de los hombros como un saco, y llevaba los pies calzados con
zapatillas de piel. A juzgar por la insinuación del

contorno de su cuerpo, solo usaría una enagua de opal a causa del calor sofocante.

Su pelo era negro, ensortijado y abundante, amoldado con la ayuda de pequeñas peinetas de carey de las que ella misma fabricaba. Su cuerpo seguía siendo menudo, aun cuando había parido, y su tez tenía el color de la nuez; era de un tono muy parejo, y fina la piel, sin manchas ni cicatrices visibles, lo que haría suponer que, tan cuidada, tampoco tuviera ninguna oculta. Como estaba descotada, se le veía el lunar de la espalda, sobre el omóplato; tenía otro a la derecha del mentón, el tercero a la vista sobre el busto, en la misma línea que el lunar del mentón, y un cuarto sobre la comisura de los labios. Eran los únicos accidentes de la piel, y la adornaban.

Sus pómulos eran ligeramente altos, los ojos negros y la mirada directa, aunque de vez en cuando, para expresar incredulidad o sorna, solía mirar de soslayo levantando el ceño. Cualquiera que la observara vería en el conjunto de su humanidad una armonía matemática que supondría la exacta correspondencia entre lo externo y lo interno de su ser, aunque, en realidad, había que ir un poco más a fondo y entonces se sabría que su alma tenía un envés; era dada a establecer distancias incluso entre los de su misma condición como el pardo Miguel Villavicencio, lo que desconcertaba a quienes la trataban en la intimidad. Para ciertas personas parecía un ángel, pero ni lo era ni trataba de aparentarlo.

Aborboleta le había dicho a Villavicencio que las dos virtudes principales de su hija eran la justeza y la generosidad. La vida tendría que demostrarlo. Sin embargo, se tendía una frontera intermedia, que su madre desconocía o no quería admitir como un defecto. Lucila sabía aprovechar muy bien las circunstancias e incluso podía adecuarlas a su conveniencia.

Durante la peregrinación dio un paso en falso en una calle empinada y pedregosa, y se volvió hacia Villavicencio impactándolo con su mirada de asombro y el iris tan transparente y luminoso de los ojos. El músico experimentó la sensación de que el traspiés la devolvía a la realidad, porque Lucila le preguntó en qué lugar estaban, cuando conocía de sobra la ruta por donde se desplazaba la procesión y los sitios en los que se hacía un alto para la oración y el descanso.

Hasta aquel momento Lucila Méndes había estado inmersa en su mundo personal, diciéndose a sí misma que ella no estaba hecha para andar en las sombras. «Mi aposento en la tierra está iluminado», pensaba. Su lenguaje tendía a ser enigmático, sentencioso, a veces se expresaba con metáforas, y acentuaba ese lenguaje peculiar en momentos cruciales.

Había comentado con Villavicencio que tenía la premonición de que, de ninguna forma, viviría muchos años más en esa ciudad en la cual había nacido por accidente: «Que así nacemos todos los hijos de esclavas, en un lugar o en cualquier otro», le dijo, y él porfió y apostó que se quedaría en Santiago porque él había alcanzado ya el rango más alto como músico pardo al ser organista de la catedral, y estaba dispuesto a situarla en la cima (su cima, no la de ella); le recordó que ya poseía un asiento permanente en uno de los tres únicos bancos de la Iglesia Mayor.

Un hecho concreto sustentaba la premonición de Lucila, y era que el reservado caballero le había anunciado para los próximos meses la llegada de una valija con correspondencia lacrada del marqués, y le auguraba algunas buenas noticias. Como el albacea era parco en el hablar, sobre todo tratándose de asuntos de su patrón, ella le dio carácter de confidencia a palabras tan vagas.

Concluida la procesión se dirigieron a la finca Las Cuabas, en un suburbio de la ciudad. A la joven le pareció más largo que nunca el camino de regreso, aunque lo hizo montada en la grupa del caballo del músico pardo, y la bestia tenía un paso largo y conocía el camino. Cuando llegaron le dijo a Villavicencio que estaba cansada. Entró al aposento enseguida y se acostó en una hamaca tejida que le había regalado don Antonio. Su cuarto estaba amueblado con una cama de caoba, la consola, dos sillones con balancín, una mesa para labores, el armario con luna de espejo y dos veladores en la cabecera del lecho, además de su altar. Ésos y otros muebles de la casa, aunque modestos, denotaban el nivel económico de los moradores, bastante bueno para la época y hasta muy bueno entre pardos libertos como ella y Villavicencio.

Aborboleta entró a la habitación con unas hojas de higuereta que la propia Lucila se colocó en las sienes y sobre la frente para sacarse el calor. También le llevó a su hija una taza de cocimiento de jazmín de cinco hojas, una de las flores predilectas de la joven, para que descansara mejor. La bahiana había notado que Lucila tenía alguna preocupación más allá de lo normal, y lo confirmó enseguida:

—Cumplirá diez años, yo tendré pronto veintiséis; me da vuelta su presencia. Si estuviera muerto tendría que salir en algún rezo, pero no lo hace. ¿Usted tampoco lo ha visto, madre? ¿Mi hijito no se le ha aparecido?

—No, por más que ruego —le contestó.

Villavicencio ayudaba a José el esclavo a llenar los depósitos de agua en los manantiales que estaban cerca de la casa, y Aborboleta fue hasta allí para encargarle al músico otros menesteres que le ocuparían más tiempo, de modo que Lucila pudiera estar sola con sus pensamientos.

Pero su hija se quedó dormida y comenzó a soñar.

En aquel sueño se esforzaba en cruzar sobre una balsa un fuerte mar de leva para alcanzar la barca plateada en la cual navegaba su protector, el muerto blanco de barbas blancas, un portugués. Deshacía hilos casi invisibles, como telas de araña, pero tan fuertes que le costaba trabajo romperlos con las manos, y los hilos le impedían llegar hasta el protector espiritual que la esperaba con los brazos extendidos, proyectándole mucha luz y una copiosa lluvia de estrellas fugaces que unas veces se desprendían del firmamento limpio de nubes, y otras parecían salir de las aguas. Veía esas estrellas cuando saltaban en el mar, inasibles.

Él acogía a alguien en la barca plateada; sin embargo, las olas gigantescas del mar de leva no le permitían identificar la figura, aunque supuso que era su hijo, el niño Filomeno, vestido de blanco, desdibujado, muy pálido, pero... De pronto se dio cuenta de que no lo conocía. Batallaba con el mar de leva y al menos lograba permanecer a flote en la balsa, por fuertes que fueran los embates de las olas. De súbito, se halló sentada en una silla, y como si se hubiera abierto un camino trazado por los hombres en medio del mar, la silla se desprendió de la balsa y el mueble anduvo con sus propias patas, con ella sentada, hasta que, a punto de llegar a la barca plateada, se interpuso una ola espumosa que enturbió la visión, mas permaneció a flote.

Se despertó. Al fin caía un aguacero fuerte y el agua de lluvia penetraba en el dormitorio a través de las ventanas abiertas de par en par. Estaba empapada, al igual que la hamaca, y se trasladó a la cama.

Aunque ya era de noche no encendió el mechero. Se cambió de posición varias veces en la cama grande y pulcra, presa de la inquietud a causa del cambio inminente que avizoraba, lo cual hacía que su mente y su cuerpo reaccionaran disparando los mecanismos voluptuosos de una naturaleza en el esplendor de la madura juventud. El cálido fluir de su fuente ganosa de amor, lubricándola, excitándola, la tenía absorta.

En aquel momento el músico entró en la habitación; no se imaginaba verla atravesada en la cama. La trémula luz de las velas embutidas en el candelabro iba descubriéndosela poco a poco. Tenía las piernas cruzadas sobre las rodillas, desnudas como el bosque de su pubis. Levantó un poco más el candelabro y encontró su rostro sonriente, la abundante cabellera sin la sujeción de las peinetas, y vio que se abanicaba porque aunque había llovido seguía el calor.

Se acercó lo suficiente como para que ella pudiera agarrarle una mano, gesto que él sería incapaz de comprender en su sentido verdadero: el de una despedida. Como la escena era demasiado provocadora, el músico no trató de buscarle otra interpretación a aquel gesto que la del instinto y el amor conjugados. Colocó la lámpara sobre el velador y pudo contemplar a sus anchas el cuerpo desnudo.

—Hoy no me lo digas... —le musitó Villavicencio al oído, adelantándose a su habitual prevención de un embarazo que no deseaba todavía.

Pero esta noche ella estaba henchida de pasión y no interrumpió al pardo en sus caricias y retozos que la transportaban a un mundo ideal de despreocupación y arrobamiento que rebasaba su juicio y su ordenada inteligencia. Como una ráfaga pasó por su mente la vorágine sensual que compartió con el joven don Antonio, más los goces con el músico la hicieron olvidar aquellos episodios.

Él tomó la iniciativa de un descanso para ofrecerle a Lucila el espectáculo que tanto le gustaba: verlo saltar de la cama e ir a abrir las cajas de los instrumentos preferidos, el violín y la flauta, para así, sin ropa, interpretar para ella algunas de sus piezas favoritas, Primero con violín, desde las expresiones más tristes y dolorosas hasta las más alegres; luego con flauta en el mismo registro, pero apacible y pastoril. Esta vez, con el instrumento apresado entre sus labios húmedos, enfatizaba en los matices de apasionamiento que podía alcanzar, asida Lucila a su cuerpo, haciendo el amor recostados a la ventana.

El comportamiento de Lucila lo convenció de que tenían que casarse. La fiesta del amor prosiguió en el lecho hasta que los dos se durmieron machihembrados. Al amanecer, sin haberse separado, amándose otra vez, él le dijo que hablaría con Aborboleta sobre sus vidas para arreglar el matrimonio. Lo que oyó le resultó desconcertante.

—No harás nada de eso, muchacho —le dijo, aunque estaban bastante parejos en edad. Me deberé a mi hijo Filomeno —le hablaba sin que dejaran de corresponderse mutuamente.

Villavicencio no podía creer lo que oía; no la entendía. Se sintió abatido. Aunque aún tenía el cuerpo de Lucila sobre el suyo, extendió un brazo y alcanzó la flauta. Con ella terciada entre los labios y emitiendo sonidos, dejó que fuera la joven quien se separara, esperando encontrar una respuesta.

— ¿Y qué importa? —insistió el músico—; también me deberé a él, lo atenderé como un padre: eso es natural, pasa muchas veces —al decirlo le pareció que hablaba en vano; los ojos de Lucila lo miraban con cierta condescendencia.

El pardo era alto y delgado, fuerte y de huesos vastos; levantó aún más sus anchos hombros que contrastaban con su estrecha cintura, y se mordió sus labios de flautista, ya de pie junto a la cama. No quería admitir lo evidente.

—No creo que estés diciendo la verdad, no es posible, después de hoy —le dijo.

Desde el lecho donde permanecía, la pardita Lucila lo observó con cariño: quería trasmitirle cuán sincera estaba siendo.

Pero Villavicencio se vistió y abandonó la habitación con los estuches de sus instrumentos y fue a buscar a Aborboleta, quien, como suponía, se encontraba haciendo el café en la cocina. Sin pedirle la bendición, como mandaban las buenas costumbres, le habló:

—Su hija no quiere casarse conmigo. No le faltará nada, se lo aseguro; yo... créame...

Aborboleta no lo dejó terminar. Lo interrumpió para asegurarle que Lucila estaba mejor dotada que todos en aquella casa, incluso que José, para saber lo que debía hacer, para conocer el camino de la verdad... lo más conveniente. Y lo bendijo.

Miguel Villavicencio se marchó sin despedirse, pero volvería a Las Cuabas algunas veces más para tratar de convencer a su amada o convencerse él de lo imposible, hasta el día en que volvió y ya Lucila no estaba.

Transcurrieron varias semanas desde la llegada a Las Cuabas del reservado caballero portador de la misiva del marqués don Antonio. Estaba dirigida al mensajero, pero se refería a «los asuntos de la pardita Lucila que usted atiende». Lucila se quedó en vilo.

— ¿Y sobre mi hijo? —le preguntó sin rodeos.

—Es muy despierto; ha acompañado al marqués a algunas transacciones —le contestó el emisario. Ella casi no podía oír lo que éste seguía diciendo con respecto al contenido de la carta, como que, «dígale que mis consideraciones hacia su persona no han variado, como tampoco el apego que le tengo como mujer en el orden que ella sabe, ya que no he hallado otra de sus condiciones en las de su clase».

Recuperada del impacto emocional sobre algo tan deseado, escuchó con atención lo demás:

«Explíquele que nadie mejor que ella para cuidar de Filomeno en San Agustín de Las Floridas y que tomo esta decisión por el bien del muchacho, por su porvenir, lo cual deberá comprender.»

La postdata de la misiva era para ella. Decía:

«Ya sabes, Lucila, si quieres ver al muchacho y atenderlo en San Agustín donde vivirá y estudiará durante unos cuantos años con mejores preceptores y maestros de Lengua, tanto para él como para ti y para los demás, tú serás el aya y no la madre, aunque le dije a Filomeno que lo pariste, de modo que no haya misterios perjudiciales que trastornen mis planes para su vida futura.»

Lloró sobre los hombros del portador de la misiva.

Pero su hijo vivía, era lo principal; por eso el niño no se le había presentado nunca como difunto. Del llanto pasó a la alegría. Bullía en su corazón un coro de claves que la hacía moverse y danzar a su ritmo.

Aceptó las condiciones.

Se dejó nombrar por el marqués Isabel de Flandes. Él le revelaría que había escogido el nombre entre los de las primeras pardas libres y negras, viajeras a Indias desde un puerto de España, y no de África.

Como José le pertenecía, se lo llevó con ella —fue la condición que puso—, mas seguiría siendo su esclavo, con la única función de cuidarla.

Realizó el viaje en un flamante bergantín armado por don Antonio con todas las comodidades. Antes de que los viajeros subieran a bordo, el marqués le pidió al entonces timonel Albor Aranda que leyera las instrucciones sobre el viaje. Las mayores advertencias estaban dirigidas al niño Filomeno. El esmero sería extremo, más ahora que el hijo de matrimonio de don Antonio había muerto. Pero el *aya* también contaba entre las prevenciones del marqués.

Albor se ganó la confianza y el respeto del muchacho. No hubo preguntas sobre la travesía y sobre artes de pesca que no pudiera responderle, de lo cual le escribiría Filomeno encomiásticamente a su padre el marqués, y ésos serían para don Antonio los primeros avales en el expediente del futuro capitán Albor Aranda.

Desde entonces a ahora, cuando el marqués habría de emprender un viaje definitorio a Las Floridas en el bergantín *Saeta*, habían transcurrido más de seis años de la partida de la isla de Lucila Méndes —también rumbo a Las Floridas—, en el papel de Isabel de Flandes, *aya* de Filomeno.

III

El *Saeta* olía a pintura fresca y su velamen a lonas
nuevas. Había sido reparado en el mismo astillero
habanero donde lo botaron al agua ocho años antes. Albor Aranda fue su primer capitán, y Francisco Cortés de Navia el piloto que lo hizo navegar
por el Caribe, Norte y Sudamérica. Sus colores
amarillo y rojo los escogió el moreno Salvador, contramaestre del bergantín.

En el muelle de al lado estaba surto el *San Antonio*, propiedad del marqués, pero era un barco
demasiado   nuevo
—solo tenía un año— para garantizar un viaje feliz, según opinaban su dueño y el capitán Albor.

Mientras don Antonio revisaba el *Saeta* en compañía de Albor, éste le presentó a los músicos de la
«banda» del pardo Pedro de la Hoz, y don Antonio
se sorprendía al ver aquella orquesta de milicias
pardas santiaguera tan bien dispuesta, con sus
instrumentos de cuerdas, además de los de viento;
güiro, y baterías de tambores variados.

En ese momento los negros del marqués subían
a bordo las jaulas de aves, los puercos, las cajas de
naranjas y limones; las verduras y vegetales de
estación; canastas de frutas y sacos de yuca y de
maíz, y las demás recomendaciones de don Antonio
sobre el avituallamiento. Entre los utensilios y
muebles imprescindibles para el pleno bienestar
del marqués, subieron a bordo, con sumo cuidado
—para colocarlos en el camarote personal—, la

memorable silla zancuda del amanuense para sus labores en el escritorio y el reclinatorio de la primera comunión de don Antonio, adminículos a los que éste se había apegado y de cuyo uso estaba haciendo un ritual. Esos muebles lo seguirían acompañando durante toda su vida —faltaba por ver la explicación que le daría al deán sobre el reclinatorio de la comunión si el bergantín contaba con una capilla especial.

La cadena de esclavos siguió surtiendo al *Saeta,* como era habitual para la travesía de unos nueve días hasta San Agustín de Las Floridas.

El capitán Albor estaba enterado de que en lugar del obispo viajaba otro mentor, el futuro deán de la catedral de Santiago de Cuba, pero como don Antonio no se lo había informado, hizo mención al presunto viaje de *Su Eminencia* —así le decía Albor al obispo—, para cerciorarse del cambio de un cura por otro. Le mostró al marqués la capilla del bergantín, «digna del señor obispo y hasta del santo padre de Roma si quisiera oficiar la misa...». Don Antonio le confirmó el cambio:

—El asunto es que el obispo tiene fama de ser un hombre retrógrado, y el muchacho, tú conoces bien a Filomeno, le hará preguntas que no sabría responder, mientras que el padre Pino, futuro deán, a quien trajiste de Santiago de Cuba, es doctor, canónigo penitenciario, mentor de muchas luces, y está enterado de todo lo que ocurre por allá con los franceses; tiene para contar.

Había disuadido al obispo en relación con el viaje hablándole de naufragios de tantas y tantas naves: hasta carabelas, fragatas, goletas, urcas, balandros, jabeques, y desde luego bergantines, hundidos al norte de la isla.

—Esto se lo digo, capitán, porque en el mar tenemos que confesarnos todos los días, amigo Albor.

—Usted sabe que conmigo el estrecho de La Florida es un paseo.

—No se jacte, sea humilde ante la naturaleza. ¡Dios nos ampare! Por la confianza extrema que le tengo expongo mi vida en su barcucho...

Albor protestó porque el *Saeta* era un bergantín de primera, provisto de bauprés:

—Mire, señor —le indicó—, ese palo horizontal y el batalón de foque; esa vela triangular, y la vela redonda para aprovechar mejor el viento. ¿Se fijó usted en el tercer palo?; este barcucho es de alto bordo, 150 toneladas...

—Bromeaba, yo sé de navegación un poco; le ratifico mi confianza. Por eso vengo con usted, nada más que por eso.

Se encaminaban hacia babor, donde el padre Pino conversaba con el piloto y trataba de ayudar en el acomodo del equipaje, aunque la preocupación mayor no parecía ser otra que su atuendo, y de este atuendo los bolillos de estreno, aquellas bocamangas de encaje distintivo de sus cargos; lo llevaban los consejeros de Su Majestad, los magistrados, los catedráticos ilustres y capitulares de las catedrales de España y de las Indias.

No hubo ninguna novedad en las maniobras de desatraque. La experimentada marinería del *Saeta*, en una que otra ocasión, practicaba el corso. En pocas horas los viajeros empezaron a reconocer las elevaciones del Pan de Matanzas. Aunque tenían instrumentos: astrolabio y octante, como había exigido el marqués, se imponía en ellos el hábito de la navegación costera a estima. Cuando acabaron de ver la silueta de la montaña, a la altura de una punta a la que decían Ceboruco, el barco fue separándose de la costa y el agua del mar tornándose de un azul oscuro. Entonces el piloto buscaría la referencia de Cayo Sal, y rumbo Norte, a Las Floridas, en el itinerario más antiguo de la isla de Cuba a esa península...

Don Antonio, acostado entre almohadones en su catre colocado sobre cubierta, bien atadas las crucetas a unos palos y grampas para que el bamboleo no lo lanzara al piso, leía el *Oficio* sobre la conspiración del mulato Nicolás Morales que había puesto en sus manos el capitán general. Quería conocer a fondo los sucesos antes de conversar con el deán.

Hizo un alto en la lectura. Miró a su alrededor y un pensamiento inquietante se le posó en la mente, pero de la misma manera lo disipó, diciéndose: «España está demostrando más sabiduría que Inglaterra y Francia juntas tocante a su población y a los negros, porque hace morenos a éstos, y a los mulatos los hace pardos o quinterones... y ahora blancos.»

Sus ojos habían descubierto a una marinería mora, negra y mulata; a un contramaestre negro, Salvador; pero hizo este juicio autocomplaciente: «Nada menos que otro etíope, Salvador, había vencido a Gilberto Girón, aquel pirata hereje francés que, impío, secuestró en Manzanillo al obispo de Yara, don Juan de las Cabezas Altamirano.» (No podía saber aún el marqués en esta fecha, que Silvestre de Balboa había cantado en emocionados versos esta hazaña: « ¡Oh, Salvador criollo, negro honrado! / Vuele tu fama y nunca se consuma / Que en alabanza de tan buen soldado / Es bien que no se cansen lengua y pluma!»)

Observó a su alrededor el grupo de músicos pardos y morenos libres que le fue presentado; al piloto, « ¡Sabrá Dios de dónde!»; y al mexicano cocinero. Se fijó en los labios demasiado gruesos y la tez oscura del mexicano, y concluyó: «Esos rasgos podían venirle de Tuxtla, a donde tiempos ha, Cortés llevó esclavos de Guinea para su ingenio de azúcar.» El mexicano andaba con cuerdas de hacer música en las manos, y ello hizo que lo asociara, por fuerza, al negro Melchor, de Puebla, cantor de la virgen, organizador de oratorios y concursos de arpa y guitarra para ir acompañando bailes mezclados con indios, que ridiculizaban la fe cristiana, por lo que debió actuar la Inquisición, según había leído en las actas.

Su suspicacia fue más lejos: ahí estaban también dos grumetes de dudoso origen, dicen que menorquines, y el capitán Albor, para colmo, catalán. El padre Pino y él se encontraban a expensas de los infieles en medio del mar. Se le puso la carne de gallina.

Mandó a llamar al contramaestre: Salvador era un negro criollo alto y fuerte, alegre, no mayor de veinte años, al parecer.

— ¿Eres un coartado? ¿Te compraste tu libertad en el corso? —le preguntó don Antonio e hizo un gesto para que se echara en el piso. Salvador haló un banco para sentarse.

—No, señor.

— ¿No qué?

—No soy coartado.

— ¿Quién te dio la libertad?

El negro Salvador se sonrió y balanceó los brazos:

—Nací libre, don Antonio; mi padre peleó contra los ingleses en La Habana; por aquel año el rey, vuesa y nuestra majestad, le dio la libertad.

Levantándose del asiento le preguntó al marqués:

— ¿Se le ofrece algo, señor?

—Que sacrifiquen dos puercos. Comida igual para todos; de alcoholes nada; agua de coco y un lujo, café.

Salvador se inclinó respetuoso y dijo:

—Con vuesa gracia.

— ¡Moreno relamido!, se cree don —balbuceó don Antonio.

Más tranquilo por el origen de Salvador, el marqués prosiguió la lectura para sí del *Oficio* sobre la causa de Morales. Fue grabando en su mente los datos principales, como que el gobernador Vaillant había dado cuenta detallada al conde de Campo Alegre, ministro de Su Majestad católica de lo ocurrido en Bayamo.

En sustancia, el susodicho mulato Morales sedujo a personas de su condición para reclamar, con las armas, el beneficio de las *Gracias al sacar* que ocultaba el teniente gobernador con perjuicio para él, porque concedía la igualdad de los mulatos con los blancos.

Don Antonio siguió analizando el legajo. Consideraba como lo más grave el hecho de que el mulato Morales pidiera también la suspensión del pago de las alcabalas, diciendo que se les debía dar tierras a los pobres, porque, según él, todas las tenían los ricos. Amenazaba con que, de no satisfacerse sus peticiones y las de su partida rebelde, se apoderarían de la persona del gobernador y lo dejarían sin el mando.

«Y este Morales, sin embargo... —seguía analizando el abogado de Audiencias Reales—, no quiso hacer contacto con los negros cimarrones, con tantos que habitan por esas regiones orientales, dados a la piratería y al contrabando en las costas. Ni tampoco se alió con los cobreros, morenos libres todos por gracia del rey. Colijo que por considerarlos de calidad inferior tanto a los unos como a los otros. Y esto para mi ver es algo muy digno de tenerse en consideración política. Lo que yo veo claro es que la cédula en cuestión es más importante de lo que algunos señores creen...»

El marqués don Antonio llamó al deán. Mientras esperaba a que subiera a cubierta reclamó su humidor. Un esclavo le trajo la preciosa caja de cedro, de tres gavetas, donde conservaba sus vitolas regalías, las preferidas por él, a las que llamaba *cuabas* «porque así las identificó fray Bartolomé», acostumbraba recordar a sus amigos. Escogió una vitola ahuevada, hizo girar lentamente el tabaco entre sus dedos, inclinado a la llama que le ofrecía el negro, luego se llevó la deliciosa breva a los labios, y fue paladeándola. La retuvo con deleite y al cabo exhaló el humo. Disfrutó lo suficiente del placer que le proporcionaba porque el deán demoró en llegar:

—Señor mío, esta regalía me ha aclarado aún más la mente; le digo que a Morales lo ejecutaron por alzamiento, estemos todos tranquilos, pero si quiere saber mi opinión autorizada sobre lo benéfico de la cédula *Gracias al sacar*, de nuestro rey

Carlos IV, le diré a usted lo que le dije a un ministro de la corte en Aranjuez, sin que pudiera imaginarme que fuera a producirse la conspiración de los mulatos de Oriente.

— ¿Y qué le expresó al respecto? —indagó el deán.

El marqués don Antonio lo tomó por un brazo y lo invitó al comedor...

—Pues le dije que mientras el reino de España cree más privilegios, otorgue oportunas gracias a su población, distinga a los criollos libres de color con oficios dignos dejando los más indignos para los esclavos, y de éstos, a los bozales, y organice mejor las milicias de pardos y morenos, les otorgue distinciones y ascensos a los más aptos, el peligro de Saint Domingue se alejará de Cuba.

Ya en el comedor le puso el ejemplo que tenía a mano, el contramaestre Salvador, como si hubiera conocido de toda la vida al negro. Se lo presentó al representante de la Iglesia e hizo que el moreno le narrara «las hazañas que con seguridad tu valiente padre te ha contado sobre el combate de Guanabacoa, cuando integró las filas del criollo Pepe Antonio».

Realidad o fantasía, Salvador narró con encanto y convicción las supuestas hazañas de su padre, infeliz esclavo hasta el día en que los ingleses tomaron La Habana.

No tanto porque le parecieran pocas las alabanzas del moreno sobre la heroicidad del progenitor, sino para que el futuro deán anotara lo mucho que él también sabía de la historia de España, tanto como del valer de la gente de la isla de Cuba, fuesen de la raza que fuesen, don Antonio, mirando con paternalismo a Salvador Hierro, siguió el hilo de la narración, y tocó aspectos de los cuales muy poco había oído hablar el contramaestre del *Saeta*.

—Para engrandecer el pabellón español, he de decirles, y desmiéntame, padre, o abunde si no obro con cordura en lo que he de contar, que los ingleses compraron con gran apuro una partida grande de esclavos en la isla de Martinica y en la pequeña de Antigua, enrolándolos de inmediato en sus navíos de asalto con el objeto de transportar las municiones de su cuerpo de Artillería, mientras los de acá se aplicaban en el combate defendiendo nuestra bandera —por el énfasis de su discurso parecería que el marqués hubiera tomado las armas en esa fecha y lugar—, pues no solo abastecían nuestros negros los cañones, sino, en primer lugar, como bravos soldados luchaban junto a las fuerzas regulares Dragones de Edimburgo, Regimiento Fijo de La Habana, Regimiento de España, Voluntarios, desde luego, y fuerzas de la Armada.

Hizo un descanso y prosiguió, luego de asegurarse con la vista que se le escuchaba con la debida atención:

—Oye, Salvador —la mirada directa sobre el contramaestre—, como tú has de saber de sobra, si tu padre fue ascendido al grado superior, de cabo a capitán, fue porque estuvo en la Armada, pues si haces un poco de memoria, muchacho, convendrás conmigo en que alguna vez oíste hablar del Morro o de Cojímar, ¿no es así? —Salvador asintió porque esos nombres le eran muy familiares, y no porque hubiera sabido algo en particular con respecto a ellos.

»Voy directo al asunto que quiero alabar —prosiguió don Antonio—: una aguerrida tropa de individuos de tu raza, si mi memoria no falla, al mando de un tal Andrés Gutiérrez..., y acláreme, padre Pino, si digo mal, hicieron trizas, a machetazos, una avanzada enemiga; algunos de ellos, apresados por los ingleses estos, que son unos hijos de... San Jorge, los pasaron a cuchillo. No solo entre los valientes había negros, sino también mulatos —agregó al entrar en el ruedo Caridad con más chocolate para el deán.

»La Historia tiene que ser escrita —dio un puñetazo en la mesa— tal cual es, sin omisiones sospechosas, ni tratándose de infelices esclavos.

El deán no iba a quedarse callado, sobre todo cuando el propio marqués omitía algo tan importante como los méritos de la Iglesia:

—Hijos míos —evocó—, el 30 de julio de 1763, restaurado ya en La Habana el poder de España, en la iglesia del Espíritu Santo esa particular participación de los infelices pardos y morenos en la defensa de La Habana, recibió públicamente el merecido elogio en el célebre «Sermón de las banderas». Allí se dijo, oye bien, Salvador, que los que llevan la sangre que tú llevas murieron por nuestros padres, y con nuestros padres, en el sitio de los ingleses, y que su heroica sangre es digna, por su merecimiento, de circular por las venas del más elevado prócer.

El marqués don Antonio, después de sonreír, replicó con un tinte irónico:

—*Ilustrísima*, el «Sermón de las banderas», el cual conozco al dedillo, refiérese a los pardos y morenos libres; no menciona por ningún lado a nuestros esclavos, sino al Batallón de Libres.

—Me callo, es usted hombre de precisiones y de justicia —se transó el deán.

La animada charla había interesado a la tertulia improvisada en alta mar, y el marqués no disimulaba su gozo por haberse convertido en el foco de atención con el episodio del contramaestre Salvador. Solo una cosa molestaba a don Antonio: la mulata Caridad, que servía la mesa, escuchaba con admiración el relato del negro libre.

De todos modos fue una noche placentera; el tiempo era benigno, aunque el capitán Albor pronosticaba lluvia y brisa intensa, preludio de mal tiempo.

—Navegaremos en la profundidad máxima por este mar dos días más —anunció el capitán, y abrió el anecdotario de los naufragios.

Salvador llegaba donde los caballeros, pedía permiso y arrimaba su asiento. Le gustaba escuchar —«sinónimo de inteligencia», apuntaba el cura. La mulata no perdía oportunidad para llevarle chocolate al padre Pino, si el contramaestre se hallaba entre ellos.

El padre Pino se remontó al año 1519, cuando Antón de Alamino descubrió «este pasaje por donde vamos, el cordón umbilical, aunque no es la frase que deba salir de mis labios, entre la isla y Las Floridas». A partir de ese momento desató un discurso erudito:

—Fue un acontecimiento en la navegación, porque España encontró un camino más fácil para regresar a Europa; por ese camino nuestros navegantes llegaron al régimen de vientos contralisios, esas corrientes que soplan como chorros y nos lle-

van por aquí a donde queremos ir, sin gran esfuerzo.

Hasta los músicos estaban atentos, queriéndole
sacar las palabras de la boca:

—Habiendo descubierto nuestro Antón de Alamino este pasaje, una vez que las flotas salían de
La Habana alcanzaban la latitud de unas isletas
que dentro de unos días veremos, al norte de
Bahamas, y ahí es donde en verdad empieza a so-
plar el viento de popa y el cruce del Atlántico se
hace viento en popa; es nada, es nada. ¡Dios te
bendiga, Antón Alamino!, aunque de ti ya casi nadie se acuerde, porque, hasta tu descubrimiento,
era una tortura regresar a España —dijo el deán
juntando las manos.

— ¿Y qué tiene que ver su descubrimiento con
los naufragios? —indagó Salvador Hierro.

Fue el marqués quien le dio la respuesta, y no
porque el padre Pino la desconociera.

—Salvador, a más barcos, más naufragios —
sentenció, para proseguir—: La Habana que tu padre defendió de los ingleses, se había convertido en
el centro de concentración de nuestras flotas que
venían de Tierra Firme; barco tras barco cargados
de riquezas. El llamado Norte, los huracanes y el
teredón, o la broma, como le dicen ustedes a ese
bicho que perfora el casco de los navíos, el comején
de mar, provocaron y provocan los naufragios.

—Así es, señor, y provocan, porque naufragios
sigue habiendo en esta zona —advirtió el capitán
Albor.

El deán retomó la palabra:

—Allá en el fondo —señaló el mar— yacen fortunas incalculables: toneladas de oro, eso traían, toneladas de oro y plata, el *Nuestra Señora de Atocha* y otro tanto el *Santa Margarita;* lingotes de oro, de plata, esmeraldas inmensas y zafiros en vientres de tiburones o enterrados en el fondo del mar ¡Cuántas tortas de metales preciosos!

—Padre —intervino Albor—, al fin y al cabo para nosotros los marinos lo más triste es ver que no solo se traga fortunas el mar, sino a los hombres; no hay que venir hasta acá para sumar naufragios y tesoros ocultos: en el Paso Fuxa, en la isla, al norte de Pinar del Río, se hundieron también no pocos de esos navíos.

—Un olvido imperdonable, hijo —dijo el deán.

El grupo se disolvió y quedaron solos don Antonio y el negro Salvador Hierro.

—Los músicos no hacen otra cosa que afinar sus instrumentos; manda que mañana por la tarde, si Dios quiere, hagan un concierto en cubierta —le ordenó el marqués.

Era el quinto día del viaje; cada hora que transcurría lo acercaba más al reencuentro con Francisco Filomeno e Isabel de Flandes. Su invitado, el padre Pino, no los conocía, y don Antonio se sintió en el deber y en la apremiante necesidad de desnudar su alma ante Dios, por conducto del prelado. Al día siguiente se confesaría en la capilla, pero antes tendría que ordenar muy bien su memoria.

Se despidió con un simple gesto para dirigirse a cubierta. Un esclavo le llevó un butacón de pesadas patas para sentarse y hacer memoria sobre las cosas que habría o no de contarle al cura en la confesión, relacionada con la paternidad, fruto de la inexperiencia.

Retrocedió en el tiempo.

«En realidad me casé demasiado joven, a los die-
cinueve años, cuando no podía diferenciar entre
amor, deberes conyugales y deseos. Pero no lo hice
tampoco en contra de mi voluntad —hacía memoria don Antonio.

»Días antes de la boda me sonrojaba en público
cuando advertía la presencia de la hermana de leche de quien sería mi esposa. Con ella me había
"desposado" en secreto dos meses antes de mi matrimonio, cuando los carpinteros terminaron la
ebanistería de la cama nupcial, que estrené con la
pardita y reestrené y usamos cada vez que que-
ríamos haciendo picardías a mis padres, utilizando
las sábanas del ajuar de boda de Merceditas y los
almohadones y algunas batas, regalo de mi madre,
que luego de usarlas yo se las daba a las negras
lavanderas para que quedaran como nuevas. Todo
en ese aposento que sería de mi esposa, estaba impregnado de ella, de la pardita.

»Cuando sin pensarlo dos veces siquiera me sen-
té hace semanas en la silla zancuda del escribiente
y pedí el reclinatorio, rompí la promesa que me
había hecho a mí mismo de que ninguna otra maldita se aprovecharía de las partes pudendas de este mortal, indefensas ante la punzada del placer.
Pero no puedo retroceder, Dios mío, porque fue
mucho el bienestar que volví a sentir... Empero ni
que estuviera loco contaría esto al deán. El cura no
tiene por qué saber esas cosas de muchacho...

»Mi novia Merceditas era recatada, como todas
las señoritas que conozco, aunque las dos camina-
ban igual, vestían los mismos trajes... Años más

tarde le di la razón al redactor del *Papel Periódico* cuando escribió en su "Carta" algo que me pareció muy gracioso. Decía que en parte alguna del mundo se ve la misma confusión que en nuestro país en orden a los vestidos y porte de las personas. Los adornos y trajes estaban establecidos, decía, para diferenciar las condiciones mientras al presente sirven para confundirlas. No se distingue al noble del plebeyo en Cuba, ni al rico del pobre, ni al negro del blanco en materia de vestidos.

»Seguía diciendo quien luego fue mi amigo B. L. M., que se necesitaba verles las caras para no equivocarse por el vestido. Él observó muchos detalles, como el hecho del atavío idéntico que adorna a una señora de carácter, y a una negra o mulata que deberían distinguirse, por ley, por respeto y por política, de aquellas a quienes ayer tributaban reverencias y servían como esclavas.

»Ella, la hermana de leche de mi futura esposa, amamantada por las mismas tetas de Aborboleta, era una pardita libre, tan menuda y suave como Merceditas. Más suave que Merceditas, que en gloria esté —el marqués había cerrado los párpados para disfrutar mejor su memoria.

»Reparé en ella, en la pardita Lucila, cuando como peluquera y peinetera de quien iba a ser mi esposa, se ocupó de adornarles los cabellos, enjaminarles los vestidos y colocarles las peinetas, que la pardita fabricaba, tanto a Merceditas como a las demás señoritas que la acompañarían a la iglesia como damitas de corte.

»Vestía trajes que un mes antes usaba Merceditas para la misa; ella le había regalado casi todo su ajuar de soltera, como es costumbre que regalemos a los pobres y a nuestros más fieles esclavos los

65

trajes manchados, o que no nos gusten, así como las zapatillas, medias, camisas y todo lo nuestro. No es mala costumbre, como cree mi amigo B.L.M.»

En este punto su mente quedó en blanco porque los recuerdos se le atropellaban y le costaba mucho trabajo discriminar aquellos que no tenía por qué confesar.

Entonces don Antonio abandonó la cubierta del bergantín y le anunció rampante al deán que se retiraba porque ya estaba muy necesitado, espiritualmente, de hacer sus oraciones vespertinas:

—Para eso he traído, padre, el reclinatorio de mi comunión —le dijo con cínico fervor.

Por supuesto, como le había mandado, la esclava Caridad tenía que estarlo esperándolo en el camarote. Los recuerdos juveniles de sus ardientes retozos con la pardita Lucila habían comenzado a hacerle efecto, y necesitaba seguir reconstruyendo cada hecho en su memoria, en vísperas de estrenar la capilla que mandó montar en el bergantín.

— ¡Al fin! —exclamó ya adentro del camarote—. Si supieras cómo me libré del cura, *Isabel de Flandes* —agregó, y sin quitarse la casaca de raso sino solo los calzones, por lo envarado que estaba, se sentó *campanas al viento* en la silla zancuda para que Caridad obrara enseguida.

Tuvo que agarrarse a una argolla del techo para no salir despedido, porque el bamboleo del barco amenazaba con lanzarlo al piso. Concentrado en la práctica del profano *ritual* —al pie de la letra—, se produjo un fuerte cabeceo del bergantín, proa a popa, pero le proporcionaba demasiado placer para interrumpirlo; otro cabeceo del bergantín y el choque de una gran ola lo sacaron del paso, y sin poder evitarlo eyaculó expedito en el vacío, agarrado de la argolla, tomando por sorpresa a la esclava, que no pudo contener la risa.

Después del accidente emocional y una reprimenda a Caridad por su irreflexivo choteo, decidió continuar con el examen de su conciencia para seleccionar qué sí y qué no le confesaría al deán en la capilla del bergantín *Saeta*.

Reposando ahora entre los almohadones de seda de la confortable litera, en el propio camarote, el marqués retomó los recuerdos que había interrumpido cuando bajó de cubierta. Seguiría ordenando sus memorias para la confesión, o —él prefería el término después de pensarlo mejor— *confidencia* al padre Pino.

Volvió la mirada y se alegró al ver a Caridad durmiendo abrazada a su hijo sobre una colcha marinera. Vestía un camisón de lino y encajes como los que usaba la pardita Lucila. Se sumergió otra vez en el turbulento mar de recuerdos de juventud.

«Lucila Méndes, la pardita, accedió entonces a los requerimientos de su hermana de leche para que la acompañara a la casa del ingenio durante el transcurso de la luna de miel; aunque blanda en apariencia, Lucila inspiraba respeto y sabía dirigir. Lo demás lo supondrá el padre Pino, si pertenece a los iluminados de la época, como don Luis —se dijo el marqués—. No sé cómo le contaré que tuve dos lunas de miel simultáneamente, cada una en un aposento distinto, uno frente al otro, en la misma casa patriarcal.

»No tendré que decirle que el recato, una indisposición pasajera y la vergüenza de mi esposa, favorecieron a su hermana de leche, con quien yo apagaba de continuo obstinados fuegos juveniles que ella me estimulaba, prolongándose nuestras traviesas complacencias tendido el manto de la noche o a la luz del día... ¿Lo diré?».

Podría decírselo de otro modo al cura. Lo intentaría. No podría ocultarle al Padre su afición desmedida a hacer el amor con ella, pero tampoco era menos cierto que la pardita se la provocaba, porque hasta intuía o adivinaba la entrada de él a la habitación o su presencia furtiva, y le propiciaba el acto de amor o concupiscencia en cualquier parte del predio. En el cuarto vecino al de Merceditas, la encontraba seductora en bata de opal transparente; o desnuda alisándose el cabello, o cortándose las uñas de los pies sin nada que le cubriera el cuerpo; podía hallarla envuelta en una simple sábana preparándose el baño, en fin...

Él no podría negar que la había enseñado a deleitarse con sus cuerpos, pero ella se dejaba conducir, aunque sin extravagancias; sin remilgos, que hasta Caridad los tiene. Pensándolo bien, los dos aprendieron juntos, inventaron juntos. No era desfachatada, sino delicada, y por eso la retenía durante horas «sin que ni el uno ni la otra nos avergonzáramos de ningún juego de pasiones. Acostados o bañándonos en el lecho del río, ella sentía gusto por recorrerme la espalda, por ejemplo, y la habilidad de sus manos y la sensualidad de sus dedos imantados cuando rozaban cualquier parte sensible, y las más especiales en el cuerpo de un hombre, me complacían como si estuvieran manifestándose nuestros sexos plenamente, sin mostrar ella recato de niña porque yo condujera esas manos a donde yo quisiera o ella las suyas hasta el confín de la espalda, que viniendo de Lucila no me abochornaba sentir su tibia saliva en el ojal de mi trasero; que a ninguna otra se lo he permitido. ¡Dios mío! Dentro del agua en la tina o en el río, o debajo de la fría cascada ¡Ay, aay..., virgen del fuego, Santa Bárbara bendita...!

»Vestida con las ropas de Merceditas era una tentación, me impelía a seguir el juego; desvestida, un desafío. ¿Cómo, padre, resistir a tan natural avenencia, y siendo los dos tan jóvenes? ¿Acaso Dios no lo querría de ese modo? No, esas preguntas no se las formularía yo al cura.

» ¡Oh, Dios, santo Padre, eso sí que no! Lo que me está sucediendo no tiene nombre, tan seguido... pensaré en otra cosa.»

Creyó haber hablado en alta voz sobre lo que parecía inevitable que le ocurriese, pero no tenía ninguna importancia al fin y al cabo; era la mulata Caridad y no el cura quien dormía en su camarote —las escotillas estaban abiertas y el aire lo renovaba; la casaca y los calzones andaban por el piso, ya había soltado la peluca de caballero y se había puesto la holgada bata de dormir.

«Por supuesto que no, eso no lo sabrá ningún cura, y menos el lugar en que había bebido del elíxir de la felicidad.»

Su antepasado Ponce de León bebió en el manantial de la eterna juventud sin alcanzar su sueño; en cambio él lo había logrado de otra manera, sin haberlo planeado... ¡Y hasta qué punto lo despabilaba ¡¡Y de qué decidida y agradable manera!, como le está sucediendo. Prodigioso...

Se levantó de la litera de peluche para asomarse a una escotilla de babor por donde penetraba mucho mejor la brisa, y respiró a pulmón lleno. Cada vez que la recordaba, y ahora con más razón que iba a su encuentro —aunque fuera solo para verla, ya sin esperanzas—, experimentaba las mismas sensaciones; es más, éstas se acrecían.

— ¡Santo Cristo! ¡Umnnn!, tenía que ser. ¡Por Barrabás! ¡Judas Iscariote! ¡Simón Cirineo...! ¡Oh!, parecería que yo tuviera todavía veinte años... Nadie lo creería, nadie; como un grifo, cálida y potente, y las mejillas me arden, ¡bendita mujer!, me falta el aire. Lucila, tú eres maravillosa —balbuceaba descubriendo con lubricidad, por sobre la ancha bata de dormir de lino blanco, la reacción asombrosa de su ser con solo evocar el pasado para un *auto de fe,* mientras observaba indiferente el enrarecimiento progresivo del mar.

— ¿¡Confesarme yo por esta *santa lujuria*!? ¡Ay, no! ¿Decirle al cura que me explayé en el claustro de un convento? No tuve culpa, Dios me hizo así. *Ésta es mi santa lujuria, el demonio en el paraíso.* ¿A quién ha de importarle que el recuerdo me anime a este extremo inaudito? ¿Y de ocurrirme esta maravilla en el confesionario, haciéndole la confidencia al cura, qué me hago yo entonces?

Siguió repasando aquellas circunstancias, sobre todo por el fulgurante efecto que le causaba rememorarlas...

Las diarreas del niño Filomeno lo habían hecho desconfiar de Lucila como madre, aunque no había sido ella quien le provocara las primeras deposiciones. Por esa razón se le ocurrió, tan solo para preservar la salud del pequeño, probar la leche de los pechos de la pardita antes de que Filomeno mamara. De inicio aguardó un rato para comprobar si le hacía daño a él o no; esperaba cagarse en los calzones y tener que salir del hospicio apestando a mierda por el efecto de algún brebaje maldito que ella hubiera bebido, pero su hijo estaba ante todo y se arriesgó. Con tan buenas intenciones de su parte, ¿cómo iba a suponer que esa prevención le proporcionaría tanto placer de por vida?

Ante aquellas nuevas sensaciones decidió pedirles a los hermanos del convento algo que les era dable hacer, como fue prepararle un cubículo de retiro, absolutamente privado, en el claustro del convento, a tenor de su condición de caballero, para que «la nueva nodriza» pudiera darle de mamar con la mayor tranquilidad posible al delicado Francisco Filomeno. Para el caso los hermanos hicieron llevar a aquel sitio una cama confortable que él solicitó y retiraron la angosta tarima de los claustros.

Al encontrarse los tres solos, la pardita, Filomeno y él, no tenía por qué reprimirse. La práctica preventiva lo compelía a ayuntarse con la pardita antes o cuando ella terminaba de alimentar a la criatura.

«Sí, es verdad, lo hacía por la mañana, después de asistir a la misa, y no me limité a ese momento; en lo sucesivo me ayunté con ella al mismo tiempo que el niño Filomeno y yo mamábamos en su regazo, uno de cada teta. Lucila, por tal de encontrarse con su hijo, tolerante y delicada, no rehusó en copular de esa forma en aquel convento. Adivine Dios si ella también se deleitaba con esa práctica.»

Don Antonio quería suponer que sí, porque no lo hacía solo por el placer de fornicar prolijamente. «Cariño había de parte mía», se convencía a sí mismo en su gustosa remembranza al lado de la escotilla de babor, vistiendo la bata de dormir.

No existía una buena razón ni era prudente hablarle al señor deán de esas intimidades. ¿Qué podía saber, o qué podía entender ese misógino *castrado* sobre un objeto femenino viviente, latiente, capaz de provocar satisfacciones como ésas a un hombre?

«Sabrá por mí que locuras de muchacho ocioso me hicieron obrar mal y que las dos, mi esposa Merceditas y su infeliz hermana de leche, quedaron embarazadas. Y nada más le revelaré de mi pasado.»

Ahora, de espaldas a la escotilla que ya había cerrado, envolvió con su mirada a la mulata Caridad y su crío al lado. Ponía fin a sus cuitas. Disponíase a reproducir en el piso del bergantín, tendido sobre la colcha marinera, el acto de su predilección en el convento. Esta vez en el cuerpo de la esclava Caridad, ignorando el peligro del mar bravío, haciendo oídos sordos al tímido llanto del pequeño Graciano.

Se levantó la bata mostrándose a la esclava, que ya despierta amamantaba al crío. Entonces nada lo haría retroceder, aunque navegaban a toda vela, oíase el estrepitoso e infernal crujido de las cuadernas del barco y se sentían cada vez con más fuerza los impresionantes cabeceos del bergantín

Saeta enfrentando el voluminoso oleaje, escorado peligrosamente, ladeándose a babor y a estribor cada vez que se desataba alguna carga; se oían hasta allá abajo en el camarote forrado de peluche rojo, los gritos del capitán en la cubierta, tratando de salvar la nave: la voz de mando, decidida e imperiosa para maniobras audaces, capaz de hacer temblar a cualquiera menos a él, presa de aquella *santa lujuria.* El furor del mar lo inflamaba. Le resultaba más excitante, lo enervaba. Le faltaba ese duelo de pasión con la pardita en medio de una tempestad, transgrediendo a la naturaleza hasta el final grandioso...

Podía presagiarse un fin dramático por los topetazos del velamen y el estremecimiento de la embarcación en medio de un mar tan tormentoso e imprevisible en la ruta hacia Las Floridas, pero a él no lo preocupó ni dejó sentirlo a la esclava, bajo amenaza de lanzarle al mar el crío si no lo dejaba hacer y si no sentía como él quería. Solo Gracianito lloraba.

MARTA ROJAS

IV

Bien entrada la mañana, a don Antonio lo despertó la ausencia de Caridad y el suave bamboleo del bergantín. Salió del camarote sin otra prenda de vestir que su ajada bata de lino, preocupado por la calma que había sobrevenido después de la tormenta.

Llamaba al capitán Albor, pero se le acercó el negro Salvador para comunicarle que durante la madrugada el *Saeta* había fondeado en la restinga, contrario a la dirección que llevaba, frente a un cayo sin nombre donde se encontraban en ese momento, a unas pocas millas del banco de Sal, y que él, como contramaestre, se quedó al mando del barco desde que, al calentar el sol, Albor y el piloto Cortés de Navia fueron a la playa con los músicos.

—Pero si la tormenta pasó tan pronto, ¿qué ocurrió después? ¿Por qué se detuvo? —preguntó don Antonio, quien tenía prisa por llegar a San Agustín.

—Por su bien, señor —afirmó Salvador, y le contó que mientras él y el padre Pino cenaban, cayendo la tarde de ayer, el piloto Cortés de Navia había visto un mar de espuma en la lejanía, al nordeste, y por la noche calculó que podía haber una corriente de hasta 4 nudos además del mal tiempo. Le era muy difícil maniobrar, por eso se dirigió al cayo, pero él, con su experiencia, creía que el piloto exageraba, aunque es mejor precaver que tener que lamentar.

—Estamos bien orientados, eso sí, usted mire cómo la mar está azulada... insistió el moreno.

Al marqués le caía bien Salvador. Lo miró a los ojos y el joven comprendió que algo se le antojaba:

—Diga, señor.

—Echa el bote al agua; parece que a aquéllos les va bien. Es domingo; un baño de mar será reconfortante después del ajetreo de anoche.

—Ya yo nadé, señor don Antonio —le dijo.

—¿Y qué más da?, anda a llamar al padre.

Cuando don Antonio, el padre Pino y Salvador arribaron al cayo sin nombre, el piloto los esperaba en la arena mostrándoles las sartas de pescados. Albor decidió que Cortés de Navia, con algunos pardos, regresara al *Saeta,* y que uno de ellos volviera a recoger a los demás. El bote del marqués se quedaría en la playa, bien sujeto con una cuerda a un palo clavado en la arena.

En corto tiempo los recién llegados, acompañados por el capitán, reconocieron la playa. Decía Albor que nunca había recalado en ese arenal, el cual no aparecía indicado en su carta náutica, ni en cartillas de tal derrotero, pero llamó a Núñez de Jiménez, el cartógrafo, para verificarlo; el magro marinero, que coincidió con él, examinó el entorno y halló la boca de una cueva a la cual entró. Como la abertura era ancha, miró bastante y al salir anunció el hallazgo de pictografías indígenas, algunas obscenas, lo que pudiera haberlas hecho autóctonas de más al sur, del Alto Perú. Sin embargo, la novedad científica no interesó a los invasores de aquel remanso insular. Pero fue buena la oportunidad para que el padre Pino, con la manía española-lusitana de los descubrimientos, lo diera por descubierto nombrándolo Cayo Barracuda, por los peces de esa especie que capturaron los músicos.

El cura, quien solo se mojaría las canillas y el rostro, se esforzaba por ignorar la realidad que lo circundaba mientras bautizaba el cayo: todos los hombres libres que desembarcaron se bañaban o salían del mar como habían venido al mundo y se paseaban orondos con el pendón terciado, cuando menos. Ante ese espectáculo inocultable, el padre —introspectivo— optó por intelectualizar la escena naturalista que estaba viendo y rememoró su recorrido años antes por templos de Cantabria.

En las iglesias del medioevo había podido ver estampas de erotismo sorprendentes. Se acordaba en particular de aquella de San Martín de Elines, en Cantabria, donde vio a ese señor con los genitales afuera mesándose las barbas con la mano derecha, mientras que con la izquierda acariciábase el falo aparatosamente erguido..., como algunos que ahora se ordeñaban al alcance de su vista. A un ciervo cubriendo a una cierva, en otra de las esculturas de aquel templo; obras de maestros canteros y de frailes que labraban las piedras de las iglesias.

« ¡Oh, pero claro, eran representaciones del pecado, de lo que no debe hacerse!», reflexionaba, y sus ojos iban y venían del mar al arenal del Barracuda.

Recordó, poniendo a prueba voluntad, memoria y enjundia, ciertas figuras más como la de un hombre que competía en facultades, nada menos que con un chimpancé, «como ese moreno Salvador, que don Antonio pondera». Pero él había observado, sobre todo en Cantabria, denuncias del pecado aún más asombrosas: «¡Falos esculpidos en piedra apuntando al cielo...!»

Lo siguiente se lo contaron en el monasterio, pero ahora venía al caso: «Los frailes describiéronme aquella pareja desnuda ambos en un abrazo. Él con una verga que le llegaba hasta los pies, y acariciándola ella.»

Se preguntaba el futuro deán si no había obrado con debilidad el Tribunal Inquisidor en Cantabria, Uscastillo de Zaragoza, Villaviciosa de Asturias y Dios sabe cuántos lugares más, y como si todo ello no bastara para turbarlo, también le venía a la mente la tapa de cuero repujado del libro *Vasallo a caballo,* elaborada por don Santiago Armada, diz que éste tenía buena pinta de Quijote. Aquel dibujo coloreado, representaba a un caballero cabalgando, pero no en un bruto sino sobre un robusto y despampanante pene. Que él supiera, la terrible metáfora de erotismo fue censurada por el Santo Tribunal, escandalizado por el autor a pesar de sus blasones de armas, pensaba; pero volvía una y otra vez la mirada para no perderse el espléndido retozo.

Descubrió que el marqués don Antonio, llevando al aire tan campante sus reales atributos de la misma manera que los demás bañistas, lucía un cuerpo envidiable.

Los alegres nudistas se hacían notar entre ellos mismos mientras realizaban ejercicios físicos «En posturas impropias —observa el cura— comparan sus oriflamas desplegados.»

Acostábanse boca arriba en la arena para tostarse al sol, como si no lo estuvieran con tanto tiempo en el mar. Hacían de maromeros, volvían a zambullirse, manoteábanse, imitaban pleitos cómicos de gladiadores; luego se sumergían, y al salir del agua, con sus nuevos retozos y saltos, parecían apostar a vencer la flaccidez del miembro, corriendo y potreando en puja de apuesta por toda la playa. «Dirán que para para ejercitar los músculos» a lo largo del arenal, « ¡vulnerables a la tentación del Diablo!», insistía ya ansioso el cura, hasta un poco fuera de sí contemplándolos cual idólatra desde su escondite en la boca de la Cueva del Cartógrafo, entre el amarillento matorral del Barracuda. Y como la calistenia de los hombres de mar duró bastante tiempo, y algunos se favorecían mutuamente al amparo de las múcaras emergentes, él obró a su gusto sin habérselo propuesto.

Acuciado *in extremis* por tan obstinada y evidente provocación de Satanás —hacia donde quiera que él mirara—, renovaba pujante el goce inefable que le proporcionaba expurgarse —del modo que lo hacía, arcanamente, por debajo del faldón de la sotana— la dichosa *sal del pecado,* tan abrasadora e inflamada.

—*Zeubb, Dkeur* —gorgeaba entre espasmos, alabándose y alabando en herejía el emblema de la creación—. *Dkeur, Dkeur, Zeubb, Zeeubb, Zeuubb* —decía el cura para nombrar *el principio del Hombre* en su estado activo expeliendo la substancia acumulada, porque sería más grave el pecado si lo hiciera de otra manera vulgar en castellano, que en la lengua de los moros, como lo tenía aprendido...

De vuelta al bergantín, Caridad esperaba al marqués en el camarote con una tina llena de agua dulce hervida con sus yerbas aromáticas preferidas, donde don Antonio tomó el baño reparador antes de solazarse con la hembra, porque el cuerpo se lo pedía.

Durmió una larga siesta patas abiertas como la madre lo parió. En ese tiempo, el *Saeta* levó anclas y salió sesgando el mar. El piloto Cortés de Navia aprovechaba el poco viento favorable que tenía para situarse en la corriente cuyo río de agua lo iba aproximando a la costa continental de Las Floridas. Navegaba seguro de la orientación que llevaba, no tanto atenido a los instrumentos como a la estima, aunque el *Saeta* contaba con astrolabio y octante.

Caridad subió a cubierta; no tenía que hacer las labores duras de los demás esclavos. Desde la proa vio cómo se tornaban más azules y transparentes las aguas; le divertía observar el jugueteo de los delfines con el *Saeta,* y Salvador, cerca de ella, le anunció cuán pronto aparecerían unos raros arrecifes que salían del agua, con lo cual no debía asustarse, pues eran las manchas del pez bonito que semejaban herviaderos en el mar, y por su negrura, arrecifes. Pronto vio el fenómeno.

El contramaestre le preguntó por qué, si era una esclava mantenida del señor marqués, el amo no la había manumitido. La mulata no encontró respuesta para la pregunta de Salvador, quien indagó entonces si quería cambiar de amo o trabajar para coartarse.

—Cuando don Antonio le dé la libertad a mi hijo; él le pertenece, como yo —fue su respuesta.

Don Antonio se despertó sin pereza y salió del camarote en bata de dormir. En el resto del viaje no volvería a usar otra prenda de vestir. Favorecido por la playa, tenía un color soberbio. Serían las cinco de la tarde y ordenó la cena. Quería música, placer..., con orden, eso sí. Sin excesos nocivos. Llamó a Salvador:

—Sirve vino, pero si alguien se emborrachara demasiado, échales el majadero a los tiburones que tanto abundan en este Estrecho de La Florida, y mira que no me gusta bromear.

Mandó a buscar al padre Pino y llamó a Caridad:

—Ven acá, ¿dónde está tu hijo?

—Durmiendo, su merced.

—Despiértalo y tráelo; quiero que el padre lo vea —le ordenó don Antonio.

—Ya es cristiano, señor, está bautizado —le recordó Caridad.

— ¡Tráelo y no hables tanto, muchacha! El chiquillo solo sabe dormir y mamar. Es el gran mamón, ¿no crees? Crecerá vigoroso e inmune, te lo aseguro.

La parda trajo al crío a cubierta y se lo entregó.

—Padre Pino, dé fe de que este chiquillo, Graciano, es libre, y llevará los apellidos de quien hasta ahora era su dueño. Dé fe de que este glotón y dormilón como su padre, es mi hijo. Asiéntelo en San Agustín.

Obró sin solemnidad; no obstante, Caridad se desplomó a los pies del amo.

—Está bueno ya de aspavientos, Caridad. Acaba de levantarte y ve a apurar la cena; eso es lo que tienes que hacer —y raro en él, su voz se quebró.

Tenía el niño en los brazos, y, turbado, se lo entregó al cura como si fuera un bulto.

—Voy a comer en la cámara del capitán, soy su invitado —de ese modo don Antonio hacía a un lado al cura. No quería que le recordara la prometida confesión cuando ya estaban a punto de desembarcar.

Sonriente recorrió la cubierta. Les dijo a los músicos lo que quería oír. Estaba feliz. La inusitada confrontación de calistenia con otros hombres más jóvenes y la visible paridad con aquellos que se zambullían en la playa, «y salíamos nuevos, disparados como potros» —símil que usó en la gruesa conversación con el capitán Albor—, contribuían a su contento. Le pareció que en estas horas especiales, ya próximo su arribo a San Agustín, hombres de mar podían comprenderlo mucho mejor que el sacerdote, por muy sabio que éste fuera. Otra razón que tuvo para no invitar al cura a cenar con ellos.

Luego le dijo a Albor:

—Si yo quisiera, usted lo vio... Quiero decirle, capitán Albor, que estoy en facultades para estar enganchado, a toda hora que se me antoje, a las mulatas y negras tentadoras que me pongan delante, y además satisfacer ciertos caprichos con una como Caridad, pero para mí eso no es toda la felicidad, capitán, y solo usted y yo lo sabemos —se sirvió otra copa de vino.

»Yo siento cariño y otra cosa por ella, y es a usted a quien menos debía confesárselo. Son las contradicciones de los hombres y de la vida.

La primera botija de vino se la habían tomado sin hablar. Aunque Albor sabía por dónde venía, lo toreó maliciosamente:

— ¿Se refiere a Caridad? —a sabiendas de que el problema era la otra.

— ¡Oiga...! No, señor, esa muchacha merece la carrera del matrimonio; habré de juntarla con un libre, es cuestión de tiempo.

El marqués no hubiera querido leer en la mirada del zorro Albor la cruda realidad. El capitán volvió a la carga:

—En cuanto a Lucila Méndes... —don Antonio lo hizo rectificar:

—Usted dirá Isabel de Flandes.

—En cuanto a doña Isabel, quiero decirle que ha cuidado muy bien de Filomeno. Yo soy el mejor testigo.

—Aunque yo lamente mi merecido, así es, capitán: *usted es el mejor testigo*. Y algo de lo cual es mejor no hablar —subrayó, y se volvió a tender el silencio.

Como el marqués había indicado para el programa de esa tarde de domingo, la música no dejaba de sonar, aunque no tanto los violines como el güiro, los clarines y tambores.

El asunto que había abordado en la conversación con Albor era demasiado molesto, aunque él mismo lo provocó; entonces llamó al piloto Cortés de Navia para que los acompañara a la mesa. Salvador Hierro se quedaría de timonel.

Conversaron sobre todo lo intranscendente que podía ocurrírseles. La voz cantante la llevaba Albor, quien se mostraba alegre y locuaz, no tanto por unas copas de vino que había bebido, sino porque llegaba a su destino con mucha confianza, lo contrario que el marqués.

Contó cosas de las cuales poco o nada sabían los demás, con excepción del piloto Cortés de Navia, quien, como él, en más de una ocasión había navegado todo el Caribe y los mares del sur, yendo a parar a Río de la Plata y Montevideo, además de la provincia de Venezuela e isla de la Margarita.

—A los negros esclavos en la Argentina los he visto yo fabricándose en sus casas las telas ordinarias y gruesas que ellos usan, y a las mujeres bien vestidas, a su modo, y calzadas, porque el clima los obliga como en San Agustín. Las de casa saben repujar el cuero y tejer la lana; desde luego, también trasquilar los carneros; ellas tejen sentadas en el suelo y sus amas ocupan un estrado de madera dentro de la casa señorial —contaba Albor ante un don Antonio pensativo y proseguía—. Ni se imaginan cuantos negros hay en el Río de la Plata; los vi en todas partes en Buenos Aires y Córdoba. En solo dos haciendas de esas ciudades que visité me citaron dos mil esclavos y estaban muchos en venta, pero por familias completas.

Cortés de Navia mencionó el mate y le dio pie a Albor para continuar su plática:

—Claro, ¡cómo lo beben!; hasta las negras lavando descalzas en el río están tomando mate a todas horas. Y las ve usted con sus tableros sobre la cabeza cargadas de ropa lavada, y colgándole de una mano la cazuela con asa donde llevan el agua hirviendo, que no recuerdo bien su nombre ahora...

Pero lo más particular es que mientras apalean sobre una piedra las ropas, para sacarles el churre allí en el río, dicen chistes sin parar y echan carcajadas por todo, señores, como si las estuvieran cosquilleando; en particular ellas, las lavanderas, son las que echan esas carcajadas tan famosas en Río de la Plata que hay un dicho que habla de *las carcajadas de las lavanderas...* Los negros son gauchos, jinetes tan estupendos en la llanura que se les aprecia mucho; lo digo porque no solo ando en el puerto, sino que camino esas tierras. Bueno, los negros de los hateros de Santo Domingo no se quedan atrás.

Y a una pregunta del marqués don Antonio, respondió Albor de manera afirmativa:

—Sí, señor, hay, como en todo lo nuestro, salido de mezcla de español con negras e indias o viceversa; tienen buen talante los varones y las hembras, pero a las mulaticas muy adornadas les dicen que se vistan según indica su calidad. Eso es distinto a aquí, don Antonio, mas así y todo a ellas tampoco les faltan protectores, se lo aseguro.

Un rato después don Antonio se retiró al camarote y empezó a preparar las cosas personales para el desembarco en La Florida oriental, el cual se produciría en breve tiempo. Abrió la caja donde guardaba el reloj del artesano Lepine y revisó su sonajero; un conjunto de piezas preciosas. Costaría trabajo diferenciarlo del reloj original: lo podía afirmar ante cualquier experto, así como contarles al dedillo las cosas más novedosas sobre la colección de relojes del monarca de España.

En el momento en que el soberano firmó las *Gracias al sacar,* se encontraba en el Comedor de Gala; poco antes le había dado cuerda al *Eros y*

Psiquis, el reloj que a él le gustó, así como a otras joyas de la colección real de relojes. Eso no lo olvidaría nunca.

Lo más importante para él había sido la anuencia del rey para que el artesano Lepine le fabricara una réplica, que le gustó aún más que el original: Cupido reanimando con un beso a Psiquis (el amor vencía a la inteligencia de la testaruda Lucila). Le dijo a un ministro de la corona que quería regalárselo a alguien que le había dado holguras que marcaban su vida minuto a minuto. Calificó la pieza como el *summum* de la armonía de las cosas. «Eros, padre de la noche, hijo del cielo y de la tierra, junto a la hermosa Psiquis que tanto celo provocó en la diosa Venus.» Desde luego que ése no era su lenguaje habitual, pero había oído pronunciarse a Carlos IV en tales términos al referirse a la obra de arte que atesoraba en Aranjuez, y el ministro de la corona quedó impresionado con su verbo elegante.

No podía aquel gran señor negarle su apremio de tener su *Eros y Psiquis,* cuando el monarca hasta lo había invitado al bautizo del Salón de los Espejos para que pudiera admirar en todo su esplendor la magia de esas planchas de fantasía, las cuales, colocadas con tanto arte en las paredes, multiplicaban el espacio y la luz como le había anticipado el soberano.

Además, había recibido de las manos del rey el pergamino con el emblema de las armas de los Ponce de León, del marquesado de Aguas Claras: en campo de plata un león rampante, de gules, coronado de oro; también orlados de oro los cuatro palos de gules. Bordadura azul, y en ella, ocho escudones de oro con faja de gules, como descendiente que era de aquel noble conquistador, descubridor de Norteamérica, y al que él le adjudicaba la fundación de San Agustín, la primera ciudad del Norte, bajo la jurisdicción de Cuba.

En el gabinete privado del soberano, cuando recibió los nobles blasones originales, le habló a la reina por primera vez sobre el talento y méritos de Francisco Filomeno, su inteligente hijo, *pero* de color quebrado.

Volvió a guardar con cuidado el *Eros y Psiquis*. Soñaba con despertar a Isabel de Flandes, siquiera una mañana, haciéndolo sonar. De ocurrir, aunque fuera una vez, las cosas volverían a su lugar —tantos eran sus encantos; tenía imán, su mirada bastaba para turbarlo. «Era pasión verdadera», sentenció con el reloj en la mano. «Aunque tengas razones para odiarme, ha perdurado» —dijo para sí.

MARTA ROJAS

V

Tres leguas más en derechura y podrían divisarse las costas planas de San Agustín de Las Floridas. El *Saeta* se había adelantado a la goleta *María Amalia* y al bergantín *Coralino*, dejándolos atrás. También se apareó al bergantín una embarcación más ligera que navegaba hacia la isla de Cuba con viajeros españoles y algunos indios seminolas.

Aunque el velamen del *Saeta* no era muy espeso, la maestría del piloto hacía volar al bergantín simultaneando maniobras apropiadas, según batiera el viento o lo favoreciera la fuerza de tan maravillosa corriente. En la forma en que navegaba podía subir como una flecha al saco de Charleston, Nueva Inglaterra, y alcanzar Nueva Escocia. Si él no estuviera respondiendo a un patrón, pensaba el piloto Cortés de Navia, con el ánimo que tenía de correr esa aventura, no paraba hasta Terranova.

El piloto Cortés de Navia, de nombre Francisco y de mote *Buen Ángel*, había sido examinado por un maestro navegante en Sevilla cuando cumplió dieciséis años de edad: recibió notas de sobresaliente. Había emprendido en serio su profesión de marino a los trece, con dos tareas mediterráneas. Después, la soñada travesía a las Indias y de nuevo a África en el comercio triangular. Con veintiún años, siete de ellos en la navegación de altura, porque no hay que contar su niñez remando en las falúas del puerto de Cádiz, Cortés de Navia era ya un viejo hombre de mar. Se había dejado la barba, que hirsuta, castaña, dorada por el sol, era de corte redondo. Disimulaba su incipiente y precoz calvicie con el pañuelo de seda anudado por detrás del cuello, a lo gitano o como un pirata. Sabía leer y escribir lo indispensable para el mejor desempeño de sus artes marineras; también se entendía en francés, inglés y algo en holandés; el portugués era como su segunda lengua. Seco y desaprensivo, solía permanecer horas sin pronunciar palabra. Tenía la manía de oler el viento. Los marineros lo imitaban levantando las ventanas de la nariz, y al sorprenderlos se sonreía mostrando sus dientes impecables, sin manchas de tabaco; los dos incisivos superiores separados daban a su rostro un toque simpático e infantil.

El capitán, de pie, a su lado, le pidió el pronóstico del tiempo para cuando al caer la tarde entraran en la rada de San Agustín. Miró el cielo, olió el viento y afirmó:

—Celajería..., mas bonancible, bonancible.

—Conque tendremos nubes deshilachadas y el tiempo será regular. Hay que prepararse porque puede llover —advirtió Albor y el piloto asintió con un gesto imperceptible, sin mover los labios.

El capitán siguió hablando con él sobre la carga, la paga a los marineros y el trabajo del calafate, pero sin obtener respuesta, a lo cual estaba acostumbrado, y cuando vio bien definida la costa y empezó a aparecer la celajería, se despidió del piloto:

—Me voy a vestir como corresponde y a preparar el desembarco.

Entrar en un puerto era camino trillado para los dos. En esa ruta de la isla de Cuba a Las Floridas aventajaban a muchos marinos que no sabían cómo sortear las dificultades que originaba aquella barra alargada, hostil antesala del puerto, que hacía 9 pies de agua en lo más profundo, por lo cual no eran pocos los accidentes.

Buen Ángel olió el viento. Soplaba el del Este, así que tendría en la barra unos 12 pies y no los 6 de haber olido el del Oeste, se dijo. Y de haber sido así no entraba esa noche en San Agustín. Lo hubiera preferido, pues desde que ocurrió lo inesperado en el último desembarco —para él— de una cargazón de negros bozales en Santiago de Cuba, unos años antes, el arribo a cada puerto le fatigaba la mente. El recuerdo de Jackín, el fatal desenlace, lo perturbaban desbordando sus deseos que chocaban con un valladar hasta ahora infranqueable.

Ése fue el día en que conoció al marqués, y vio al niño Filomeno tapándose la nariz con un pañuelo de encaje rociado de aceites de esencia porque el olor a negro le molestaba; «el aire trae la peste», había dicho Filomeno, «cuando era yo el que más hedía», recordaba *Buen Ángel*, Cortés de Navia.

Ahora arribaba al puerto floridano. Los viajeros y demás tripulantes bajaron a tierra. La ciudad de San Agustín los esperaba, pero él se había ofrecido para permanecer al frente del *Saeta* con los dos vigías, un cabo y un soldado del cuartel de San Marcos, y el grumete de guardia, quienes cuidarían el resto del equipaje del marqués hasta el siguiente día, pues —como estimó el capitán Albor— llegaron bajo la lluvia y empezaba a oscurecer.

Buen Ángel cogió su botija de vino generoso, el más fuerte y añejo, bien cerrado con corcho portugués. Cortó un pedazo de tasajo que se comió en el camino al camarote de don Antonio, lugar donde el capitán había depositado la carga más delicada. Entró y echó el cerrojo. Acostado boca arriba entre los almohadones de pluma, abierta la bragueta y estiradas las piernas para descansar mejor, manoseó su pesado miembro. La botija de vino en el velador, al alcance de su mano, y sobre un cojín su arma de fuego. Entonces a soñar despierto como apetecía para quitarse así, con el recuerdo recurrente y el vino, la enorme fatiga de su mente, el estupor permanente en que se debatía su conciencia.

Quería estar solo. Los fantasmas de la trata, el flujo ordinario de la vida... Cuando así pensaba, lo hacía aquel poeta que había escondido en él a pesar de esos años de su vida dedicados, desde tan joven, a tejer en la rueca de la trata a los tres continentes. Ninguna lanzada en falso. Conocía muy bien los hilos para el tejemaneje de esa urdimbre, los nudos apropiados y la extensión de la madeja.

Para él, *tráfico de negros* siempre fue una expresión fea; tanto como otras en boga: *caza* y *negrero*. *Captura, comercio, comerciante,* eran palabras que sonaban mejor. Se había afirmado: «Soy una clave del engranaje principal en la manufactura y el comercio mundial —tomaba aliento—, y de las plantaciones que endulzan a Europa.»

Y seguía: «He argumentado que ya ninguna persona civilizada podría prescindir del azúcar ni del café. E incluso escribí lo que ya había leído de otros: que sin las piezas de Indias o las piezas de ébano, como quieran llamarlas, esos productos que engolosinan a Europa no estarían a su alcance.

»Alguna vez un francés, tenía que ser un francés, que son los que hacen teorías, dijo que los europeos sentimos pasión por el desayuno a la parisina: el café con leche azucarado. Hace falta azúcar, me dije, mucha azúcar, y el grano mulato; por tanto, hay que buscar más esclavos... No tengo yo culpa de eso, me he dicho muchas veces. No tengo por qué reprocharme nada.»

Pero se empinó la botija en forma de porrón y aceleró el torbellino de su mente: «Sentirme vinculado a las piezas de ébano me desploma, y el aplomo resulta indispensable en la vida, y más a un piloto, igual que las plomadas para los constructores que levantan sólidos y equilibrados muros y edificios.»

Volvió a beber y se preguntó: « ¿Qué día comencé a contradecirme?»

Arrellanado en los almohadones del marqués, recordó que aquel día había levantado la mirada hacia los techos de las casas de Santiago para no tener que fijarse tanto en el lote de bozales. No todos lo eran, pues había ladinas. El pensamiento lo llevó a África y le reprodujo el momento en que echó al primer muchacho en el saco. Disfrutó aquella pieza como un cazador de gamos.

Fue su primer negro, como decir su primer venado, o la primera liebre... y sin herirlo. Después, la rutina del oficio y las hembras que llovían; amancebaba hasta tres a la vez, bien amarradas, aunque no se crea. Sus cuerpos semidesnudos, hacia cualquier parte que mirase, le tenían la verga parada o en funciones, sin darse tregua. «Pero Jackín era mi preferida..., mas eso pasó en África, antes...»

Recordó: «Ese día en Santiago daba pasos lentos por el flanco derecho de la cargazón de negros. Tensaba fuerte la cuerda de cuero para dominar mucho mejor a mi más fiel mastín. Evitaba que el perro lastimara a alguna de las piezas de ébano cuyo valor en el mercado aumentaba por día. Era un lote de esclavos de primera, según la regla de oro del tráfico, ya que, al parecer, no había entre ellos ningún ladino, aunque sí ladinas. No hablaban otra lengua, con excepción de las ladinas, sino la propia de sus tribus.

»Hasta en Gorée había cargado mercancía y mi verga no descansaba; la mojaba como pluma de escribiente que entra y sale del tintero, sin parar, ¡y tanta tinta había! —jugaba indolente con ella mientras pensaba ahí tendido en la litera del marqués. A pesar del viaje los africanos estaban fuertes y sanos, bien que los había beneficiado al llegar a la isla y de nuevo en el barracón de tránsito, y mucho que les había hecho bailar a bordo *la danza del foete*. Traían las marcas de su origen, señas de calidad muy apreciadas.»

Más vino, y sudaba entre aquellos sedosos almohadones y el peluche rojo de la gran litera que hasta dosel tenía...

«Los negros estaban rayados en las carnes, y las escarificaciones databan de la niñez, al igual que las deformaciones en los dientes de algunos. ¡Blanquísimas dentaduras! Mi cargazón había salido por el Calabar, y aunque estaba muy mezclada, los de la factoría y los del puerto los declararon a todos

Congo: congo musundi, congo batúa, congo de ki-
samba, lunde, makupongo, pues en verdad casi todos los que llevé eran congo.

Ahora, de bruces, dando a cada rato saltos in-
controlables; y de nuevo vuelto boca arriba en la
litera de don Antonio:

—Más vino, sí, ¡una congolesa, una congolesa...!
Tomaré más vino —hablaba solo.

Había calor, siguió recordando, mucho calor; sus
cejas rubias destilaban sudor. Tenía pegada a la
piel de su cuerpo, tan delgado entonces, la camisa,
una camisa pesada, de faena. El aguatero le ofreció
un porrón lleno de agua fresca allá en Santiago, y
se lo compró enseguida. Bebió un chorro, y quitán-
dose el sombrero de vastas y tendidas alas que llevaba y el pañuelo de seda que cubría su cabeza, se
derramó otro chorro de agua fresca, mojándose el
pelo —entonces solo tenía una leve tonsura.

De nuevo de bruces...

Los negros lo devoraban con la mirada, y de no
haber estado amarrados le habrían arrebatado de
las manos, de las manos de Buen Ángel —se volvió—, aquel porrón de barro cocido. Les echó la risa en la cara porque todavía conservaba su buen
humor; si no, cómo seguir desempeñando bien su
oficio, el de asegurar el desayuno a la parisién. Le
quedaba agua y penetró el lote hasta donde estaba
parada la negrita con la cría color maíz, allá en
Santiago...

El piloto se incorporó, fue a encender el farol y a
abrir más las escotillas; estaba descalzo y sin camisa. Buscó más vino. En el camarote había todo el
que quisiera. Estuvo tentado de coger el de la reserva del marqués, pero se arrepintió. Abrió la
puerta y llamó al grumete para que le trajera dos

botijas más, de las pequeñas. Afuera estaba muy oscuro; tan solo las luces de los faroles de los vigías y el del grumete. Reabastecido, echó el cerrojo a la puerta y sin ropa alguna, la reemprendió con su odisea.

Ese día desafortunado en que empezaron sus contradicciones consigo mismo, había levantado el porrón para rociarles encima el agua a la negrita y a la cría, pero el perro, también sediento, se interpuso. El chorro de agua perdió su dirección y apenas humedeció los labios de la negrita.

Regresó al otro lado de la cargazón y oyó y vio que lo llamaban: « ¡Ya vamos, Buen Ángel!», gritó otro de los negreros como él, desde afuera del mostrador de la pulpería, y le respondió con un gesto inexpresivo. Empezaba a ser inexpresivo. Llamó al malojero para que su caballo comiera. Luchó, luchó, bien sabe Dios que luchó para recuperarse, para ser quien era. Justificó su acto premeditado: al fin y al cabo, pensó, tenía derecho a endulzar su tarea porque un negrero es la rondana indispensable para el engranaje que trae riqueza y progreso al reino sin recibir gracia alguna del rey: «La cría es mía y la venderé sin darle cuenta a nadie.»

Ahora, acurrucado como un feto... lloraba. Se volvió de nuevo, sin desenroscarse. Con los ojos abiertos seguía reproduciendo minuto a minuto aquellas horas, sacudiéndose despacio la verga de derecha a izquierda, de izquierda a derecha; de arriba abajo, a un mismo ritmo, moroso, pero sin parar de hacerlo.

Recordó que: sus socios volvieron a llamarlo pero su caballo todavía tenía maloja que comer. La car-

gazón de negros al cuidado de él estaba cada vez
más sofocada. El sol iba absorbiendo el agua de los
pequeños charcos que había dejado una madrugada lluviosa. En esos pequeños charcos la negrada
humedecía las plantas de los pies.

Esperaban al comerciante vendedor. Lo esperaban los negros y los negreros, equiparados en esa
espera. Sus compañeros llegaron y los oyó parlo-
tear sin que le interesara: «Ahí lo ve usted ahora,
hecho un desgraciado», habló uno, y el otro: «No es
el mismo lince que en la costa de África; cuando no
está funcionando se pone triste.» El primero volvió
a la carga: «Tan listo que te manifestabas, Buen
Ángel, montado a toda hora en esa grupa; estás
enviciado y aquí en el ramplazo no puedes sacárte-
la» —estuvo tentado de hacerlo, con disimulo. Jackín lo miraba y él lo deseaba. De haberlo hecho,
quizás... Y acotó el tercero: «Mira, Buen Ángel, de
poeta te volviste escribano y andas esmirriado de
tanto meter tu pluma de gallo blanco en el tintero.»
Todavía le parecía estar escuchando aquellas voces y risotadas. Dio un salto nervioso en la litera
del marqués. El bergantín se mecía. Gritó:

— ¡Arre... Arreeee, Jerezano, Jerezano...! ¡Arre,
caballo. Arre, Jerezano; caballote! ¡Arre, Jereza-
nooo! —zarandeábase la verga, agitado, furioso.

Los vigías del San Marcos y el grumete le tocaban en la puerta del camarote, pero empecinado en
lo que estaba no respondió las llamadas.

— ¡Abra usted, señor piloto, abra! ¿Qué le está
ocurriendo, señor? ¿Qué dice? ¿Es una pesadilla,
señor? ¿Le pasa algo...?

Sin respuesta, los tres de afuera comentaron:

—Está borracho, dormirá la mona como un bendito, dejémoslo.

Andaba desnudo dando traspiés por el camarote de un lado a otro, chocando con las cosas, arreando a su inmutable caballo como un loco, haciendo que trotara. Hasta que fue recuperando la cordura. Entonces tomó asiento en un banco ante la mesa de don Antonio, desenvolvió un papelillo y se echó sobre su atributo bastante *henné*, el mágico polvo amarillo de flores del Oriente que un marino egipcio le vendió muy caro. Esperanzado en sus efectos y no bastándole la diestra para alentarse, por la pesadez y largura del insensible colgajo coloreado, se manipuló con las dos manos. Pero lo que sintió enseguida fueron deseos de orinar, y buscó con el farol la bacinilla de porcelana del marqués. No recordaba haber orinado antes en una bacinilla; le hubiera gustado hacerlo, pero no apareció, y tuvo que abrir la puerta y salir presuroso a desaguar en el mar. Satisfecho, se sacudió el tormento jugueteando con él con una mano mientras en la otra sostenía el farol.

Los vigías y el grumete de guardia que lo estaban observando creyeron confirmar las sospechas que tenían. El más viejo afirmó:

—Borracho, lo que yo decía, y para colmo alumbrándose para que veamos la maruga que se gasta. ¡El muy dichoso tiene para repartir! Te aseguro que va a seguir bebiendo. Ya lo oiremos.

Regresó a la cámara de don Antonio. Todavía la segunda botija tenía vino, se sentía sobrio, más desahogado, pero el peor momento de aquel día que rememoraba no había llegado y, en el fondo, él no quería que llegara.

Pasó de nuevo el cerrojo. De pie, junto a la mesa, bebió más vino.

«Soy culpable de asesinato», se incriminó.

Sediento, volvió a beber. Sintió un estremecimiento mayor que otras veces; se espolvoreó más polvo de flores del Oriente, recurrió de nuevo al vino, bebió a fondo. En su desesperación se le derramaba el líquido rojo por el cuerpo. La vigilia lo tenía trastornado. Nunca había llegado a ese extremo.

Desconsolado, apelaría a otro remedio para sacarse los fantasmas de adentro. Era un hombre de fe religiosa. Vuelto a acostar, descorchó una de las botellas de barro del vino de la reserva del marqués, bebió varios sorbos y la colocó en el velador.

Cebándose con vehemencia, efusivo, febril, continuó buscando afanoso una exaltación de su vitalidad varonil que lo satisficiera aquella noche que parecía interminable. Haría un nuevo esfuerzo en ese puerto. Sí que lo iba a hacer... Descomedido, como fuese... La sola idea excitaba su imaginación y se cebaba mejor, más a gusto. Sin parar de faenarse, invocó a la virgen del Rosario:

—Te lo ofrendo, ayúdame —le dijo procaz, con gestos obscenos, irreverentes y lúbricos, mostrándole a la virgen que presidía el camarote su gran pene fláccido e incompetente.

Y con más efusión le prometió:

—Será tuyo, para ti solita, virgencita, si me ayudas a que vuelva a vivir... para ti nada más, virgencita.

Desoído él, o indevoto su atributo, apeló a la otra versión de la virgen, la Galeona, y le pidió que obrara ella el milagro:

—Hazlo tú, Galeona, que nos proteges en el mar y consuelas a los marineros de Indias que te llevamos con nosotros a bordo.

Mientras hablaba se aplicaba a su obraje con asombrosa pasión. Le prometió a la Galeona un altar en Terranova:

—Encabrítamelo y te lo hago, Galeona: un altar en Terranova, Galeona.

Empinándose la botella de vino y ante la indiferencia manifiesta de la virgen de los navegantes, clamó soez, subrayó la frase con un gesto grosero:

— ¡Encabrítamelo, puta virgen de los infiernos!

Frustrado, las maldijo a las dos con palabras blasfemas, pero ni aun así se dio por vencido... Bebió más vino, otra botella de la reserva, hasta que, impaciente ya, torpe y desalentado, pidió perdón a la Galeona.

Creía desfallecer bañado en sudores, sin haber logrado lo que quería, desde el anochecer al alba. Acalambrada una mano, en algo recuperaba su estima entre los temblores y escalofríos que acompañaban el caldo tibio de desfasadas y lentas expulsiones, muy lejos de parecer un orgasmo, y que se prolongaban demasiado. Cansado de contar, en la oncena emisión del líquido espermático, tan vacilante y laxa como la primera, sin fuerzas ni voluntad para otra cosa sino esperar pacientemente a que éstas cesaran por sí solas, tembloroso, hundió el rostro en uno de los almohadones de seda de don Antonio para revivir en pretérito sus actos de aquel día eterno... el día de Jackín.

Los perros lo halaban y él se dejaba llevar, pero terminaba dominándolos; era su voz y no otra a la que obedecían. No deseaba hablar con sus compañeros, nunca había sido un parlanchín.

En realidad las cosas venían de atrás, de África, pero todo iba bien en el oficio hasta que la echó en el saco y después supo que era una princesa y valía su peso en oro.

A no ser por la lujuria desmedida de su amigo El Sabio, y también por la suya, hubiera regresado a la costa firme con dos piezas más, enteramente suyas porque más allá del perímetro asignado a aquella factoría no estaban sujetos a trato con el holandés. Pero El Sabio poseyó allí mismo a la presa apetecida y cuando se le escapó, corrió a hundirse en el lago. Otras dos que también tomó El Sabio se suicidaron igual.

«Quiero creer, he querido creer siempre —se dijo—, que mi presa hizo dura resistencia y me vi obligado a reducirla por la fuerza, a nuestra usanza, violándola. Quiero creer que ella se me entregó a voluntad. Cabe la tonadilla... "Dice cosas este loco que no saben a verdad, pero a mentira tampoco."

»Aquí está la prueba, la marca de sus dientes en mi muñeca, ¿qué negro no hace resistencia?; esto delata lo ocurrido, me afectó un tendón. Desde entonces anda mi meñique encorvado —se miró la cicatriz de la muñeca—, y nunca se borrará la huella, a menos que me corte el brazo hasta el codo.»

Tuvo que darle un brebaje para poderla trasladar en el saco, allá en África.

Recordó los meses en la Costa de los Esclavos en espera del barco negrero. Fueron largos meses, había conflictos entre comerciantes y armadores de buques. Las desavenencias prolongaron el depósito de miles de piezas en varias factorías, cuando lo normal hubiera sido una estadía de pocos meses.

Parieron varias negritas. Le pareció gracioso recordar esa incidencia; aunque era normal, resultaba simpática: todos los críos eran color maíz. «También la mía con Jackín; debí de tener muchas más sin conocerlas.»

Cuando vio que le crecía el vientre a su presa, rogó a la Galeona que demorara el crucero para que pudiera parir allí en la factoría. Cuando la criatura por fin nació, él mismo iba a marcarla con el hierro, «porque de que era mía, era mía». Fue Jackín quien se lo impidió; el carácter de la muchacha lo asustaba, y ya él sabía que era princesa.

—Si provocaba escándalo podían robármela para cobrar por el rescate. Aquella vez mi virgen no me falló —podía oírsele lo que decía.

La trajo en el barco como lo que era. «Casi todo el tiempo Jackín en cubierta, aunque en verdad en ese barco no juntábamos a las mujeres con los hombres allá abajo, en las galeras. Las metíamos en la caseta que el capitán mandó a preparar para esa mercancía. Y siempre que podía yo estaba prendido con ella, y no solo con ella. A espaldas del capitán, encepándome con una hembra yo era un lince.

»En la factoría, durante los primeros meses del embarazo compartía mi presa con el portugués. Fue un trato justo porque la tenía allí de contrabando, no formaba parte legal del lote; no tenía marca; la mercancía era propia, estaba fuera del perímetro de la jurisdicción... Me repito, ya lo había dicho. Virgen mía, ¿qué es esto? ¡Obsesionante...!»

Estaba poniéndose nervioso otra vez, estuvo tentado de coger otra botella. Intentó de nuevo, cebándose de otra forma, primero de pie y luego a horcajadas en el banco porque temía caerse, pero ya estaba saliendo el sol. Se levantó del banco y le quitó el cerrojo a la puerta por si los vigías querían entrar. De vuelta a la litera agarró al fin la botella de barro, bebió un sorbo sin deseos y la escondió debajo de un almohadón. Acostado boca arriba con otro almohadón tapándole la cara, simuló dormir.

Cuando —como calculó— entraron los del cuartel de San Marcos para el cambio de guardia, el cabo viejo bigotudo le dijo al relevo en voz baja e impostada:

—Ése es el piloto de quien te hablé, un pervertido. ¿Estás viendo?, eso sí es un buen cipote; sin dispararse casi que le llega a las rodillas... Mira, lo tiene amarillo y todavía le está chorreando desde el tiempo que hace que empezó la fiesta. Se las trae el piloto. ¡Un caballo!... Lo enloquece el buen vino, le da por pasearse encuero en pelota como duerme ahora. Parece que no tenía hembra que aguantara ese hierro y se pasó la noche aquí, fornicando a todo lo que daba con la virgen del Rosario y la Galeona juntas. Se oía allá afuera... Lo dije, tiene que dormir la mona. Coge ahí tu botella, muchacho; yo me llevo la mía. El señor marqués no vendrá aquí esta mañana, estará descansando del largo viaje en la casona de doña Isabel de Flandes.

Él estaba oyendo, pero qué más le daba. Continuó recordando y reproduciendo sus actos pasados.

«Aquel día, en Santiago, los comerciantes llegaron alrededor de las doce en un carretón, bajo la protesta airada de un grupo del cabildo municipal, "porque los negociantes de la trata no cumplían con las provisiones del gobierno y seguían trasladando su mercancía como les viniera en gana, hombres y mujeres que andan en fila, resintiendo la honestidad pública, llevando a los bozales así desnudos hasta la Plaza de Marte; pocos usan como está dispuesto en las ordenanzas, calzón en vez de esos taparrabos que apenas cubren sus partes pudendas", censuraban los del Consejo, pero ya no había tiempo de enmendar el mal; los comerciantes pagamos la multa y la cargazón siguió su camino.»

Abrieron el mercado de esclavos. Él se veía como entonces, montado en su caballo Jerezano y tirando de las cuerdas de sus dos perros. Existía avidez por comprar. Anunciada con tiempo la llegada de aquel lote, viajaron a Santiago de Cuba hacendados de La Habana... Llegó el turno a Jackín. Registraron su cuerpo: estaba sana. Se veía a la legua su calidad, pero el comprador quiso cerciorarse y le hurgó entre las piernas con la mano, tomándose tiempo, comprobando hasta la saciedad lo que buscaba: estaba intacta. Había anticipado que con la mutilación no la quería.

«"Ella es de aquel comerciante a caballo", le dijo el tasador al marqués don Antonio, y se dirigió a mí.

»Jackín era graciosa y rebelde. Había notado que al marqués se le hacía la boca agua cuando la revisaba con tanto cuidado entre las piernas. Le gustaba el dulce, podía pedirle el dinero que quisiera.

»Se separó de la tarima sin bajarse del caballo, con el par de perros bien sujetos porque estaban hambrientos. A la sombra de un corredor hizo la venta ¡por lo alto!»

« ¿Con la cría?», inquirió. «Sola, la compro a ella sola», dijo el marques don Antonio, satisfecho de la adquisición. Le chocó ver al niño Filomeno —a su edad ya él era un hombre— cubriéndose como se cubría la nariz con aquel pañuelo de encaje tan perfumado. «Cuando yo estaba hediendo a churres: sudor de caballo, aliento de perro, piojo en la barba, picazón de ladillas y grajo de negro, aquel niño decía que lo que el aire traía era el hedor de los bozales; bozales que yo había bañado, y brillaban.»

Regresó frente a la tarima. Miraba la escena con frialdad, lo cual era natural. Después que la bajaran a ella vendería a la cría por lo que quisieran darle; era aún muy pequeña y hembra.

« ¡Vendida Jackín!» Oyendo el grito del vendedor, sintió que le caía un bulto sobre las piernas. «Jackín me había lanzado su cría.» Ya ella corría despavorida. Jerezano se paró en dos patas y salió a la desbandada, pero él, con su destreza en esas mañas, alcanzó a echarle los perros a la negra; el olor de Jackín les era inconfundible a los mastines. «Mi caballo iba por un lado y los mastines hambrientos por otro.»

Se desbocaba Jerezano. Lo haló por las riendas: « ¡Ohhhooo, Jerezano!», se desbocaba corriendo. « ¡Jerezano, oh..., aguanta, Jerezano!» Él no sabía si huir, dejándose llevar por Jerezano, o regresar. «Llevaba cargada a mi hija.» (Empezó a sentir de otra manera...)

Dando y dando vueltas por el lomerío de Cuba fue a parar a las afueras de la ciudad, donde su tío administraba el corral del Consejo: criaba puercos, vacas, gallinas, chivos, bestias y hasta perros. Allí se desmontó de Jerezano y puso en el suelo a la criatura. Unos perritos como ella..., quiso decir, pequeños, la lamieron.

Había hecho tantos rodeos que ya era media tarde y el tío estaba enterado de lo ocurrido en la venta de los esclavos: «Oye —le dijo—, cerca del Cuartel de Pardos dos perros enormes descuartizaron a una negra, perros con rabia, hay que tener cuidado. Dicen que la liebre que huía era una bozal jovencita.» Le rectificó: «No, no era una bozal, tío, entendía nuestra lengua, ya era ladina.»

Se dirigió a la esquina del Cuartel de Pardos, y alcanzó a ver a los fieros mastines disputándose despojos de la presa, mientras milicianos montados a caballo trataban de espantarlos del lugar, hasta que llegó el juez pedáneo y ordenó quemar los restos despedazados; ¡el vientre vacío!, devoradas las entrañas. Sintió estupor, tembló de miedo, le saltó el estómago, «y mi caballo Jerezano relinchando como un demonio».

Vio cuando la negra conga y el brujo recogieron las cenizas. «Tengo sobrados elementos para sospechar que me echaron un mal. ¡Era la *nganga*! Los brujos son dueños de los muertos.»

Oyó o creyó oír su nombre en boca de ellos. Vio una *firma* hecha con carbón. Era contra él, y se meó en la montura. La orinada fue copiosa. Le vino a borbotones el meado, el meado derramándose sobre la vasta y pesada montura española tan de su agrado. El meado aliviándolo porque sus aguas le sacaban el miedo, pero lo debilitaban. Se abrió la bragueta para lanzar el chorro bien lejos y se le empapó toda la barriguera. El chorro espumoso y caliente no se dirigió a ninguna parte sino que le corrió por los estribos, la mojadura le llegó hasta los pies y se cagó también en la montura.

—Desde entonces no fui más hombre, Galeona; mira este desperdicio, ven y tócalo —gimió en la litera.

Descargó la culpa en la *nganga* que elaboraron juntando las cenizas con la piedra de centella en luna llena con que santiguaron el cráneo chamuscado de Jackín, y le echaron ramas de bálsamo tranquilo, dormidera y amansaguapo para adormecer su hombría.

Vendió a Jerezano porque la bestia lo llevó por un camino maldito cuando él quiso detener a los perros que iban a descuartizarla y la descuartizaron... «Para sustituir a Jerezano escogí corceles de los corrales reales: ¡A Fandango el guapero; al plateado Embrujó, a Vendaval, consumado rejoneador; al castaño Ojinegro, al cariñoso Zamorano, a Zamorano, que se parecía a mi Jerezano! Me empeñé sin lograrlo en adaptarme a otra bestia.»

De nuevo fue a la cuadra para recuperar por mucho más dinero. «A éste, mi garboso e inquieto Jerezano, desobediente, trastornado, fastidioso, como tú has de ver, ¡virgen mía! ¡Aquí lo tienes!» — ya estaba otra vez cuneándose el guiñapo en ofrenda a la Galeona. Fantaseaba enloquecido:

«Sí, a mi Jerezano, el enamorado de pata negra, mi caballote Jerezano, ¡éste, malmandado! "El mejor semental joven de los corrales reales", me dijeron en el corral, porque así era. Y lo mandé a matar. ¡Santo cielo!, qué me hago ahora sin él, qué ofrenda prometida puedo darte, Galeona, ¿qué me hago?, por favor.»

Se cayó desmayado en otro intento de faenarse ante el altar de la Galeona.

Segunda Parte

VI

Un curioso y revelador hallazgo en la memoria almacenada resultó en su momento la obra inédita, ópera prima, de Francisco Filomeno, encontrada entre algunos otros textos del autor editados en Madrid y La Habana. La obra desconocida hasta entonces, había sido redactada cuando Filomeno contaba entre dieciocho y veinte años de edad. Tenía un título poco original y extenso, acorde con su estilo: «Relación Sobre la Cena por el Día de Reyes y el Concierto en casa de doña Isabel de Flandes, y Otros Hechos de Interés, Ocurridos Durante la más Larga Estancia de mi padre don Antonio Ponce de León y Morato, marqués de Aguas Claras, en sus Posesiones de San Agustín de Las Floridas, que Yo Vi o me Contaron».

Algún lingüista se había dado a la tarea de arreglar un poco la prosa arcaica, enrevesada y prosopopéyica del licenciado Francisco Filomeno Ponce de León —por muchos conocido como *el marquesito de color quebrado*—, impresa al cabo de casi dos siglos de escrita y después de haber sido revisada con detenimiento, en cuanto a algunas rarezas a todas luces contraproducentes, pero respetando del manuscrito incluso ese cierto alarde imaginativo prodigado por el ingenuo literato aficionado que había en el ya olvidado pero ilustre hombre de leyes Francisco Filomeno.

La obra, publicada recientemente por herederos de Filomeno, es considerada por bibliógrafos tributarios o clientes de Internet como libro raro o curiosidad literaria. Empecemos por la descripción que de él mismo y de su origen hace Francisco Filomeno, y cómo dice en su *Relación*... que lo ven a él las demás personas:

No soy ni tan alto ni tan bajo, pero espigado. Ni flaco ni grueso, más bien proporcionado, envuelto mi esqueleto; sin nuez de Adán ni costillar visibles. Color quebrado. Glúteos discretos pero levantados, un poco altos, pero no demasiado.

Mi cabeza es de forma y circunferencia normales; la cabellera abundante y hermosa, pelo crespo pero no encaracolado ni lanudo, y negrísimo. Ojos también negros, muy vivaces; boca pequeña. Mentón mucho menos pronunciado que el de mi padre, se parece al de mi aya. Dicen que soy muy inteligente; tendré que demostrármelo. Si lo soy es porque me aplico más de lo que se imaginan quienes me rodean; no tengo otro modo de analizar con equidad y certeza los problemas, que estudiando y repitiendo para mis adentros lo aprendido.

Aya me reveló que nací en zurrón y Aborboleta logró hacerme un talismán con esa tela en que vine envuelto al mundo, y así evitarme contrariedades futuras. También llevo oculto un amuleto de guayacán preparado por José cuando hubo de ser decidida mi residencia temporal en San Agustín. Un tercer secreto sobre mi humilde persona son los cocimientos de bejucos de alcanfor que me da a beber Aya para la limpieza y purificación del cerebro, y las unturas de manteca de cacao sobre el cerebro. Un cuarto asunto particular, para vergüenza mía, es la mariposa igual a la de ellas rayada y pintada en lugar tan visible.

Muy suspicaz sí soy: ¿será herencia de la sangre impura que corre por mis venas?... El mar me apasiona, pero sigo los consejos que se me dan en cuanto a la moderación para que mi color no se quiebre todavía más, con lo cual puedo ofender y de hecho ofendería el gusto de la sociedad a la cual pertenezco.

En mi armario no faltan desde hace tiempo los potes de unturas de ateje hembra, ni de ateje hermoso de Osaín con que Aya me quita las manchas que oscurecen mi piel cuando la expongo al sol, los resplandores y la mar. Esas especies de Cardia Valenzuela, como las identifica don Cipriano Mestre y Espinosa, el boticario (también de color quebrado) que hace las unturas, José las arranca del huerto antes de la salida del sol. Diz que en su religión, que desde luego no puede ser ni es la mía, José paga un derecho para que me sirva mejor y le ora a Osaín como en la iglesia porque es el que más sabe de remedios como dueño que dicen que es Osaín de la farmacopea en su nación.

Yo pienso que no haría falta pagar diezmos a ese dios, ni a esas plantas sagradas, sino arrancarlas del patio para usarlas, porque todo lo que hay en este mundo, desde que el hombre es hombre, es de un solo Dios y a él ya le pagamos diezmos en las parroquias.

Las unturas de don C. Mestre y Espinosa hacen efecto, pues ni una mancha encuentro en mi piel. Hasta poniéndome decúbito supino lo ha verificado mi aya a ruegos míos, aunque me dijo que hay partes sin importancia más oscuras, pero yo sospecho que sí importan y me aplicaré a mi modo en ellas.

Lamento que no me frotaran las unturas desde que nací; de habérseme hecho quizás yo fuera igual de blanco que mi padre el marqués. Empero, seguro estoy que mis riquezas me favorecen, y si son más esas riquezas, abochornaré menos el gusto de mi sociedad. Yo creo que mi color quebrado ofende más por mi oscuro origen. Vean si es como digo, que conozco a españoles de Castilla la Vieja (no hablo aquí de andaluces tan cetrinos como yo y catalanes con facciones toscas, que las mías no lo son y las de mi aya más finas no pueden serlo), que ya quisieran parecerse a mí...

Mi preceptor X, el que guió mis pasos inaugurales por esta vida y enseñóme las lenguas griega y latina (diré su nombre para la posteridad: don Segismundo Páez de Abaye), por instrucciones de don Antonio, mi padre, se encargó de contarme las siguientes particularidades en cuanto a mi persona:

Que nací yo un sábado diez y nueve de julio del año de mil setecientos setenta y siete, y cuando eran las nueve de la noche me expusieron en la Casa Cuna del Patriarca San José. Y para que luego yo no me avergonzara, ni me tuvieran por judío, comunicóseme desde el principio por don Segismundo el contenido de la inscripción de mi persona, la cual decía: ...que un niño expuesto al parecer blanco, traía un papel donde se afirmaba habérsele echado el agua del bautizo, encargándose de ello, por necesidad imperiosa, don Jacinto Ruiz, Presbítero.

También para evitar confusiones que suelen surgir, copio lo que don Segismundo me dijo cuando ya tuve uso de razón:

Que habíase escrito de mí lo siguiente: «Y habiendo Yo, don Esteban Payva, capellán administrativo por Su Majestad de dicha casa cuna, sido informado por el mencionado presbítero don Jacinto Ruiz, que lo que contenía el papel que trajo el niño era cierto, al día siguiente le puse los santos óleos ejerciendo las sacras ceremonias y preces y lo nombré con el mismo que en el bautizo le impusieron, que fue Francisco de Santa Rita Filomeno; lo tuvo en ese acto expresado, don Jacinto Ruiz, presbítero, y lo firmé, yo, Esteban Payva.»

Volviendo a mi figura, atribuyo a la mezcla de sangre, en primer lugar, no ser tan apuesto como mi padre el señor marqués, ni tan robusto y alto como José el esclavo, hermano de Aya, quien es de San Salvador de Bahía, hijo de Aborboleta pero con un ente nacido criollo, de color etíope y no blanco, como sí lo era el padre de Aya, un marino de la calidad del capitán Albor, pero del reino de Portugal.

Mas he discurrido que mi figura poco robusta se debe, en demasía, a los padres de la Casa del Patriarca San José, quienes desde mis primeros años saciaron el apetito que les abría el vino, gracias a la despensa bien abastecida para mí por el Señor marqués, prescindiendo ellos de comer la magra ración de su convento al hartarse de las mías muy jugosas y frescas: esto es confidencia de mi preceptor principal.

A la llegada del marqués don Antonio, mi padre, en el bergantín Saeta, *para pasar algunos meses en San Agustín de Las Floridas, mi edad era de dieciocho años (que es cuando empecé a escribir mi* Relación *de estos hechos), me conservaba célibe, con el carisma de la castidad, sin haber tenido ningún comercio carnal, con lo cual estaba muy incon-*

forme mi señor padre, por lo tanto que ello le de-
meritaba ante sus amigos, principales o no; entre
ellos los más filiales, al parecer, el capitán Albor
Aranda, apodado El Catalán, y el piloto ¿mallor-
quín? Cortés de Navia. Pero mi madre, Aya, no parecía en absoluto preocuparse por mi estado casto,
diz que ella como Aya siempre supo que yo era varón de buena ley.

Tampoco a mí me inquietaba ese asunto, inmerso en los estudios para la aprobación en la Universidad, y porque a la hora en que sentí las comezo-
nes que en edad algo temprana sofocan a los de mi
sexo, conté con las sabias recomendaciones de los
preceptores, aprobadas de antemano por mi confe-
sor. Sin embargo, aunque eran tales recomendaciones a mi juicio inocentes y prácticas, porque solo
de mí dependían, a ellas se oponía don Antonio, mi
padre. Pero cuando le saqué de una duda que tenía, su contrariedad fue menguando.

No es que yo fuera misógino; no sentía indiferencia ante los encantos que puedan reservarse las
damas en la intimidad, y según estaba enterado,
incluso las mujeres de la más baja condición, y así
se lo comuniqué a mi señor padre, cuya fama de
hombre íntegro y experimentado en esas contingencias corría de San Agustín a la isla, y hasta la
conocía Su Majestad el rey don Carlos IV, amigo
suyo y quien lo honraba pidiéndole ciertos consejos
particulares sobre los apremios de la carne, a diferencia de la tranquilidad del espíritu. También don
Antonio, mi padre, había «encantado» a la reina
María Luisa, princesa sensible a quien no podía
dejar de entusiasmarle, de alborozarle, el ingenio,

vigor y virtudes de un caballero de las Indias como él. Diz que el marqués mi padre despertaba muchos celos al señor Godoy cuando pernoctaba en la Corte; y eso que el favorito de la reina, diz que de Badajoz, contaba veintiocho años cuando treinta y cinco don Antonio, mi señor padre.

Hízome el marqués mi padre copartícipe en las conversaciones, entre hombres, que sostenía con avezados caballeros como el capitán Albor Aranda, las cuales despertaron en mí curiosidades que hasta antes no tuve sobre el auxilio que nos dan las damas y sobre todo las esclavas de placer. Mis preceptores me habían dicho que salvo un noble príncipe como don Antonio, caballero inmune a las murmuraciones, por su hidalguía, otros no debíamos mantener relaciones como las suyas tan activas, con ellas. Quizás tenían razón, pero yo no soy quién para juzgar a mi padre, así que establecí una barrera en esa delicada materia de conversación.

Diré de mis bienes:

Aunque no será mío su dinero, lo sé, hoy soy rico hasta por parte de mi aya, por la valía de las perlas de Mallorca y Margarita ensartadas por ésta y vendidas como joyas desde que llegó a San Agustín de Las Floridas, prefiriendo ensartarlas en collares hasta de ocho vueltas porque son muchas esas perlas que compra a los marineros mallorquines y a los que vienen del sur de estas Indias, en el ámbito de las provincias de Venezuela, a seguir fabricando peinetas de careyes, aunque sus manos hicieron peinetas adornadas con perlas, coronas, tiaras, aretes, rosarios y hasta bordaron mantones de vírgenes.

Como les enseñó desde el comienzo a varios de sus esclavos hembras y varones el arte de joyería que le trasmitió mister Leroy, muchos ya se coartaron; y manumitió Aya a los más viejos; pero todos trabajan para ella, y se mantenían en sus contornos, por mutuas conveniencias, mas yo conservaría a los esclavos. Para mí que Aya todavía piensa como los negros, aunque hasta tiene un escritorio con su escribiente y ella misma sabe sacar cuentas; lee y escribe en el castellano que yo le enseñé y habla el inglés como los floridanos, que aquí no se tienen muy bien vistos por muchas razones, la principal porque los floridanos hacen contrabando a espaldas de nosotros los españoles; por fortuna, en San Agustín son los menos y más abajo los seminolas dueños de sus tierras, los rechazan aun estando a varias leguas que el mar y los ríos acortan.

Para seguir hablando de mis riquezas, cosa de mucho interés, diré que mi padre el marqués es dueño de un ingenio de azúcar, de goletas y de bergantines; vende azúcar a Norteamérica; goza de propiedades en la isla y diz que posee otros negocios en África, los cuales digo siempre desconocer, por buenas razones, si bien no hace mal en eso...

Fallecido a causa de la epidemia que hubo en la isla mi medio hermano, nacido de la unión en matrimonio de mi padre el marqués, consagrado por la Santa Iglesia, con la ya difunta doña Merceditas, me pertenecerán más bienes, aunque diz que don Antonio está vuelto a casar en segundas nupcias por intereses de fortuna con una dama de Trinidad de Cuba, pero él no lo ha comunicado en San Agustín de Las Floridas, que yo sepa, y no me incumbe indagar.

*Antes de entrar en otras materias diré que nun-
ca Aya me había dado vergüenza, pero para mi mejor conveniencia, ella es y será aya y no madre. De
esa manera, ¿se me abrirán un día los salones im-
periales de la corte de España?; todavía no sé cómo
ha de ser posible sin limpieza de sangre, pues para
tanta hidalguía la compra de mis papeles de blanco
y el prefijo de don no bastarían... blanco de papeles
no da fe de limpieza, por lo que sigue siendo roja y
no azul mi sangre.*

Hasta aquí la parte primera de la monótona pero reveladora prosa, un tanto maquillada, en la
cual se presenta Francisco Filomeno. En otra parte
de su *Relación* el joven Filomeno se refiere al Día
de Reyes en San Agustín, desde que comenzaron
los preparativos de la fiesta. Dice así:

*La sala y todos los accesos a la casa habían sido
baldeados con agua de paraíso, para sacar lo malo
y atraer la suerte. «Como tú eres de alto hazme
crecer y subir», decía mi aya cada vez que arrancaba una rama de paraíso, siempre hacia arriba, para dársela a los esclavos que hacían la limpieza de
la mansión. Yo me persignaba. Con aquel echar y
volver a echar cubos de agua empezó el día en el
palacete.*

*Está de más decir que ya habíamos asistido a la
misa de las seis de la mañana en la parroquia de
San Agustín, y como de costumbre en los días de
fiesta, y siendo cristianos todos los miembros de la
familia, contando con los esclavos de casa, cum-
plimos la liturgia desde los sagrados actos de confesión hasta los de la comunión, ungidos con fervor
a la hora en que fue ofrecido en sacrificio hecho
hostia divina el cuerpo de Cristo, sacado del cáliz*

de oro y platino que el marqués mi padre regaló a la parroquia en un viaje anterior.

Acto seguido Aya, como acostumbraba a hacer, mandó a José a la sacristía con el cáliz gemelo en la mano, que dos iguales había mandado a fabricar don Antonio, para que se lo llenaran de esas obleas blancas, ya que los muertos y santos de su creencia también apreciaban el pan sin levadura, o ázimo, la renombrada y santísima hostia, así como el vino de consagración: la sangre de Dios. José, como le mandaban, premiaba al cura a cargo de la sacristía entregándole un diezmo superior al que ya Aya había dejado caer en el cepillo plateado que pasaba el monaguillo de la parroquia, de banco en banco donde estaban las personas sentadas. Yo nunca quise ser monaguillo; sacerdote sí.

Por deferencia con don Antonio, el oficio de la santa misa fue realizado por su huésped, el futuro deán de la catedral de Cuba, quien hizo una bella homilía en latín, la cual yo entendí en todas sus partes.

Después de sus agradecimientos a doña Isabel de Flandes por haber sufragado la misa por el Día de Reyes, que era lo que festejábamos, el padre habló de la conversión de los nuevos fieles.

Pero cuando llegó el momento del Salve María ocurrió algo de lo cual hablamos muy largo, después, el padre Pino y quien escribe. No había escuchado antes como aquella mañana de enero, rezos dichos de forma más extraña y a la vez emotiva, porque resultó una susurrante letanía de los muchos negros y mulatos en su jerigonza.

«Makio María *(Salve María)*, Okún fun are *(llena eres de gracia)*, Olugba enbe pelure *(el Señor es contigo)*, Alabakún nifún igbo *(bendita eres)* Ni nu agbón obiri *(entre todas las mujeres)* Alabukún ninfún eso uru re *(y bendito sea el fruto de tu vientre, Jesús).*» *La traducción la hice yo, pues el trato obligado con ellos me permitió entender ese lenguaje salvaje de tan mal gusto.*

Salimos de la iglesia en fila, como habíamos entrado. El marqués delante, seguido por mí, y detrás Aya con Gracianito en sus brazos; Caridad llevaba a la niña Paloma, y seguían en orden de la fila nuestros invitados Ferreyra B.-Nixon; el piloto Cortés de Navia; Salvador y los esclavos de casa que llevaban nuestros reclinatorios para la misa. El padre Pino, que había pernoctado en la parroquia, allí se quedó hasta la hora en que regresó a la casa de la calle mayor de San Carlos para asistir a la cena. Tanto el marqués como mi aya, que siendo aya era la dueña de la casa, habían tomado el tentempié al regreso de la misa, sin ninguna formalidad. Una esclava les sirvió el café con leche en las tazas con sus platos respectivos y los panecillos, directamente de la bandeja, y ellos comieron mientras hablaban, debajo de una arcada de la saleta contigua al comedor. Don Antonio parecía tener cosas muy importantes que atender en el puerto, y Aya otras apremiantes de las muchas que requería la celebración.

Los Ferreyra B.-Nixon se habían dirigido en un carruaje a su residencia al norte de la ciudad, cerca del castillo de San Marcos, en un área habitada por viejos soldados floridanos que permanecieron en San Agustín después que los ingleses devolvieron la ciudad a España, y no lejos de la casa del comandante del fuerte, pues aún se encontraba en construcción la nueva vivienda del matrimonio y su familia, en franco ascenso económico y social, situada en terreno bueno, al extremo de la calle San Carlos.

La esclava Caridad, con Graciano, también había regresado a donde vivían, la casa en la cual el marqués mi padre solía atender sus negocios más privados cuando venía a San Agustín de Las Floridas, que en sus largas ausencias era cuidada con esmero por un hábil marino canario cojo —quien según el decir curaba el mal de ojo con sus magias—, mutilado durante la toma de La Habana por los ingleses, y una pareja esclava a él asociada en el culto, los mejores en hacer las cruces de cedro contra los maleficios.

Era una residencia de madera y piedra cercana a los muelles. Como el marqués no la utilizaba sino cada dos o tres años, por breves temporadas, hizo caso omiso a las advertencias del ingeniero La Roque, un gaditano, quien alertaba a los propietarios de por allí sobre los peligros que acarreaba construir viviendas tan cerca del mar por no existir todavía un dique que sirviera de rompiente. El precavido canario fue rodeándola de enormes múcaras y de palos de veleros encallados en la barra. Al marqués le agradó la iniciativa porque protegía la casa y, por añadidura, lo mejor para él, evitaba la mirada de viandantes curiosos. Supo en este viaje el marqués que en San Agustín denominaban a la casa La Muralla de Aguas Claras, pero eso en vez de disgustarle, le agradó saberlo.

La residencia tenía dos pisos; la parte superior para el uso exclusivo del marqués. Cuando llegaba allí algún invitado suyo proveniente de la isla, o hacía escala el capitán Albor en tránsito o en misiones especiales de don Antonio, el canario lo alojaba en las dos amplísimas habitaciones disponibles para huéspedes en la planta baja, aunque casi nunca permanecía sino en la casa de Aya y mía; la tercera habitación, ya que había cuatro, era la suya, la de mi señor padre, y en la cuarta, con acceso independiente, se encontraba instalado el escritorio, a cargo de un hombre bastante joven de nombre Hermes Praxíteles, que era el apoderado de don Antonio y a quien el canario y las demás personas le decían Griego. Griego era pecoso, de genio fuerte, aunque moderado y más bien sencillo, y muy amigo de Aya desde que llegamos.

El marquesito de color quebrado y el cura desayunaron exquisiteces en la mesa del gran comedor de doña Isabel, servidos por una de las esclavas que vino en el *Saeta*, la graciosa negrita María Luz, con sus vestimentas y cintas de colores que hacían reír tanto a Filomeno —en la *Relación* original él describe cada uno de los manjares. El hijo del amo le preguntó a María Luz qué querían decir sus palabras, porque canturreaba algo, cuyo contenido no llegaba él a entender, cada vez que se llevaba o traía un plato al comedor: «Centella que bá bené/ Yo sube arriba palo/ Centella que bá bené....» Ella le contestó:

—No sé bien, mi amito; canto de viejos —y siguió con su ir y venir, la cantaleta, simpáticos ceremoniales y risas. El futuro deán comentó con el joven:

—Son unos animalitos...

Y Filomeno:

—No me confío; cada baile, cada canto de ellos dice siempre algo, se lo aseguro.

Y regresó María Luz moviendo su saya con la cintura de aquí para allá y su cántico: «Centella que bá bené/ Yo sube arriba palo...»

Registró Filomeno en su *Relación*:

Esa cantaleta le dio oportunidad al padre Pino para ilustrarme sobre la importancia de la conversión a la fe cristiana que se lleva a cabo en las Indias, y las virtudes de la Iglesia en este particular desde que don Cristóbal Colón puso los pies en el Nuevo Mundo. Me habló con encomio de la tarea que lleva a cabo España, del afán evangelizador como motivo primero que impulsó el reino desde el descubrimiento; el sacrificio de los antecesores por sembrar la religión, pese a las sombras que puedan haber habido.

Éstas, más o menos, fueron sus palabras:

«No puede separarse esta avanzada humana sin precedentes en América, de la acción evangelizadora, sino que conviene, hijo, seguirla proclamando como virtud iluminadora de toda la historia y la por venir. Sería imposible una historia del todo verídica de la gesta del Imperio Español y sus intrépidos marinos, con abstracción de la Santa Iglesia Católica. Como acabas de ver, hijo mío, en la humilde parroquia de San Agustín no solo se convier-

ten *los indios naturales de esta comarca allende los mares, sino las piezas de ébano que hemos traído, ¡para la salvación de sus almas!, desde lejanas naciones de África.»*

Pensando en el gran indio seminola de tan largas uñas que nos acompañaba en la parroquia, el raro amigo del señor canario rengo y de mi padre, resultábame incongruente, ¡una antinomia!, con el pensar cristiano lo que el mentor que me instruye aseveraba.

Quería darle toda la razón al padre Pino sobre cuanto dijo de la evangelización, pero él no puede engañarme, aunque colijo que tiene la voluntad de hacerlo, pues yo conozco muy bien a esa gente.

MARTA ROJAS

VII

Mientras tomaba el tentempié junto a las columnas que separaban a la saleta del comedor, don Antonio había observado los contoneos lascivos de María Luz ante un indiferente Francisco Filomeno.

No era nada perezosa su esclava, admitió para sí el marqués, menos aún, se dijo, después de las malogradas excitaciones de la negrita en las faenas con el joven piloto Cortés de Navia, a quien fue cedida en préstamo como reconocimiento a los exitosos viajes de comercio hasta la misma desembocadura del Mississippi, entrenamiento para futuras hazañas en Barataria y otros templos del contrabando.

María Luz chilló de rabia la primera vez que sirvió al inmoderado piloto, y, afligida, le contó a su madrina tan humillante e inútil aplicación. Pero, por el momento, no debía hacer otra cosa sino acatar la voluntad de aquel amo descocado, grotesco. Como decían con resignación las negras viejas, al fin y al cabo castigos peores sufrían en sus carnes otras esclavas en la isla, sin retribución alguna, antes por el contrario, vigiladas a todas horas, sometidas a crueldades corporales, atenidas al olfato de los perros cuando se ausentaban, despertadas del ligero sueño en las sombras de la noche al chasquido del látigo de agrios mayorales; cortando la caña de azúcar de sol a sol, apenas sin reposo en la jornada, para irse a dormir después unas pocas horas sobre un montón de pajas piojosas; obligadas

127

a parir cada año un hijo que no sería suyo, o a arrancárselos de las entrañas para que no vivieran nunca. Sin baile, sin poder llamar con libertad al muerto que las protegía, sin hacerle las ofrendas que quisiera su santo protector.

Perder el privilegio de ser esclava de casa, pensaba, podía ser muy duro, pero ella no lo quería. Las heridas del látigo sanaban, pero las que le propinaba el amo en préstamo, además de asquearla, la atormentaban, y no se curaban.

La casa que ocupaba el piloto Cortés de Navia se ubicaba en el callejón, a un costado del palacete o la casona de la calle San Carlos, y podía accederse a la pequeña vivienda franqueando el portón al fondo del huerto de Isabel de Flandes, entre la cocina y los lavaderos. Por ahí entraba María Luz, como le había ordenado el amo verdadero, don Antonio, para que socorriera «sin remilgos» al piloto en sus perentorias angurrias con sacrílegas imploraciones y obseso bestiario.

Creyó que se aliviaría de la pesada carga dándole a beber al antiguo negrero —Buen Ángel— los remedios de los dioses que ella decidió prepararle con el árbol del cuero, incitador de la virilidad; y con el amuleto que le amarró en la cintura para que el espíritu sin descanso de Jackín se le apartara, ya que era un ánima en pena, muerta errante y obcecada, oscura, olvidada y hambrienta; apegada a la tierra.

Pero eso no bastó para tranquilizarlo tanto como María Luz esperaba, y ésta entonces buscó otros remedios que podían resultar más efectivos, elaborados a base de yerbas mágicas, que le produjeron al piloto grandiosas alucinaciones. Se los echaba en las infusiones de su gusto y se los suministró también en forma de polvos y humos. Encontró sustancias y recetas conocidas de los indios de parajes lejanos según le confió a la madrina. Él las inhalaba con fruición en las cachimbas originales, o se metía los polvos por las ventanas de la nariz, o aspiraba los humos o gases por la boca para, con una cosa o la otra, provocarse sueños lúbricos que al principio lo tenían encantado y tranquilo, pero luego se arrebataba con la falta del remedio.

Imaginábase, y le quería hacer ver a María Luz, que Jerezano —como había identificado a su desmayado atributo masculino— se le envaraba como palo de velero esperando por ella, que no llegaba a tiempo para verlo, y le exigía a la esclava compartir con él la horrorosa fantasía.

Aunque los servicios de curandera le rendían beneficios materiales debido a los regalos que recibía, sufría las desesperantes situaciones que le provocaba la aberración del piloto, acrecidas por el vicio de cualquier droga.

En otro rumbo de las cosas, ya el marqués había impuesto a Isabel de Flandes de la inaplazable conversión de su hijo Filomeno: la metamorfosis de la crisálida, así definía el cambio que no podía esperar más. O Filomeno se apareaba con una mujer, como Dios manda, voluntariamente, o él se encerraba en un cuarto con su hijo y dos mujeres para enseñarlo durante el tiempo que hiciera falta.

Pensó que la simpática negrita María Luz podría ser la hembra perfecta para el debut del marquesito.

La esclava que le prestó al piloto estaría bien a punto para desahogar al mozo Filomeno y enseñarle en grande el oficio de *cabrón* como para no perderle nunca el gusto, era el ritornelo de don Antonio mientras bordeaba los muelles montado en el carretón que guiaba el cabo del San Marcos que custodió al *Saeta* la noche en que llegaron. Él le decía *sargento* para pagar su silencio en cuanto a la conducta de Cortés de Navia, a quien acababa de nombrar capitán del bergantín *San Antonio*, pues el cabo y sus adláteres tenían la lengua muy larga.

Pensándolo bien —no abandonaba sus reflexiones, cada vez más envuelto en su manta mexicana—, ese Día de Reyes quizás no era el más adecuado para iniciar al desganado Filomeno en sus funciones naturales. Pero, cuando después de la misa, le dijo a Isabel de Flandes el santo y seña de la esclava que había escogido para «la iniciación» del heredero de sus blasones —sonrió pensando en Lucila: «mulata más suspicaz e indescifrable no he conocido otra en mi vida», se dijo para sí—, ella se limitó a responderle con una interrogante:

— ¿Pero por qué no lo hace hoy, que al fin y al cabo es la fiesta de los negros?

Todavía no lograba entender qué razón tenía la parda para mezclar o hacer coincidir el jubileo de los negros, con el primer día de gracia de Filomeno...

Lo cierto es que a Isabel de Flandes ni le iban ni le venían las preocupaciones del marqués respecto a la demostración de hombría de su hijo, de la cual jamás había dudado. Pero si Filomeno debutaba en la fiesta de los suyos, mucho mejor. Así le tocaba al

Filomeno que ella había parido, la parte del jolgo-
rio que por su sangre le correspondía.

En el fondo del alma conservaba la ira que le
provocó don Antonio cuando le quitó a su hijo, de
ahí esa protesta vital que asumió contra casi todo
lo que de él viniera. En su primer momento, la ira
encubrió el miedo que le produjo la acción engaño-
sa. Miedo a perder su libertad, miedo a la sumisión, rechazo a que la tratara como a una esclava.
Su juego de pasiones con él hasta el embarazo, había sido espontáneo, ardiente, sincero. Pero impuesto después del nacimiento de Filomeno. No lo
indultaba, pues hubieron de pasar muchos años
para que él le anunciara que su hijo vivía, asig-
nándole —fríamente— el papel que habría de re-
presentar en la trama, justo cuando ya no había
remedio para cambiar ni las costumbres ni el destino del muchacho. De no haber sido por la mariposa que Aborboleta le grabó, hubiera puesto en duda, al principio, que el desabrido adolescente con
quien llegó a Las Floridas pudiera ser «el hijo que
yo parí, fruto de mi vientre ardiente y parecérseme
en alguna cosa». Aunque quizás el llamado de la
otra sangre que corría por sus venas, como suele
decirse, obrara el milagro de modificar en un as-
pecto siquiera su proceder en la vida —
reflexionaba.

Con todo, don Antonio podía ser más confiable
en ciertas cosas, en las cuales estuvieran involucrados los suyos, que «el renegado petimetre de mi
hijo», le decía a su hermano José. Aunque el amor
la traicionaba e impelía a prodigarle cuidados de
los que luego se arrepentía. Hablándole a su muerto, *tête à tête*, afirmaba: «Lo que hago por él es cuchillo para nuestra garganta, ¡si lo sabré!», y acto

seguido le pedía perdón por la solícita insensatez en el tratamiento que le prodigaba a Filomeno.

Dios y los santos de su otra creencia la amparaban pero se inquietaba por el destino de las demás personas a su abrigo.

Cada quien en la casona de la calle San Carlos sabía lo que tenía que hacer el Día de Reyes en la preparación de la cena y el concierto de gala. Si faltaba algún detalle todavía, José, el esclavo, se encargaría de subsanarlo. Aquella colectividad obraba como lo que era, una cofradía de la cual solo dos personas eran excluibles: Filomeno y el marqués, más Filomeno que el marqués, hasta ahora.

El capitán Albor acababa de regresar de uno de sus frecuentes viajes a La Habana, y entraba en la casona cuando salía don Antonio en el carromato del San Marcos, pero alcanzaron a saludarse con aparente afecto.

— ¿Faltó usted a la misa? —en la pregunta de don Antonio había un reproche, y le respondió Albor que, aunque un poco tarde, había estado en la iglesia, pero debió regresar al puerto para ordenar la descarga. De paso le anunció novedades de vinos y otras cosas que traía.

— ¿Volverá a ser huésped de esta casa? Nos complacería —lo invitó don Antonio creyendo que lo iba a humillar o que Albor declinaría la invitación. (La *Relación* de Francisco Filomeno en su momento describiría el drama)—. El buen zorro no se atrevería a tanto conmigo.

El cabo del San Marcos se sorprendió con la frase de don Antonio, pero éste lo tranquilizó:

—No me haga caso, hoy Día de Reyes estoy de buen humor, ando recordando bellaquerías —dicho esto le hizo cambiar de ruta al conductor. Optó por ventilar primero «negocios personales, ¿sabe usted?», en el regazo de su esclava Caridad, quien estaría lista para él en La Muralla de Aguas Claras, como era su obligación.

Hizo a un lado la visita a los muelles, aunque era importante porque cada día que pasaba los trasiegos del *San Antonio* y de otras dos goletas que había armado para el tráfico *interpole* le reportaban mayores dividendos. No podía decir lo mismo del *Saeta,* porque el capitán Albor, a quien había llamado *zorro*, solo le cedía algunas preferencias en el alquiler de la embarcación «para beneficiarse de mi influencia con las autoridades», según creía el marqués.

Ignoraba que Albor Aranda no solía hacerle antesalas al capitán general de la isla de Cuba y Las Floridas, porque el ilustrado don Luis prefería negociar con marinos sin aspiraciones palaciegas ni relaciones con ministros de la corte de España. Don Luis estaba convencido de que por conducto del capitán Albor jamás habrían de llegar indiscretas confidencias al rey, ni el soberano sabría que sus cédulas reales y demás leyes de Ultramar se cumplían casuísticamente, o no se cumplían, aun cuando fuesen acatadas de oficio.

Al marqués le aguardaban sorpresas en cuanto a las influencias del capitán del *Saeta*. Ya Isabel de Flandes las sabía. En una breve escala en La Habana, procedente de Santo Domingo, el capitán Albor Aranda le había comprado a la antigua pardita

Lucila los papeles de blanca, con el nombre verdadero de Lucila Méndes.

El capitán general don Luis de las Casas no puso ningún reparo en ingresar a la Real Hacienda, por ese concepto, el tributo de las *Gracias al sacar* en beneficio de la parda libre patrocinada por el capitán Albor. Con el *título* de blanca como patente social podría dedicarse en lo adelante, en cualquier confín de América, al negocio de platería y joyería, vedado a los morenos, pardos y quinterones libres, como también a los mestizos de indios y españoles.

Albor aprovechó la ocasión para contarle a don Luis de las Casas las andanzas comerciales, contrarias a los intereses de la corona, que ocupaban al señor marqués desde Georgia al Mississippi, tomando como base de sus operaciones a San Agustín. El capitán general decidió nombrar a otro comandante para atender la Aduana, relevo que sería despachado en una fragata, en febrero, y llevaría una invitación: «Para que usted, honorable amigo don Antonio, pueda regresar a la isla en la fecha fijada para la recepción que le estoy debiendo, señor marqués, desde el regreso de su estancia en los predios de recreo de Su Majestad el rey.» Más diplomática no podía ser la misiva que muy pronto llegaría a manos de don Antonio Ponce de León y Morato.

VIII

Ahora, como nunca antes, Lucila Méndes sería la reina de las cofradías amalgamadas en la casona de la calle San Carlos, cuyo terreno ocupaba una manzana. Su universo podía suponerse un cabildo *sui generis* de congos reales, aunque no sería el único semejante en América hispánica, integrado por gente de color, con blancos como invitados al baile. Presidiría el concierto que siguió a la cena criolla, mojada con aguardiente de caña y con vinos de Madeira, una blanca autentificada por cédula, cuño y sello reales.

Los comentarios del capitán Albor fueron la nota discordante entre los comensales que ocuparon la mesa: habló respecto a un jefe de los negros de las provincias de Venezuela que se había levantado en armas contra los españoles ese mismo año 1795. Se trataba, según él, de un «afrancesado igual que Nicolás Morales, el de Bayamo», de nombre José Leonardo Chirino.

—Y oigan esto, amigos míos —contaba—: en Santo Domingo, al gobernador García se le alzó un grupo de esclavos del marqués de Iranda. Allí casi todos los negros y mulatos son hateros, andan a caballo, llevan lanzas y cuchillos de descuerar, y como el reino de España ha renunciado a la Isla Primada dejándosela a los franceses, he visto llegar presurosos a Cuba a los más pudientes dominicanos, mientras otros enrumbaban hacia Puerto Rico, y los menos ponían proa a Venezuela.

Callada por respuesta; los presentes obviaron el sacrílego tema haitiano. La fiesta al fin comenzó, y del siguiente modo la describió Filomeno, no sin amargura, en su *Relación*:

Con un palo en una mano y en la otra el güiro, entró José erguido, vestido de rojo y blanco, diciendo en lengua de antepasados, mientras caminaba entre dos filas de sus iguales: «Siguaraya rompe camino/ Nsiguaraya compre mamá Ungúnda/ Rompe camino para mi hermana...» Tumm, tumm..., sonó el garabato. Se metió entre la gente, jugaba entre ella, y hasta llegó a sentarse en la mesa el muy bellaco.

Iba a empezar la magia del baile, la música filosófica de las diferentes cofradías, y una especie de cohesión tribal se impuso alrededor de mi aya; los cantos serían para la gobernación, después de la libertad, porque también los había de guerra, trabajo, muerte, y aún más.

A los negros criollos de La Habana y a los de nación mucho más, que la veían por primera vez, les pareció extraño que ella empezara el rito regando agua, mirando al través de una copa de cristal rebosante del líquido, e invocando a Filho Méndes mi abuelo, «que me proteges y me das luz», como decía.

Su santo era el muerto blanco, así lo llamaba, era el portugués de barba a quien dedicaba el agua, porque venía con mucha sed. Luego empezó a cantar su verso monorrítmico y a mover los pies; los tambores a tocar, y para los demás pies de la cofradía la música se hizo de pronto irresistible: todos la siguieron sin perder el compás. Los demás repetían las palabras de José como un murmullo, escuchándose una especie de zumbido, un coro y luego el estribillo. Y él salía y entraba en pose de Changó porque los colores que llevaba lo decían.

Los cuerpos elásticos, ondulantes, y el canto de nuevo, sonoro, con timbres inimaginables. Como el toque, aunque algo profano, era bueno, las caderas y los pies, incluidos los de don Antonio y Albor, siguieron danzando; yo disimulaba mi presencia detrás de una cortina, y vi cómo comenzaron a mover todo el cuerpo al compás de lo que sonara. Entre los bailadores genuinos los cuerpos oscilaban al unísono.

Un hombre —José— avanzó hacia el centro, y Aya enfrente se le acercó bailando; fueron aproximándose con lentitud, sin perder nunca el ritmo, hasta darse un conspicuo golpe con sus vientres, después de lo cual se retiraron y entró otra pareja en turno: Caridad bailando cadenciosa sin dejar de abanicarse, y Salvador, con una saya de flecos de jarcia en vez del mariwó de hojas de palma que otros llevaban, significando en su danza la pelvis y alzando las manos.

Al observar los bailes miméticos, me acerqué al padre Pino, que no sabía qué hacer, advirtiéndole:

—Ahí donde usted los ve, están hablando entre ellos con el baile y el tambor.

De nuevo ocupó el primer plano la reina Lucila, mi aya, con un baile de figuración, erótico, insinuante y vergonzoso, sacudiéndose las sayas, moviéndose con absoluto desenfado, y provocativa e incitante se acercó a los músicos, cada vez más expresiva, mientras la música, sobre todo la de los tres tambores batá, la seguía. La otra, la mulata Caridad, bailaba como estilan los de su clase, con

Gracianito mi hermano, cargado. En cierto momento Aya le quitó el niño. Mi aya, que ya era reina de ellos. Los más viejos del grupo danzaban con solemnidad, sin apartarse de los rituales.

Todavía era de día y nada fue ajeno a mi vista. Los grandes, viejos y ordinarios tambores de troncos de almendro eran tocados con descompuesto frenesí, a mano limpia (para no decir que a puñetazos, que es palabra ruda), por los músicos montados sobre estos instrumentos para hacerlos sonar más; sonido que se juntaba con el de los metales, el de las maracas y el de las pulseras de los negros. Y cuando los cueros de carnero repercutían en demasía en el cajón, confabulándose con el baile el sonido que ya mencioné, en siniestra algarabía mojigangas y diablitos disfrazados, empezaron a aparecer los posesos llamando a Sambia como nosotros los católicos prudentes invocaríamos a nuestro Dios, Nuestro Señor.

Para saber cómo, de forma inusitada, cambió el carácter de aquella fiesta, se impone leer este trozo que viene de mi «Relación del Día de Reyes», donde dejo constancia de un hecho sorprendente:

En el apogeo del concierto de la cofradía, Griego entró en el salón de mi aya..., la reina Lucila, y le dijo algo en secreto; ella asintió con un gesto, pues siempre los dos se entendían, y con la anuencia de mi aya Griego se llevó al marqués hacia afuera, cogido del brazo. Griego estaba más rojo que nunca y tenía los ojos inyectados, no sé si de los licores fuertes que bebía o por algo que estaba ocurriendo.

Por supuesto que los seguí... Salieron hacia el huerto en camino hacia el portón, que como se sabe accedía al callejón por donde vivía el piloto, ya capitán, Cortés de Navia, y allí había un grupo de negros rodeados por la milicia comandada por un teniente del cuartel de San Marcos, quien le dijo enseguida al marqués mi padre, que su superior de armas no se hallaba en la plaza por otra misión de servicio, y que por eso él había venido a verlo, a sabiendas de cuán hidalgo era del reino, ya que los negros que estaban ante su vista eran esclavos fugados de vecinas plantaciones de los norteamericanos y que habían desembarcado en San Agustín de Las Floridas a bordo de dos botes bastante grandes, aunque maltrechos, a despecho de las corrientes y el fuerte viento reinante.

Los negros, medio desnudos, tiritaban de frío. Tenían la pretensión fundada de lograr hacerse libres en la isla de Haití, adonde llegaban con cierta frecuencia negros de Norteamérica, o con más gusto entre los seminolas. Pero la virazón del aire tormentoso los trajo de un soplo de vuelta a estas costas, porque el viento cambió en cortísimo tiempo. Uno de ellos sabía de la mar, habiendo sido esclavo de portugueses, que de eso conocen.

Los negros atestiguaron lo que el oficial relató. Dos de la partida que procedían de la islita Fernandina, y eran algo duchos, no mucho, en la lengua castellana, respondieron también otras preguntas, aunque casi siempre traducía Griego del inglés.

Eran como doce, no muchos más, entre varones y hembras, más varones que hembras, y tres muchachos y una muchachita que no cuento entre esos doce y pico. Para asombro del que escribe, el marqués mi padre les dio refugio inmediato y los consintió, entendiéndose por ello, en primer término,

*habitación, comida y ropas, pues las de ellos eran
jirones y estaban muy mojadas; les prometió también devolverles los botes cuando los repararan, y
que, ya arreglados, los usaran para pescar sus alimentos y vender pescados, aunque, tratándose de
los varones, todos quedaban, si bien libres de la
esclavitud, bajo la tutela de Griego, y con mi padre
las hembras, que eran nuevecitas, y también los
muchachos.*

*Griego, que sabía resolver todas las cosas, le dijo
al canario de La Muralla de Aguas Claras que se
encargara de las provisiones del caso: comida, estancia y vestido para los que acababan de llegar
como fugitivos, asombrándome yo otra vez de cómo
había resuelto el marqués mi padre aquel raro en-
tuerto.*

*Llevándome don Antonio con él a un aparte,
Griego como único testigo, contó para los dos una
historia al parecer inverosímil como las del Quijote
y Sancho Panza; pero ésta era cierta y prudente,
ocurrida en la isla de Trinidad, y nos comunicó el
parecer que dio el rey Carlos III de España al respecto de un caso semejante. Dijo mi padre que:*

*«Allá el gobernador de la isla de Trinidad en el
Caribe, donde ocurren cosas como la que contaré,
muy caprichosas cuando esa isla de Trinidad, que
digo, pertenecía a nuestro imperio, informó dicho
gobernador al monarca sobre las reclamaciones
que una y otra vez le hacía su vecino el gobernador
de la isla inglesa de Tobago sobre las partidas de
negros esclavos que huyendo de Tobago desembar-
caban en la nuestra de Trinidad, y que él, como
gobernador, daba refugio pareciéndole que obraba*

con cordura al repartirlos, como hacía, entre dueños de las haciendas para que trabajaran, y no se
los devolvía nunca al inglés de Tobago, lo cual habría sido insensato de su parte, pensándolo bien,
como bien había pensado el asunto con su almohada.»

Su Majestad el rey Carlos III, siguió explicándo-
nos mi padre, con el visto bueno de su Consejo de
Indias que analizó la recomendación que hizo el
rey, sin largura de tiempo emitió su Suprema Voluntad, resolviendo y diciendo así, de este modo:

«No entreguéis los fugitivos negros a los que los
reclaman como señores y dueños, pues no lo son
según Derecho de gentes desde que llegaron a territorios míos, y hagáis entender a todos los negros
fugitivos, no solo la libertad que gozan con el hecho
de su llegada a mis dominios, sino también la suma clemencia con que me digno admitirlos bajo mi
Real protección y amparo, exhortándolos a que, en
recompensa a tan inestimable beneficio y favor,
procuren portarse como fieles y agradecidos vasallos y se ocupen como corresponde en los obrajes y
tierras de esta ciudad, colocándolos vos a este fin
separados y divididos, para que puedan mantenerse en las casas de los hacendados que los necesiten,
a quienes provendréis cuidado de su buena educación, y vos estaréis a la mira de que no los maltra-
ten ni molesten, pues los han de servir a dichos
hacendados como mercenarios y no como esclavos,
y me daréis cuentas con testimonio de haberlo ejecutado. Hecho en El Pardo, a veinte de febrero de
1773.»

Es de natural entendimiento que mi padre me
dio a leer, después del Día de Reyes —digo, de la

noche, porque había oscurecido—, aquel mandato
del rey, pues no lo memorizaba, sino solo el relato.

Díjome por añadidura que el rey obró del mismo
modo sobre Derecho de gentes, respecto a esclavos
de la también isla inglesa de Granada del Caribe,
pertenecientes a un mister Yazly, llegados en
ídem, ídem condiciones a la Trinidad, algo después.

Manifestó nuestro rey en tal caso, según repetición del marqués mi padre, que: «No se restituyan
los negros fugitivos que por sus legítimos medios
adquieren su libertad.»

—Y yo no seré menos que mi soberano en La
Florida de España —puntualizó don Antonio ese
Día de Reyes, feliz para los negros de acá y de allá.

Pensando y pensando mientras se desenvolvían
los acontecimientos, no dejó de parecerme incomprensible que nuestro rey hubiera resuelto dar
abrigo a los declarados negros esclavos llegados a
sus dominios, cuando a los de sus vasallos, que son
los nuestros, cuando, ingratos, huyen en cimarro-
nería, se manda a los perros para que los busquen
y atrapen en las rancherías.

El padre Pino, a quien referí más luego los particulares del encuentro en el callejón con los otrora
fugitivos, sentenció:

—Hijo mío, en cuanto a Derecho de gentes, Dios
manda que no te niegues a hacer el bien.

Pero lo más alucinante ocurrió después. Les contaré en esta Relación sobre lo que pasó cuando don
Antonio invitó a los fugitivos a ver cómo los negros
nuestros pasaban felices un Día de Consagración
Cristiana, el Día de Reyes, de lo que hablo, en juntura y amalgama con sus amos:

La entrada de los recién llegados al salón a donde habían sido invitados, causó sorpresa entre todos los presentes, pero mayor alboroto motivó en ellos mismos la batería de tambores en forma de galletas y otros de distintos tipos que allí había, no solo los tres batá, que tampoco conocían, porque todos, en absoluto, habían sido instrumentos prohibidos a los esclavos por sus amos los ingleses, y por herencia o sucesión de costumbres también se los prohíben, so pena de sufrimientos, los norteamericanos, aunque ya eran independientes las llamadas Colonias. Por eso los negros de allá se comportaron tan ufanos en los dominios nuestros.

En la juntura de la fiesta, los de Georgia, más que todo, cantaban con voces de sopranos, tiples y hasta falsetes, pero no sabían bailar al no saber de tambores, ni siquiera haberlos visto hasta ese día, en tanto los que llegaron a San Agustín buscando emanciparse, no procedían de África, aunque diz que en África también hacen música de cuerda, sino que eran nacidos quién sabe si en Georgia o el Mississippi. Mas ellos sí sabían, como pude apreciar, de ciertos violines parecidos a los que tocaban los del piquete de músicos pardos que trajo don Antonio mi padre (que por evitar repetición no siempre lo llamo como debiera, el marqués don Antonio), cuando vino hace unos meses de la isla, en el Saeta de Albor.

Uno de los norteamericanos, al parecer de Georgia o Virginia, por lo que oí, traía algo parecido a un violín, aunque se semejaba más bien a una guitarra, un poco medio redonda, creo de cuatro cuerdas, que llamaban banjo, la cual él mismo había fabricado.

Los recién llegados, sin excluir a los muchachos, pasaron las rústicas manos, ampolladas por los remos en la tormenta, sobre los atezados cueros de los tambores, y cuando alguno de los negros o pardos de Cuba sacaba música inventada de dichos cueros bien templados, o un toque de religión, los de Georgia y por allá chasqueaban los dedos llevando el compás, y lo hacían de tal manera, tan fuerte y con tanto ritmo, que los dedos de ellos se convirtieron en instrumentos de música imposibles de imitar en aquella orquesta o como quisieran llamarla.

Entonces los recién llegados, que así los volveré a mentar, despertaron el interés de los nuestros, que ante la perplejidad del maestro músico De la Hoz, no tuvieron destreza para reproducir aquellos sonidos con los dedos y tampoco podían hacerlo con las palmas de las manos, ya que los refugiados por nosotros, además de dar palmadas musicales, cantaban con potencia y eran sus voces de timbres especiales, como ya mencioné; diferentes y dignos de los que hacen óperas, que no las he visto pero sí me han contado.

Parecíanme sonidos no descubiertos, porque pregunté al capitán Albor que de tantas cosas sabía, si oyó la música de dedos chasqueados y palmadas en el Brasil o provincias de Venezuela; o aquellas canciones de lamentos de ultratumba, y díjome que no, sino solo algo con semejanza, no mucha, algo parecido pero menos vibrante, entre negros de las menos islas de los ingleses en el Caribe.

Con la sagacidad propia de los simples, como dice mi padre, unos y otros aprendieron rápido ritmos y tonadas para acoplarse sin refrenar los instintos, y se combinaron voces, palmadas, chasqueos, con toques de tambores, bulla alegre de güiros y metales; sonidos de flautas y otros vientos mezcláronse con zumbidos de violines, y hasta de una arpa punteada por una negra; vibraciones de las cañas de bambúes sacados por el mexicano cocinero del Saeta a su marimba, o con arpa y guitarra como hacía Melchor de Puebla, y el sonido indescifrable de las cuatro cuerdas del banjo.

De momento todo se apagaba y se oía un solo de voz, venido de otro mundo, y después las del coro de los fugitivos, acompañándoles, de súbito, José María, el Vitier floridano, que le sacaba sonido argentino a la mesa de un Erard, diz que piano.

Con esa disposición de los músicos para inventar, el baile se desenvolvió de forma que no puedo describir pues me faltan oraciones en castellano. Yo digo que como la luz de la aurora que va en aumento hasta que el día es pleno, como hablan los profetas, de ese modo fue como se produjo lo que afirmo y repito que devino ese concierto; cantos y bailes alucinantes que propició con su bondad mi padre, imitando a lo supuesto que habría hecho el rey.

Me faltaba decir que el padre Pino abandonó el comedor cuando identificó un canto de Iglesia luterana en voz grave de un negro grande, juntándose a otras que raspaban, y que el canto que le molestó decía: «Llévame, Cristo, en tu barco;/ llévame, Cristo, de vuelta», pero en inglés.

Lo otro que pasó, con merecimiento para escribirlo en esta Relación, *me cuesta trabajo nombrarlo, pero lo rubrico:*

Aunque yo sabía del desarrollo de ceremonias semejantes en el cuarto de igbodú o el panteón (yo fisgoneaba siempre allí), sobre todo los días de celebraciones cristianas, me impresionó ver a Aya girando sin parar en su propio círculo hasta quedar tendida en el suelo con estremecimientos voluptuosos, posesa del muerto tras el enervante y diabólico baile acompañado de letanías sacramentales difíciles de imitar, que tanta vergüenza me dan.

Pero, hasta ahora, ni yo ni nadie había visto nunca a don Antonio borracho, lo cual descubrí con angustia y pesar.

Ahí estaba el marqués, mi padre, descamisado, cacheándoles las nalgas en movimiento a las negras y mulatas de las cofradías. Metiéndoles las manos por debajo de las sayas y luego oliéndose y chupándose los dedos, exultante. Esa desarmonía de su educación, y no quisiera decir que desenfreno, me abochornaba.

En ese doloroso trance, que si bien no me atañe, en algo de él sí fijo la atención, como es el derroche de su caudal y lo que tendría que ver con la historia de la hija expósita de la tal «princesa» Jackín, diré que revelóseme un Cortés de Navia olfateando algo, pero no el aire como era hábito suyo en el mar para identificar los vientos, pues se metía polvos, y no rapé, en las ventanas de la nariz, y bebiendo en la cena licores mezclados con cocimiento que le pedía a María Luz.

Y, aunque muy elegante, serio, pulcro, pero irreconocible para mí, anotaré, por curiosidad, sin que me importe tampoco, de qué manera impúdica, vestido con fina y costosa capota muy plegada de terciopelo color carmesí, especie de capuz medieval, en ella escondía las manos Cortés de Navia y se batían los pliegues de aquel capuz enorme desde que, apenas se levantó de la mesa empezando el baile, airoso, sin concierto ni asidero, hacía ver que bailaba, sin llevar el compás.

Dejo a un lado la rara borrachera del piloto y hago ahora un recuento de otras cosas que sucedían:

Vi salir de la casa, sin los cumplidos acostumbrados, propios de la buena educación, al portugués y a su esposa la Nixon, antes luterana, seguidos por el maestro O'Reilly, por don Juan Queen y don Guillermo Vitier, junto al rico Xavier Sánchez con su mujer, la parda libre Beatriz y sus siete hijos; y, sobre todo, se marchaba sin despedirse ni siquiera de mí, de seguro abochornado por la conducta del anfitrión, don Bartolomé Morales Remires, comandante del castillo de San Marcos, pundonoroso y honorable entre los oficiales españoles amigos del marqués mi padre en esta ciudad de San Agustín que desearía dejar atrás en mi vida, sobre todo después de ver a Aya posesa en el suelo.

Mientras, el capitán Albor, parsimonioso y a simple vista alegre, ya la había levantado del piso de maderas taraceadas con primor, en sus colores naturales y muy bien pulidas, con las cuales nuestros esclavos artesanos habían reproducido infinidad de veces la rosa de los vientos.

La música cesaba, pero yo seguía escuchando algunas de esas voces graves como torrentes tormentosos o lamentaciones desesperadas, saliendo de gargantas y labios abultados que apenas se abrían, aunque también se abrían y les veía yo las gargantas hasta la campanilla.

Miré para las paredes revestidas también de maderas preciosas de la isla, y para las vigas del techo, reparando cómo se distorsionaban las figuras humanas, e incluso los objetos, con las sombras y contraluces producidas por las llamas de los mecheros y las luces de los pabilos de tantas velas encendidas colocadas en veintenas de candelabros de porcelana y metales combinados con arte, que habían sido ubicados en esquineros y balaustradas, además de las lámparas de velas que colgaban del techo.

Había oscurecido muy temprano, por lo cual la noche, de hecho, se me hizo más larga.

Ahí también, frente a mí, se encontraba ahora don Antonio, mi hidalgo padre, grande de España, sin chupa, muy borracho, encimándosele en son de pelea al capitán Albor, quien lo apartó de un empujón sin importarle quien ilustre varón era.

Fue entonces cuando me determiné a llamar al futuro deán, y lo saqué muy a su pesar del cómodo abrigo del mullido sillón, cual poltrona, forrado en pieles, donde se había dejado hundir. El cura respondió de inmediato, y se dirigió al comedor.

Observando el panorama después de un profundo bostezo de buenos vinos y aguardientes, bendijo:

—En el nombre del Padre, del Hijo, del Espíritu Santo... —y besando con su aliento agrio la cruz de oro que pendía de su cuello, más un eructo—, Amén —con lo que dio por terminada de esa forma, en mi propia casa, la fiesta profana del Día de Reyes.

Pero todavía oiría por un rato más el lamento armonioso de los fugitivos de Georgia, quienes habían salido del salón principal con los demás feligreses que portaban los tambores, ornamentos de sus ritos, y los instrumentos cultos que trajeron en el Saeta *los músicos pardos de Santiago de Cuba para el concierto, concebido por el marqués a fin de halagar a mi antigua* aya, *colegí después.*

Albor, que curiosamente me había simpatizado siempre, y lo seguía viendo, en mucho, diferente a los demás, llamó al indio seminola y éste dio un paso adelante con aire marcial, colocándose a la derecha de don Antonio mi padre, que no había podido enderezarse y tenía medio cuerpo descansando sobre la mesa de una sola pieza de madera preciosa, todavía bien surtida de manjares cocidos por los esclavos a sus propios gustos, y no por las recetas venidas de Francia, Italia y Madrid que yo mismo les había interpretado trasladándolas a la lengua castellana.

Entre el seminola —aunque evangelizado inevitablemente, con el rostro pintado y las uñas muy largas que los distinguen— y el capitán Albor, reluciente la botonadura dorada en su chaqueta de uniforme, azul, levantaron en peso al marqués mi padre, y lo sentaron en el sillón cubierto de pieles que conservaba aún el calor del cuerpo del padre Pino y hasta la peste de los pedos bulliciosos que le vinieron después de tan opípara cena. Yo, ¡inmóvil!, los seguí con la mirada. Me resultaba difícil entender de sopetón lo que estaba sucediendo aquella noche.

Ella, quien no sería más ni la vería tampoco como mi aya, subió por sí misma, con aplomo y altanera, las escaleras de la casona para entrar en la recámara cuya puerta abrió con su llave de plata y ni intentó cerrarla.

El capitán Albor, en lo adelante, daría las órdenes en la casa. Empezó a hacerlo de inmediato:

—Usted, marquesito, es hora de irse a dormir si no tiene otra cosa mejor en qué ocupar su precioso tiempo —me dijo rampante, sin respeto, y acto seguido le pidió al padre Pino la bendición.

—Duerme con la paz del Señor, hijo —bendijo el padre.

Fue el capitán Albor quien cerró la puerta de la recámara de Aya, que ya era Lucila Méndes, aunque me costara trabajo aceptarlo.

La evidencia descarnada de algo que, aunque sospechaba, me había negado a creer, prodújome un vacío que, de pronto, desconcertó mi entendimiento. Yo no me había podido dar cuenta del momento en que comenzó el maridazgo del capitán con ella, ni tampoco dónde se inició, ni lo enredado que podía ser. Viéndolo de otra manera, para mis adentros, diré sin mentir a Dios que lo había intuido, o presentido como un clarividente, pero prefería que mi aya no revelara nunca sus sentimientos a la vista de los demás. Ni siquiera ante mí, ante mí menos, sin consideración para mí.

La unión había comenzado hacía poco más de seis años, durante el viaje de los tres a San Agustín de Las Floridas...

En el curso de la placentera travesía, sin borrascas ni ningún tipo de tormenta en el mar, el *aya* de Filomeno trató de conocer lo mejor posible al niño a su cuidado, sin sobrepasarse, evitando actuar afectivamente, como lo haría una madre.

El caballero reservado le había dicho que Francisco Filomeno era un adolescente de inteligencia despierta, indagador, que quería saber de casi todo lo que lo rodeaba y de cosas más complejas para su edad. Al revelársele, Lucila pensó acertadamente que había heredado de ella la agudeza y una especie de desconfianza innata.

En aquel momento, como el *aya* Isabel de Flandes, disfrutaba lo indecible bañando a su hijo, arropándolo para dormir, preparándole ella misma sus alimentos, indagando con discreción sobre cuáles eran los gustos y los conocimientos del adolescente en materia de religión, aunque le molestaba la apatía del muchachito, quien nunca mostró curiosidad con respecto a ella. Filomeno desempeñaba su papel demasiado fríamente.

Durante el baño y mientras dormía, ella revisaba pulgada a pulgada su piel, el cabello, y le limpiaba las uñas con esmero. Filomeno solía dejarla hacer y la observaba en silencio con sus ojos negrísimos y la mirada penetrante. Las miradas de ambos parecían dos gotas de agua. Apenas le formulaba preguntas al *aya*, sino casi todas a Albor, quien fue convirtiéndose desde que comenzó la travesía hacia San Agustín de Las Floridas, en el único interlocutor entre madre e hijo.

A Filomeno le gustaba leer, y al parecer sus preceptores lo habían enseñado bien, porque permanecía muchas horas leyendo en el camarote, o recreándose con el examen empírico de las cartas náuticas para luego hacerle un largo formulario de preguntas a Albor.

Paralelamente, el agradable tedio del manso viaje contribuyó al encantamiento mutuo de Lucila y el capitán. Con excepción de los momentos en que atendía al marquesito de color quebrado cuando éste salía del camarote o deseaba comer o beber algo y la llamaba, Albor y la parda permanecieron juntos casi todo el tiempo.

La primera tarde en cubierta, Lucila se vistió para agradarle a él; se perfumó con las más delicadas esencias, y muy pronto él marino cambió sus ropas ordinarias de trabajo y empezó a usar las de un verdadero capitán de barco, aunque todavía algunos de sus subalternos y otras gentes, entre ellas el marqués, lo identificaban como el piloto del *Saeta* —el dueño de la nave era un pariente, viejo y artrítico lobo de mar, que se había quedado en puerto a causa de sus dolencias, y por esa razón, desde que se hizo a la mar en La Habana, Albor asumió por derecho propio el mando de la embarcación.

Aquella relación que sería tan duradera, había empezado como un juego, pero desde que se inició Albor le ofrecía a Lucila suficiente confianza como para que le contara algunas cosas sobre su persona, sus sentimientos y las turbulentas relaciones con don Antonio a partir del nacimiento de Filomeno. Reconoció ante el marino que necesitaba apoyarse en un hombre de su condición social, pues el único soporte con que contaba era el de su hermano esclavo, José, bastón demasiado endeble para quien no había podido aún conseguir la libertad, por lo cual tan solo podía contar con José como hombre de trabajo, fuerza espiritual y poder religioso, pero en lo demás sería ella quien tendría que defenderlo.

Comenzaron a amarse al tercer día del viaje. El joven catalán, unas veces con estampa de aventurero y otras con aire de navegante y señor, la sedujo como a una doncella, lo cual no dejaba de hacerle mucha gracia a los dos en sus pujas de alcoba. Rompió la inercia un día en que, sin que ella se diera cuenta, mientras dormía la siesta en una hamaca tendida bajo un toldo que el capitán había preparado para Filomeno en la cubierta del *Saeta,* él le hizo una jarana: se acercó y le echó encima un puñado de peces que le saltaron sobre su pecho, el abdomen y los pies, alguno de los cuales ella logró agarrar y devolver al mar. Aquella broma borró definitivamente la distancia que la situación de cada uno en el barco les imponía. El juego se repitió, y la pardita Lucila, como Isabel de Flandes, abandonó la cubierta con la ropa empapada, pero riéndose alegremente. Quizás por primera vez alguien había jugado con ella de forma tan espontánea y cándida.

Por la noche le hizo compañía a Albor en la cabina de mando. Fue una compañía silenciosa pero cálida. A cierta hora él le sugirió que se acostara, y Lucila, segura de que la visitaría, lo esperó despierta en el camarote. El capitán no tardó en llegar; traía en la mano un pez trepidante y se lo echó encima, y tratando ella de recapturarlo comenzó el juego amoroso. Su primer acto de amor con él lo hizo vestida porque a ambos les sorprendió el momento del tránsito del retozo a la posesión. Luego, cada noche, durante todas las demás de la travesía, Albor le preparaba una trampa con la cual empezaban las caricias y contrapunteos.

Al principio de esas relaciones Lucila se esforzó interiormente por apartar el sentimiento que experimentaba, un tanto vengativo, ante la oportunidad que la vida le daba de burlarse de don Antonio en el terreno en que a éste más habría de dolerle. Pero tal sentimiento fue borrándose a medida que le importó el amor de Albor. Únicamente cuando estaba sola con el niño Filomeno y le venía a la mente lo que ella calificaba como pusilánime manejo de don Antonio para arrebatarle al pequeño infante, disfrutaba del conflicto que habría de surgir, el cual de ninguna manera podía afrontar el marqués sin perjudicar sus propios intereses, dadas su condición y las aspiraciones de que Filomeno heredara los blasones del marquesado. Como conocía muy bien, estaba segura de que, en su momento, le habría de ganar la partida. Y así ocurrió.

Retomemos la *Relación* de Filomeno:

Lo cierto es que habría de parecerme casi todo distinto desde esa noche del Día de Reyes, y en realidad las cosas ya estaban cambiando. Recobré mi cordura, porque al fin y al cabo, reflexioné, para todos los que me importan en la sociedad agustina, doña Isabel de Flandes no era más que mi aya, ni siquiera Aya, como yo me acostumbré a decirle amistosamente.

Me volví y miré hacia la saleta rococó sintiendo pena de mi padre, y, con sigilo, aunque los esclavos dirigidos por José, como siempre, aún estaban reti-

rando los desperdicios del banquete, le eché sobre el cuerpo una de esas colchas o sarapes que a él le gustan. La había sacado de un baúl donde las guardaba, a cual más gruesas y más pintadas con tintes, no sé si mayas o aztecas. Como mi noble padre se había despojado desde temprano de su frac de alpaca color castaño, temblaba de frío. Lo abrigué con cariño en correspondencia con los desvelos puestos en mí por ese ahora desaliñado, de mal talante, caballero.

Juré ante la contrita estampa apagada de mi padre, cumplir su máximo deseo, lo que a mi progenitor más le apremiaba con respecto a mi persona, e hice llamar a María Luz, sin demora.

Me dirigí hacia el ventanal de vidrio frente a la terraza a esperar que la negrita viniera. La vi avanzar dando brincos desde que franqueó el portón, al extremo del huerto, alumbrándose con un farol marinero. Tenía echada encima, en forma descuidada, la espléndida capota plegada de terciopelo color carmesí que aquella noche llevó puesta con alarde impropio el gran piloto Francisco Cortés de Navia.

Empero, aún me faltaba algo más por ver y oír antes de que entrara en la casa mi encapotada esclava María Luz, sonriente y a toda luz dispuesta a cumplir lo ordenado por el marqués mi padre, quien desde mucho antes se lo había hecho saber sin precisar el día.

El moreno contramaestre, Salvador Hierro, con Graciano dormido sobre uno de sus hombros, Caridad junto a él, cogidos de la mano, me pedía una bestia, o mejor el carretón con el toldo encerado, para llevar a la esclava, a la mantenida de don Antonio mi padre, hasta La Muralla de Aguas Claras.

Le otorgué el permiso para que se fuera pronto y poder estrenarme, y, sobre todo, por ser la primera vez que alguien pedíame algo como amo: estaba usando mi limitado poder, aunque el reconocimiento de mi ignorada jerarquía procediera del moreno Salvador.

No voy a describir en esta mi Relación *ni en ninguna otra parte, cómo fue el magisterio de María Luz, su ambrosiaca e ingeniosa aplicación, y menos diré de mis espontáneas jaranas, ocurrencias y desenvolvimiento de la sesión. Solo rubricaré que con la costumbre de los hijos de la isla de nombrar las cosas más discretas con nombres figurados y antojadizos, ella llamó a mi atributo «diabla cabeza dura».*

Don Antonio, por orgullo, no había reaccionado con ofensas frente a los hechos ocurridos delante de él la noche del Día de Reyes, en tanto suponía aceptar la burla de que era objeto por parte de Albor, el favorecido del capitán general. Aparentó ignorar lo sucedido, culpando de ello a una súbita embriaguez.

Al día siguiente concurrió a la parroquia para confesarse, por los muchos pecados cometidos y faltas de buena conducta con autoridades civiles y militares, «a causa, padre, de los licores en demasía que ingerí».

También visitó al comandante del castillo de San Marcos y le repitió la confesión, y lo desagravió con una visita formal a su residencia, en compañía de Filomeno y, desde luego, del capitán Albor. Llevó regalos para el nieto del pundonoroso militar, el niño Félix, de tan despierta inteligencia según se comentaba entre la sociedad de San Agustín, que anticipaba el valer del futuro presbítero Félix Varela.

Filomeno no quedó excluido de sus cumplidos. Con él estaba de plácemes porque María Luz ya le había revelado, antes de que se lo preguntase, cuál había sido el comportamiento de su hijo como debutante:

—Lo que usted suponía: el niño Filomeno es hombre como su merced; ya no le falta nadita por saber.

Él puso en duda la supuesta competencia del muchacho en esa materia, pero como se sintió aludido —«hijo remedo del padre», dijo—, asumió la información como buena para compensar un poco su humillante derrota.

Desde la noche de Reyes sufría intensamente y trataba por todos los medios de hacerles olvidar a los demás, incluso a Filomeno, lo que él mismo no había podido borrar de la mente en el transcurso de una semana.

Si hubiera tenido valor suficiente, se recriminaba, habría subido a la recámara de Lucila para destruir con sus manos, en presencia de Albor, el hermoso reloj con que la había obsequiado —«ésa hubiera sido la reacción más primitiva», rectificó para sí. Luego pensaba que habría sido mejor suplicarle a Lucila —le agradó llamarla de nuevo así—, arrodillado ante ella, que hiciera aparecer como una broma de máscaras lo que acababan de ver los demás, y, sobre todo, que no lo abandonara totalmente siempre y cuando «los términos del acuerdo» quedaran entre ellos dos. En ese momento discurría y aplicaba los moldes rígidos de abogado de Audiencias Reales, cargo que tenía tan olvidado: «De haber tenido el valor que me faltó, le habría confesado, claro está, mi disposición a tolerar, sin remordimiento ni menoscabo ninguno, que en las ausencias prolongadas de San Agustín, continuara siendo protegida con dedicación por el capitán Albor, considerándolo un amigo.»

De hecho, él sabía todo lo que estaba ocurriendo, aunque los tres se dispensaban sin ambages la realidad. Podían parecer ridículas en un hombre de su temple estas disquisiciones: «Pero a grandes males, grandes remedios, hasta en cuestiones de Estado este proverbio es válido», se convenció, tildándose de ruin y cobarde por no haber sabido sortear la situación creada de una forma inteligente y ventajosa para él, sin que nadie se enterara de nada que ya no supiera.

Transcurrieron varios días más de cortesías, beneplácitos y excusas increíbles, como la contenida en la esquela que le escribió a Lucila: «Doña Lucila Méndes, grandes negocios que requieren mi atención particular me impiden permanecer tanto tiempo como yo quisiera y siempre ha sido y será mi ferviente deseo, en la casona de la calle San Marcos junto a usted y mi hijo Filomeno, a quien con tanto cariño ha atendido... Mis respetos para su esposo y amigo, capitán Albor.»

En realidad, don Antonio no tenía nada que hacer en San Agustín mientras aguardaba el arribo de la fragata en la cual regresaría a La Habana, de manera que decidió refugiarse un tiempo en Las Murallas, al conocer la buena nueva de las recién paridas, para luego emprender viaje con alguna de

ellas en su bergantín *San Antonio*, hacia la cercana isla Amalia. Acababan de nombrar allí a un recaudador de Aduana al que podía sobornar en favor de sus fraudulentos negocios, a espaldas del
capitán general de Cuba y Las Floridas, lo cual
justificaba su presencia oportuna en la pequeña
ínsula.

IX

Que el azar es un informante fortuito y oportuno del que escribe, lo comprobé una vez más al encontrar, entre las hojas apolilladas del cuaderno de traducciones de Filomeno, unas notas manuscritas por el señor curador de la *Relación* del marquesito de color quebrado, las cuales dicen algo que al principio me pareció inútil para tener en cuenta, inconexo o fútil, aunque, como hubiera dicho Francisco Filomeno en su lenguaje un tanto enrevesado, «colijo que inconexo pero no tan inconexo si colejimos una cosa con la otra». Dicen las páginas, dirigidas, al parecer, a una dama especialista de nombre Zoila L. Becali, enterada sin duda alguna de algún oculto trasfondo..., o queriéndose enterar de ciertos chismes intrascendentes en boca del público de hoy, porque la marca del curador data de fecha reciente:

Oye, Zoilita [aunque debió decir lee], *he encontrado ciertas pistas: el marqués de Montelo (Luis Alfonso), que dicen que era guachinango de Santo Domingo (como Domingo del Monte), y el Madam y Alfonso, a quien pintaban rayadito en las caricaturas del decimonono, eso tú lo sabes, Zoila, amiga mía... Los Mendoza, busca a los Mendoza; creo que están en el primer tomo de Jaruco. Ellos se establecen en Trinidad (la villa), donde el principal tiene un cargo importante en la Marina. De los Mendoza, en el tomo que te digo del conde de Jaruco, vas tú a buscar a los Govantes, porque este*

Mendoza y los Govantes no tienen mezcla aparente de ninguna clase, pero después viene el nieto, fíjate en el nieto que se casa (busca Bonilla, los Bonilla también están en el libro de Jaruco) con una Bonilla (fíjate bien en ese apellido, síguelo, Zoilita, que es clave para lo que tú quieres demostrarle a María Luisa, que es cultura cubana). Él empieza a dar la nota de ser un poco así moro, más moro que cristiano, de un color muy quebrado; más quebrado que el color de Filomeno: pues ése es don Antonio González de Mendoza y Bonilla. Te digo más, Zoila Becali: Cuando se queda viuda la abuela (y aunque tú con tus investigaciones me puedes buscar la enemistad de todos los Mendoza, que son muy poderosos, si es que se enteran, porque se van a enterar, que te cuento todo esto), ella (la abuela) le manda una carta al conde de Villanueva, en la cual le dice que está pasando las de Caín, una necesidad horrible, no tiene ni siquiera donde vivir. Tú habrás de asombrarte de cómo la abuela, en ese estado de miseria, tiene a un nieto estudiando la carrera de Derecho en la Universidad, lo cual demuestra que de alguna forma ha dado un paso alto, ha habido una ayuda al nieto: ¿Acaso no quieren saber de la abuela, que la tienen escondida?, pregúntate eso. Como decía o dice, aquel recitador santiaguero que conocimos, Luis Carbonell, El Acuarelista de la Poesía Antillana: «Y tu abuela *¿dónde está?», o mejor como le contó su informante Tá Serapio a nuestra nunca bien ponderada Lydia Cabrera en su refranero: «A los nietos de la negra el dinero los blanquea.» Mira, amiga mía, te aconsejo que busques a los Bonilla de la Real Armada*

donde puede haber nobleza o limpieza de sangre.
Pero ten esto presente: En el pueblo de Tapaste, al
centro de nuestra isla, de donde procede la abuela
Bonilla (Rosario Bonilla y Cabrera), los niños todavía cantaban allí, cuando yo era muchacho, una
tonadilla con la siguiente letra:

> A la rueda rueda...
> Dichosa, dichosa, la negra Rosa,
> Rosa Bonilla se casó con blanco
> principal y de mucha campanilla.
> A la rueda rueda, la negra Bonilla,
> que se casó con blanco principal
> y de mucha campanilla.
> A la rueda rueda, la negra Bonilla...

Ahora —fíjate bien y averigua por tu cuenta—,
el escándalo se forma en La Habana con los González de Mendoza y Bonilla cuando él se atreve a as-
pirar a una Pedroso. La Pedroso se enamoró de él y
cuando González de Mendoza, el nieto de la Bonilla, fue a la casa de la novia para formalizar las
relaciones, la madre de la Pedroso dijo: «Yo dejo
que mi hija se case con él, pero solo si antes ese
señor me demuestra a mí que él es blanco.» (Cómo
perdían el tiempo, Zoila, amiga mía, con lo fácil
que es hoy ponerse uno color blanco, en el carnet
de identidad; eso es una revolución en el campo de
la genealogía.)

Bueno, en resumidas cuentas, la muchacha de
los Pedroso tenía condiciones de edad, bien mayor-
cita que era, y se casó con Antonio González de
Mendoza y Bonilla, sin permiso; sin el visto bueno
de la familia.

163

Ten presente que en la familia González de Mendoza se creó una agrupación fuerte en que todos eran ricos, más o menos, más más que menos. Tenían dinero fuerte. En el año (no me acuerdo), ocurre que una descendiente directa de don Antonio (eso lo sabes), el de la rueda rueda, el de la negra Bonilla, se casó con un príncipe de Luxemburgo a quien conoció en una estación de ferrocarril en Europa. Y si tienes más paciencia, vas a conectar por muchísimos lugares las pistas que te di, con Francisco Filomeno, el marqués de Aguas Claras...

Resultó una distracción la lectura de este tremendo embrollo del mestizaje, desenfardelado en esas páginas donde aparecían otros nombres de marqueses y condes, por orden alfabético. Pero no era objeto fundamental de mi interés adentrarme en el árbol genealógico de la llamada nobleza criolla cubana, y mucho menos cuando, como en ese momento de la novela, la historia que iba tejiendo llegaba a un punto meridiano al arribar a San Agustín de Las Floridas un correo de Cuba con primicias de la niña Juana, la hija de Jackín, la princesa del lago, con *Buen Ángel*, Cortés de Navia; y otra correspondencia de valor especial, a más de hablillas de allende los mares.

El capitán Albor se vestía para dirigirse al muelle donde estaban surtas las dos embarcaciones de los norteamericanos, que, semanas antes, llevaron harinas a Santiago de Cuba. Las autoridades de aquella ciudad habían exigido a La Habana un urgente suministro de alimentos con qué mitigar un poco la desesperada situación de desabastecimiento que sufrían los avecindados en Santiago. «Dos o tres goletas extraviadas sin tocar aquel puerto en el curso de varios meses, y los corsarios armados por franceses, continúan haciendo estragos a las naves de España», le había adelantado el emisario del capitán, cuando le entregó correo de la isla.

Albor aún estaba en la recámara. Echó los brazos hacia atrás y Lucila le colocó la casaca, que le caía tan bien sobre los hombros. Después le alisó con un peine de carey la larga coleta de pelo castaño, que ató con una cinta fina de terciopelo negro. Ya no le gustaba llevar peluca blanca, como sí a don Antonio y a los demás caballeros que denostaban la moda francesa del Directorio.

Lucila sonreía mientras observaba aquel rostro masculino que se proyectaba en el espejo del aposento. Había escogido los géneros y complementos para el traje de estreno: una casaca y el calzón de lana inglesa color azul índigo, las medias de seda de un crema muy claro, los zapatos de piel de becerro con hebillas doradas; el chaleco de raso mostaza, la camisa de lino muy blanca con puños de encaje que sobresalían de las mangas de la casaca. Albor tomó de la mano de su mujer el pañuelo de encaje y el bastón con empuñadura áurea, también los guantes de cabritilla, pero no se los puso todavía; esperó a que Lucila le colocara en uno de sus gruesos dedos de marino, el anillo de oro con una perla negra incrustada en el centro, y luego ella lo acompañó hasta la puerta de la casona, donde lo aguardaba un carruaje para llevarlo al puerto a recoger el anunciado correo de Cuba.

Un rato más tarde la maleta panzona de cuero de cocodrilo descansaba en el piso, junto al butacón

donde Albor leía la correspondencia traída de La
Habana y Santiago de Cuba. Lucila ocupaba una
graciosa mecedora americana de palo de rosa. Sobre las piernas, la canasta forrada de raso lila en
su interior, donde depositaba las perlas ya horada-
das que iba ensartando. Filomeno, en otro asiento
al parecer incómodo que lo obligaba a cambiarse de
posición a cada rato, escuchaba al capitán del *Saeta* comentar los temas que más le interesaban, siquiera por curiosidad.

El padre Pino se había incorporado al grupo,
alertado por Francisco Filomeno sobre un tópico
leído por Albor que le incumbía directamente. El
capitán lo releyó desde el preámbulo, saltando párrafos comprometedores contenidos en los primeros
pliegos, y luego fue a los asuntos que, a su juicio,
debían conocer las demás personas.

Se callaba que don Jean Staughton, un comerciante extranjero radicado en Santiago de Cuba
(que era quien le escribía directamente a Albor),
hablaba sobre «las enormes conveniencias de *esta*
ruta natural de comercio por Norteamérica, la más
práctica para seguir despachando harinas, tocinos,
frutas de esos climas que aquí apetecen las gentes
por la novedad y cercanía, por lo que no deben fal-
tar en nuestros almacenes para venderlas, ya que
los barcos de *allá* son de los pocos dispensados del
asedio y asalto de los corsarios y es un negocio redondo *para nosotros* en estos tiempos convulsos,
más cuando *don Prudencio,* ese señor amigo suyo
[se trataba del mismo Albor], goza del privilegio de
la expedita licencia especial del gobernador —por
mediación de un tercero— para el comercio de so-

corro.» Ese lenguaje codificado solo podía entenderlo Albor.

«Anúnciele al susodicho —continuaba—, que aquí se necesita casi de todo, y dígale también, por favor, al señor *Prudencio*, que por los resquicios de la cédula real que ampara la licencia del gobernador, trafican las goletas de los norteamericanos dentro y fuera de ley, ¡que para qué contarle!, ya que accidentes y necesidades sobran siempre por estos lares y faltan socorros cada hora; y eso *don Prudencio* sabe que da dinero. Y también, cómo comprarle a esos Estados de allá para llenar hasta el tope los almacenes de San Agustín. De esa manera, los de aquí de la isla dirigiríamos los pedidos de mercancía a nuestro representante *allá* donde usted está.

»Ratifíquese a *Prudencio* que, como siempre, estaríamos comprando y vendiendo las mercancías con los *spanish dollars,* porque este peso fuerte de ocho, el famoso *the silver piece of eight,* sabemos nosotros los comerciantes lo mucho que allá lo han apreciado, pues sigue siendo plata de buena ley, y nadie se tome a engaño, también les sirve para sus transacciones... Lo sabe todo el mundo, y sobre todo ahora, cuando el señor Jefferson —dicen acá— ya los está usando en esos Estados como moneda propia de ellos. Ya hemos visto cómo dibujan en sus papeles de cambio las dos columnas de Hércules del peso duro y escriben "Plus Ultra", más allá de las columnas, o sea, más allá de todos los mares.»

En el último pliego codificado que Albor leyó para sí, el señor S. decía: «Si faltara un día la licencia especial de socorro a calamidades que a usted lo ampara, de todos modos con los *spanish dollars* saldríamos siempre adelante. Diga al señor *Prudencio* que esperamos por él para continuar con la introducción de harinas y otras cosas.»

El comerciante le informaba sobre algunas otras noticias, «que a usted también le interesan —éstas las leyó Albor en voz alta—, entre ellas la muerte y sepelio, en medio de pompas y honores, del deán Martín de la Vandera, y se espera aquí a otro que está nombrado y que embarcó con usted rumbo a Las Floridas, en el bergantín *Saeta,* hace unos meses, pero cuyo nombre no distingo». Se trataba, sin lugar a dudas, del padre Pino; las primeras felicitaciones al deán no se hicieron esperar, y el ofrecimiento de un convite de despedida que le hizo de inmediato el capitán Albor.

El voluminoso correo contenía, además, un sobre igualmente lacrado, aunque sin destinatario específico, consignado como «Encomienda para el conocimiento de un señor Buen Ángel que ha de encontrarse, según noticias, en Las Floridas. Trasmítase con la urgencia que requiere el caso.»

El capitán, el deán y Francisco Filomeno decidieron abrir el sobre y leer la misiva, pues, según la urgencia fuere mucha o poca, mandarían o no una embarcación ligera al encuentro del *San Antonio* en la isla Amalia, dijo Albor y los demás consintieron, porque todos querían saber qué decía el mensaje.

En aquellos momentos la sonriente María Luz entraba a la saleta con su gracia habitual, portando una enorme bandeja de plata con tres tazas de café humeante, bizcochos y buñuelos, canela, azúcar; un tazón de espeso chocolate para el deán, y las copitas de licor, de modo que suspendieron la lectura del correo de la isla para retomarla después.

Por el inmenso vitral del entrepiso se filtraba un chorro de luz que caía, como por un canal inclinado, sobre la mesa de mármol donde la esclava colocó la bandeja con el refrigerio. La circunferencia total de la mesa semejaba un caleidoscopio embellecido por el colorido del vitral, una barroca e iconoclasta imitación de las magistrales pinturas del Pecado Original y la Expulsión del Paraíso, pero tenemos que suponer a un Miguel Ángel con ojos e imaginación Caribe, ya que en dicha composición, en vez del manzano de la tentación diabólica, aparecía un árbol tropical; había un pavorreal, la serpiente era emplumada, y Adán y Eva, aunque desnudos, podían disfrutar en el paraje hacia donde el Supremo los expulsaba, de un manso bosque de palmas y cocoteros surcado por el hilo de aguas cristalinas, con las riberas alfombradas de flores de mariposa, siempreviva y las demás silvestres que existen sin espinas. Pájaros, tocororos y mariposas de todos colores había en aquel vitral, de autor desconocido, precursor, en todo caso, del maestro Manuel Mendive.

El mensaje a Buen Ángel lo leería Filomeno después de la merienda. Para entonces Lucila, que había dejado a un lado sus labores, aireaba con un cepillo nacarado los largos cabellos de Albor. Una niña, Paloma, subida a las piernas del capitán, jugaba con los encajes de su camisa.

Paloma tendría poco más de seis años, y hasta el Día de Reyes, según puede leerse en uno de los anexos de la *Relación* escrita por Francisco Filomeno, era solo el personaje más gracioso de la casona de la calle San Carlos, que figuraba para casi todos como la hija de crianza de doña Isabel de Flandes, la antigua *aya.*

(Pues Paloma —reflexionaba Filomeno en el anexo inédito de su *Relación*—, *desde la noche de las revelaciones, es, abiertamente, la vástaga de Aya y el capitán. Hija de padre y madre blancos, mientras yo, que soy su medio hermano y de estirpe noble, todavía no poseo los papeles que autentificarían mi calidad de tal, a causa del* entrecejo *del capitán general con mi hidalgo padre.)*

Al retomar el correo de la isla, Francisco Filomeno sacó el pliego que contenía el mensaje a Buen Ángel. Primero leyó para sí, reflexivo: levantaba las cejas, y luego de llevar los ojos hasta el extremo de cada línea, los hacía retroceder con prontitud para después dirigir la mirada a quienes esperaban conocer el contenido de la misiva. Había algo de teatral en su manera de proceder o era una forma de ganar tiempo mientras barruntaba cosas de su solo interés.

Claro que tenía conocimiento, como pocos después del marqués su padre, de los hechos en que se involucró Buen Ángel durante la venta de la cargazón de esclavos en Santiago de Cuba, del episodio de Jackín. Pero a juzgar por la avidez con que iba leyendo, debió de sorprenderlo algún suceso contado en ese pliego, como en efecto ocurría.

—Escribe un padre del convento de los belemitas —anunció Filomeno dirigiéndose a sus interlocutores—. Y trata —prosiguió— de una deuda y de la situación de cierta hija del piloto Cortés de Navia, digo, capitán, que los belemitas dicen conocer por su apodo de Buen Ángel, y aquí nosotros también. Leeré:

«Señores (esto, lo otro y todo lo demás)

»Ha de informarse al señor Buen Ángel que una muchachita de color, ingresada como expósita en nuestro convento, se mantiene todavía aquí, pero en forma contraria a los preceptos de la cédula real que concede atención a esos infelices.

»El señor tío de Buen Ángel, como lo llaman, a cargo hasta hace poco tiempo del corral del Consejo, dicho señor, el Cortés de Navia del corral, hubo de fallecer ha varios meses y era quien nos entregaba, con religiosidad, frutas, algunos puercos y gallinas; media cántara de leche y hasta maloja, para que se le atendiera en condición de expósita a la muchachita Juana, bautizada por el presbítero principal Pedro Santo, quien se comprometió de palabra con el señor De Navia a tenerla al cuidado de las monjas y el del corral a ejercer la caridad, ya dicha.

»Pero al abandonar este mundo el encargado del corral, y sabiéndose por todos aquí que la expósita tiene padre y que es solvente, apremiamos las limosnas que nos debe desde que murió el tío, y si no llegaren se devolverá al corral de donde vino a la Juana, que allí alguna comida tendrá, pues los animales la tienen.

»Para que nadie se preste a equivocaciones, hemos de recordar a la persona a quien va dirigido este pliego, lo que determina Su Majestad el rey que sean los expósitos, y lo que se entiende en esta ciudad de por qué hay peligro en ejercer la benevolencia de Su Majestad y nos apremia sacar a Juana de este albergue:

»Dícese: "Se publica real cédula que determina que a todo niño expósito, donde quiera que fuese, y de cualquier clase o color que sea, se le dé legitimidad civil, con derecho a los mejores, sin que le sirva de nota fea su nacimiento y como si fuera de legítimo y verdadero matrimonio, adquiriendo este o esta expósito o la expósita la paternidad del rey."

»Más los que escriben, que aunque uno solo hace con la pluma los trazos de las letras, todos rubricamos lo escrito, estamos en lo cierto cuando pensamos que contravenimos la cédula real con Juana, pues el corral tuvo hasta ahora quien pagara en especie al convento, decimos mejor que en su nombre diérase caridad, para que se le tuviera de por vida o hasta cuando el donante la reclamara como hija que es de Buen Ángel y de una ladina, *según el populo princesa etíope* mentada en nombre latino Joaquina, quien pereció en accidente con perros de guarda frente al Cuartel de Pardos.

»Escribimos ahora los reparos que de hecho hay aquí de tener expósitos atenidos a la cédula real, los que como se expresa adquieren la sagrada paternidad del rey sean blancos o no. Como el rey sí lo es, ellos también lo son o en todo caso no tienen ni color ni apellido porque llevan el apellido que le pongamos en el bautizo. Estos reparos, decimos, no son nuestros, gentes de caridad y amor, sino que obran ley en el Ayuntamiento. Nosotros, humildes padres belemitas, nada tenemos que ver sino con la dulce caridad cristiana que ejercemos por amor a Dios nuestro Señor. El parecer de dicho Ayuntamiento es:

»"Este Ayuntamiento acata y tiene voluntad de obedecer la real cédula respecto a los expósitos, reservándose el informar a Su Majestad los inconvenientes que pueda ocasionarle a las familias de distinción de esta ciudad por la variedad de castas y calidades que se hallan reunidas en esta Jurisdicción de Cuba; la variedad es mucha de negros, mulatos y mestizos que se valdrán de este asilo de expósitos para colocar a sus hijos mal habidos en los mejores enlaces y empleos después de grandes, en detrimento de los blancos o hijos de ellos, en desleal competencia."

»Los que escribimos urgimos resolución porque, en verdad, excepciones siempre ha de haber muy merecida y caritativamente, como la habida con la expósita Juana hasta ahora, y a quien las monjas quieren como un juguete. Pero nos faltan harinas para el pan de cada día; velas, ropas, y a veces hasta el vino de consagración, y sin la limosna que recibíamos del corral no sabemos de qué forma podemos mantener a la expósita, que, como hemos dicho, está fuera del beneficio de la cédula, pues no es ella hija del rey sino del Ángel. Cada vez es más precaria la vida del convento. Por las razones ilustradas en este pliego, que no demanda otra cosa sino caridad cristiana, acordamos poner un término de seis meses, calculando travesías del correo, para, de no recibir respuesta, devolver a Juana al corral del Consejo, porque ella ya está un poco hecha, y que Dios todo misericordioso la proteja, pues sin limosnas nosotros los belemitas nada podemos hacer.

»Dios bendiga el alma caritativa que nos favorezca para poder seguir ejerciendo la caridad en esa muchachita y en otros más. Son fidedignas las noticias que tenemos de que el procreador de Juana es hombre de mar solvente, ahora en las costas floridanas. Firma el padre Diosdado.»

De momento nadie habló.

Las primeras palabras después de la lectura las pronunciaría el padre Pino:

—Muy necesitados de limosna han de estar nuestros hermanos del convento, como lo estará también la diócesis de esa maltratada, sedienta y asediada ciudad, azotada de vez en cuando por ciclones, las más de las veces por piratas, y a la vez terremotos, que deshacen y vuelven a deshacer.

Lucila amarró la coleta de Albor con un broche de bronce, preciosa prenda labrada, igual a la que llevaban los caballos en sus colas trenzadas durante paseos de gran lucimiento.

Filomeno decidió seguir el hilo del discurso del padre Pino:

—Es clamor desesperado de los padres belemitas, pero yo sé lo que pasó aquel día, y quien debe saldar la deuda de caridad es el piloto, digo, el capitán Cortés de Navia. En cuanto a la cédula, no veo bien que el Ayuntamiento censurase tan sabia gracia real.

(Paseándose ahora por la saleta asido a la manita de su hija, el capitán Albor, quien debía tomar una decisión, se mantuvo en silencio: estaba inmerso en otros pensamientos. Si lo hubiera analizado bien, y actuado con audacia, le habría solicitado al gobernador otro permiso para sondear las posibilidades de la isla Amalia para el comercio, ya que

sobre la ribera del San Juan y el Santa María, él y
el tercero, que no era otro sino Griego, tenían un
atracadero con pequeñas pero efectivas embarcaciones para llegar sin mayores dificultades a la
frontera promisoria del país vecino; pero ahora don
Antonio había ido a la caza de ese privilegio; ya el
asunto no tenía solución, pues el marqués se le había adelantado.)

Ante el silencio de todos, el padre Pino tosió con
discreción; Lucila primero dirigió su mirada a un
Albor dubitativo, o más bien inmerso en sus intereses, y luego la fijó en Filomeno, quien había
estirado las piernas y se llevaba una mano al mentón esperando escuchar la voz de su madre.

Ella no lo defraudó, y como si fuera su hijo el
único interlocutor interesado, habló para él:

—No habría que mandar aviso alguno de urgencia a la isla Amalia; Cortés de Navia está al servicio de tu padre.

Llamó a María Luz haciendo sonar una diminuta campanita de plata que tenía a mano (regalo del
marqués). La negrita se acercó para oír lo que podía intuir, pues había estado al tanto de la conversación:

—Tráeme el cofrecito que tengo en el taller —le
ordenó su madrina.

De vuelta la esclava con la cajita de metal que
tenía las iniciales de Isabel de Flandes en la tapa,
ésta tomó una de las bolsitas que guardaba y se la
dio a María Luz para que se la entregara al cura.
La esclava la vació en la sotana del clérigo, interesado en contar las monedas y en escuchar lo que
decía doña Isabel de Flandes, pues para él, en esos
momentos estelares, ella era Isabel y no Lucila.
«Isabel es nombre de reina», se le había oído decir

muchas veces, y no sería él la única persona en pensar de ese modo.

—En cuanto a los padres belemitas —comentó Lucila—, les adelantaré esa limosna que deberá devolver el piloto. Filomeno se encargará de ese asunto.

Su hijo no respondió, pero estaba de acuerdo: era su primera misión legal y la desempeñaría cabalmente. Es más, había pensado de antemano en una tarea semejante.

—Ustedes son testigos de esta deuda —acotó Lucila, y Albor hizo un alto en su andar para sugerir una acción:

—Dentro de dos días se hace a la mar una goleta de los norteamericanos con más harinas y otras mercancías rumbo a Santiago de Cuba.

—Entonces, padre —dijo Lucila—, hágale llegar usted mismo, con una misiva, esa limosna que pongo a disposición de los belemitas, para que no devuelvan a la expósita al corral de puercos, donde no es de dudar que aquellos animales hambrientos la descuarticen como los perros de Cortés de Navia a la madre, o hasta se coman a la niña, porque si faltan alimentos en el convento, no habrá entonces sobras para cebar a los puercos. ¿Qué cree usted, señor deán?

El padre Pino la dejó sin respuesta.

Algo debió de conmover a Filomeno para quebrar su hielo interior y contar, no sin emoción, su experiencia de adolescente en una venta en el mercado de esclavos. Lo acaecido había sido su primera participación en ese tipo de transacciones antes de que el marqués fijara su residencia temporal en San Agustín de Las Floridas.

Lucila se retiró con Paloma, porque no quería seguir escuchando a su hijo, y Albor volvió a sentarse para continuar la lectura del correo de la isla, que traía otra carta para él. Era de los astilleros de La Habana, y le informaban que la goleta que había mandado a construir estaría lista para echarla al agua en breve tiempo. Ya la habían pintado y rotuládole el nombre que él dispuso y con el cual su contramaestre la inscribió: *Paloma II*.

TERCERA PARTE

MARTA ROJAS

X

Después de haber retirado del salón del gran vitral la bandeja con las sobras de la merienda, María Luz permaneció muy silenciosa durante el resto de la tarde.

Ocupada en quehaceres de la cocina, había oído comentar entre los proveedores de pescado fresco que en breve tiempo el marqués llegaría a San Agustín para reemprender viaje de regreso a Cuba.

Aunque disimulaba la inquietud, andaba algo perturbada por ese motivo: imaginaba la densa niebla y la pesada humedad de los pantanos, aún más ahora con el invierno. Sentía pasmos en el estómago. Suponía la batalla cruenta y dispareja entre hombres y cocodrilos, y ésa era la causa de sus insomnios.

Los esclavos que perdían piernas y brazos, mordidos por el animal, se desangraban en el río o en las lagunas y no regresaban a San Agustín. Río Miami abajo y en las riberas del San Juan arriba, pululaban las fieras de la ciénaga. Bien que había medido María Luz las consecuencias fatales que entrañaría la aventura que emprendería, pero no iba a retractarse, aun cuando más de una vez antes se las ingenió para evitar el reclutamiento forzoso como cocinera del piquete de caza, para hacerles la comida a esclavos y guardieros blancos que bajaban al pantano. Entonces no estaba harta, como ahora, e inventó males supuestamente contagiosos, suplicó al amo y fingió fiebres repentinas.

Una vez hasta pagó una moneda de oro a otra esclava para que la reemplazara. La esclava no volvió.

¿Por qué entonces ahora había tomado la iniciativa de enrolarse en aquella cacería en lo profundo del territorio de los indios seminolas, en busca de grandes cocodrilos?

Al principio, ni ella misma, reflexionaba María Luz, pudo responderse con claridad esa pregunta... A no ser a causa del poderoso instinto ya irrefrenable de conquistar la libertad a toda costa que se apodera del esclavo, pensaba, y no le faltaba razón. Eso podía ser lo único real que la arrojaba al dramático juego de azar. Suponía también el dolor físico, si los inmensos cocodrilos grises, los más voraces, la apetecían. Se tapaba los ojos cuando se le ocurría imaginar las tembladeras de lodo que se tragaban personas enteras y hasta a los caballos, allá abajo en los pantanos. Todo eso lo contaba la gente que volvía.

Experimentaba una rabia intensa contra el amo que le negaba la libertad, pero su decisión no era irreflexiva; tenía que irse.

Antes de que el marqués se embarcara en el bergantín *San Antonio* rumbo a la isla Amalia y la Fernandina, le propuso al «indulgente» amo —así lo calificaban sus iguales e incluso algunos esclavos—, pagarle el precio que ella valía y algo más para que la coartara. Su madrina había intercedido, y quizás, meditó, pudo haber sido la razón primordial para que don Antonio rehusara... o tal vez fue otro el motivo. Por ejemplo, el hecho de que su amo quisiera seguir agradando al piloto Cortés de Navia a expensas suyas.

Don Antonio respondió su penúltimo reclamo de libertad diciéndole: «Déjalo para cuando estemos en Cuba.» Insistió todavía, pero, con esa expresión indescifrable característica en él cuando hablaba en voz baja, se negó. Fue categórico. «Negrita, tú vales mucho más que todo lo que me ofreces, ¿no te das cuenta, María Luz?; no tienes precio.»

Por última vez rogó en vano. Corrió a buscarlo al muelle. Él, impaciente por zarpar y a todas luces disgustado, la haló por un brazo como solía hacerles a sus esclavas cuando lo molestaban. Le hizo abrir la boca y le dijo algo que nunca hubiera querido escucharle a un amo: «Déjame ver tus dientes; ¡ah, están muy sanos!, eres muy joven todavía, y saludable. Miren, señores míos, miren esta dentadura —le mantuvo la boca abierta—, parece de una doncella bien cuidada. Vean —insistió, mostrándoles la prenda a sus amigos.»

Después dispuso: «Llévala un tiempo a trabajar contigo, el aire libre le hará mucho bien.» Se dirigía al canario, quien para algunas gentes no lo era, pero bastaba oírle el repertorio de cuentos de brujas, efectos de magia, y ver en su altar el óleo de la Santa Bárbara sobre un caballo blanco blandiendo una espada como varón, para confirmar que era «isleño» de principio asentado en Cuba, amén de sus complicidades con negros de la cofradía que tenía este hombre tan audaz.

El canario le advirtió a la joven:

«Desde hoy te ocuparás de tejer las redes de pesca que necesito y de coser velámenes», y como ella se quejara por no saberlo hacer, le aseguró: «Aprenderás, aprenderás; tienes dedos largos de araña. Si te sobra tiempo, prepararás abundante y buena carnada para la pesca. Ve y espérame en la casa de La Muralla.» Y a esas faenas se dedicó durante varios días, en los cuales, mientras tejía y cosía, decidió darle un vuelco a su destino.

Al cabo de un tiempo, Lucila Méndes logró que María Luz volviera a servir en la casona. El canario cojo accedió sin remordimiento, «porque al fin y al cabo en San Agustín, como en la isla, las leyes del trono se acatan pero no se cumplen». Además, al regreso del marqués ya se encontraría cazando en los pantanos.

La esclava evitaba estar a solas con su madrina, a quien no podía mentir ni ocultar sus intenciones. Pero Lucila la hizo ir a su recámara la víspera de la fecha de partida rumbo a la ciénaga, y pudo enterarse del motivo que determinó a María Luz a desgajarse del clan. Demasiado conocía la sacerdotisa a sus fieles para pasar por alto el estado de ánimo de algún ahijado, de ahí que la llamara para conversar «sobre algo que pasa por tu cabeza, hija mía».

María Luz no le ocultó nada. Le confesó sus preocupaciones e intenciones, aunque sin pedirle consejo. Lucila trató de convencerla para que desistiera del proyecto: se comprometía a comprársela a don Antonio por una suma de dinero superior, para luego coartarla en su calidad de nueva dueña, y cobrarle a plazos módicos el precio de la libertad. Mas no suponía lo decidida que estaba María Luz, quien no se veía dispuesta a desaprovechar la oportunidad y caer en el vacío, sabiendo, como sabía, los intríngulis y vaivenes, intereses y

presiones que había entre los convivientes principales de la casona. Se había propuesto emanciparse de inmediato y sin condiciones, pasara lo que
pasara:

Tenía asco de Cortés de Navia y las meadas de
su «exagerado bellaco Jerezano», que así lo calificaba entonces. Le molestaban los remilgos de Filomeno, su delirio de blanquearse toda la piel hasta el culo frotándose unturas y tomando brebajes,
aunque a decir verdad Filomeno no le desagradaba
tanto. Le repugnaba, eso sí, que su dueño la pres-
tara «a cierto amigo antojadizo de una hembra como tú...»

Ahora, para colmo, la había dejado ahíta el
cuerno caliente del marqués en su refugio de La
Muralla con las esclavas recién paridas, apurándo-
la a ella para que le bajase los calzones —cuando
se los ponía—, escarranchadas las piernas peludas
en la silla zancuda, con su *tarro* encabritado a cada
rato, luego de los sofocos que se provocaba con las
paridas cada vez que mamaban los críos y él se pe-
gaba; purgándose en su boca el gran despecho de
pasión, o evacuándolo más lujurioso que nunca en
su verija, con la cantaleta de: «Bendita sea tu madrina, dile cómo me pongo por ella todavía.» A más
de estar cocinándole todo el día palomos y tortugas, y rajando —hasta sacarse sangre de la yema
de los dedos— cascarones de ostiones y de otros
caracoles del mar que mandaba a recoger a los bu-
ceadores por canastas para atragantarse por las
mañanas o cuando los quisiera tomar.

Nada le había valido a María Luz para coartarse, y ya sin esperanzas, ¿para qué querría la libertad por manumisión, ni de ninguna forma, cuando,
vieja, le faltaran fuerzas y lozanía? Si es que antes

no abandonaba este mundo, a causa de ascos de hombres con mal de bubas, que a amigos en esas condiciones también tenía que halagar el marqués, su amo, y para eso la tenía a ella.

Luego de escucharla hablar de todo eso en su estilo lacónico pero lúcido, Lucila la entendió más allá del discurso literal, expresivo en el verbo, y tan gestual. Fue entonces cuando la madrina hizo la señal de la Santa Cruz con dos de sus enjoyados dedos, besó aquel símbolo, y le juró a su ahijada guardar silencio sobre la decisión que había tomado:

—Te prometo que llamaré a mi muerto y él te protegerá también a ti —afirmó Lucila.

Selló su complicidad con la decisión de María Luz porque, a pesar de estar en desacuerdo con planes tan arbitrarios aunque inteligentes, reconocía la madrina, como los que María Luz iba a emprender, asumió sin asombro la determinación irreversible de la ahijada.

La conversación había transcurrido mientras María Luz la ayudaba a ordenar los armarios, a alimentar la estufa con la leña que más le agradaba a Lucila y al capitán Albor, y a prepararle el baño que tomaba siempre antes de acostarse a dormir.

En ese ritmo de cosas María Luz formuló una pregunta inesperada:

—Madrina, ¿conoció usted en la isla al mulato Nicolás, el que hablaba en poesía? —inquirió cuando Lucila le obsequiaba un anillo de oro, de los que ya no usaba, con sus antiguas iniciales *I. de F.*

(Isabel de Flandes), como recuerdo y en reconocimiento a su fidelidad.

—Sí, María Luz, conocí a Nicolás. Parecía un indio, pero no tan alto como los seminolas, me refiero
a su color y a su pelo, que era negro y lacio cuando
lo vi por última vez. No lucía grueso pero tampoco
delgado. Le gustaba dar de comer a las palomas en
la palma de la mano, y hasta se les posaban en sus
hombros. Recuerdo su voz sonora. El mulato Nicolás era maestro de escuela, como otros pardos libres y entendidos. Aborboleta, mi madre, fue amiga muy estimada del versador Nicolás. No sé qué
te hizo preguntarme por él, pero, aunque mayor
que yo, a mí me gustaba, ¿lo sabías?

—No, madrina, perdóneme —se excusó María
Luz, y Lucila continuó hablando de aquel hombre.

—Él enseñó a leer y a escribir a mi amiga, la hija de La China, para que el conocimiento le sirviera de algo, y ahora ella también recita poesías. Nicolás contaba siempre que la hija de La China...

Lucila se recostó en la cama y comenzó a relatar-
le algo que a cada rato contaba el mulato Nicolás.
María Luz hubiera querido desdecirse, que la tierra se hundiera. Empezó a hacerse la desentendi-
da; parecía no escuchar mientras su madrina hablaba. Hizo ruidos innecesarios en la recámara de
Lucila, puso a calentar en la estufa los cubos de
agua..., rodó sillas que ya había colocado en su lugar; movió las dos bacinillas de porcelana de un
lado a otro de la cama, se apuró en todo para precipitar su salida de aquella habitación inmensa y
de tan alto puntal que se le venía encima mientras
su madrina evocaba el recurrente cuento del poeta.

Pasaba un torbellino por la mente de María Luz.
Lo que ella sabía y su madrina reproducía en la

voz del poeta, motivada por la pregunta que acababa de hacerle, le cortaba la respiración. Y Lucila
seguía...

—El hecho fue así: don Cigarreta recibió a un
amigo en su casa del monte vedado, y Perlita, la
hija de la esclava llamada La China, le sirvió sonriente el café... Era una niña, una negrita linda
como tú y menuda, vestida siempre de azul. Tenía
las pasas trenzadas con cintas doradas, y tras las
orejas flores sin nombre, florecillas silvestres de
las que crecen en cualquier lugar. Sus teticas, como botones, espigando todavía, altas y duras. Así
la conoció el amigo de don Cigarreta cuando Perlita hizo la reverencia en el servicio del café —la voz
sonora de su madrina remedando al mulato Nicolás retumbaba en el cerebro de María Luz—.

»El recién llegado alabó a la esclava por el encanto de su sonrisa, y felicitó al amigo por la dicha
de ser dueño de un tesoro invaluable con tan hermosa dentadura. Don Cigarreta le preguntó si tanto le gustaba, a lo que él respondió que sí, ¡mucho!,
y pasaron a platicar sobre comercio de Indias y leyes de Ultramar.

»Durante tres días consecutivos dicho caballero
visitó a don Cigarreta, más que para tratar de
mercaderías, por el interés de disfrutar de la cándida y alegre Perlita. Al cabo se marchó de la ciudad aquel hombre llamado Juan por don Cigarreta,
aunque volvió pronto al lugar. Pero la vez que volvió fue otra esclava y no Perlita quien le sirvió el
café, con las reverencias y sonrisas acostumbradas.
No pudo aguantarse el viajero y preguntó por la

negrita que tanta gracia le había causado. Don Cigarreta le dijo: «Ella está bien.»

María Luz tenía la garganta seca y apuró un vaso de agua fresca, sin atreverse a mirar de frente a
la madrina. Dio vueltas de un lado a otro, sacudió
el polvo de las persianas y volvió a sacudirlo. Pero
Lucila continuaba el relato:

—Entonces, don Cigarreta le hizo un regalo a su
amigo. Tomó de la mesa un cofre de cedro, como un
estuche de tabaco, mientras le decía a don Juan: «
¡Ah, no habría de olvidarme de ninguna manera,
tengo un obsequio para usted!»

»Al viajero, ¿cómo no iban a gustarle los tabacos?
Pero pensó que con toda seguridad en ese cofre rec-
tangular podía haber otra cosa más valiosa, como
por ejemplo la cesión a su favor de la propiedad, o,
al menos, el alquiler de la negrita, que él pagaría
muy bien, conociendo don Juan lo interesado que
era su anfitrión. Le sudaban las manos a don Juan
—a María Luz también—. En un segundo pensó
cosas muy gratas en relación con lo que iba a hacer
cuando tuviera a Perlita: «Una virgencita de
ébano» —Lucila imitaba otra vez la voz sonora del
poeta haciendo de don Juan.

»Sorprendido, alegre, don Juan, excitado además, se demoró en abrir el cofre...

—Ya sé, madrina, ya sé —dijo María Luz apu-
rándose en sus quehaceres. Lucila continuó remedando a su amigo Nicolás.

—El interior del cofre estaba forrado de terciopelo y destacábase mejor lo que atesoraba. El caballero don Juan pareció perder el habla al descubrir
lo que había, y Cigarreta le dijo: «Sí, señor, le pertenece, amigo don Juan, ¡no faltara más! Como
tanto le gustaba la dentadura de Perlita, mandé a

arrancársela para usted; están todos los dientes, se lo aseguro, y las muelitas también.»

»Don Cigarreta, ante la prolongada impavidez de su amigo al mirar la dentadura de Perlita desgranada sobre el paño de terciopelo negro, insistió: «Llévesela, por favor, ella no los necesita para sonreír, verá usted...»» —y don Juan, demudado aún, tuvo que ver sonreír delante de él, como le ordenaba el amo, a la encantadora Perlita, ahora su boca totalmente vacía.

»Decía el poeta que...

María Luz se tapó los oídos. Percatándose de aquel gesto de su ahijada, Lucila dejó de hablar. La actitud de María Luz había develado el origen de temores muy arraigados en ella, y no le faltaba razón. Su ahijada le pidió la bendición para retirarse, y Lucila se sintió en el deber de aclararle:

—Don Antonio también es un amo que puede llegar a ser muy cruel, ¡cómo yo lo sabré!, pero de otra manera, María Luz, no temas.

Cuando María Luz bajaba las escaleras a gran prisa, la mulata Caridad, que estaba apagando las lámparas del salón, le preguntó por qué se tapaba la boca con la mano, y, lista y taimada como era, la joven le respondió sin titubear que quería que le vieran el anillo de oro tan lindo que la madrina le había colocado en el dedo en que se lo ponen las señoritas. Con aquel chiste las dos se echaron a reír y saltaron abrazadas.

Andando los días, Caridad recordaría así la noche en que, sin saberlo, se había despedido para siempre de María Luz.

La caza de cocodrilos era un negocio particular de Francisco Filomeno. Entre el marquesito de color quebrado —cuyos papeles de blanco no acababan de llegar de La Habana— y el canario cojo había una entente que trascendía el perímetro urbano de San Agustín. La *razón social* contaba con botes apropiados para navegar en las aguas de las lagunas, ríos y canales repletos de cocodrilos; algún que otro esclavo de la dotación del marqués, más dos o tres del canario entrenados en la tarea de caza...

A don Antonio no le interesaba mucho ese negocio, porque los esclavos costaban caro y corrían el riesgo de desaparecer, pero le dio carta blanca a su hijo para que emprendiera la caza sistemática —a la cual, por supuesto, nunca concurrió Filomeno—, comerciara las pieles e hiciera salar la carne de los saurios y de las tortugas, que, ya curada, vendía muy bien por conducto de un intermediario. La compraban armadores de barcos negreros, en su mayoría clandestinos, e incluso abastecedores de plantaciones con abundante mano de obra esclava. La mercancía llevaba un rótulo apócrifo que la identificaba como «Tasajo genuino de Montevideo».

De esa *razón social* lo que sí interesó desde el primer momento a don Antonio fue la idea, canalizada por el canario, de marcar en cada incursión los territorios de caza saneados de cocodrilos, como coto particular del marqués. Tierras (aunque se tratase de tembladeras) que luego don Antonio declaraba suyas sin verlas, registrándolas en las notarías correspondientes de San Agustín y La Habana. Desde Pensacola a los Everglades tenía propiedades en las ciénagas, así fuesen islas de hierbas flotantes, lechos herbales donde solo podían posarse las aves palmípedas y desplazábanse los cocodrilos.

Había un inconveniente. Por lo común, los temporales o ciclones, los unos más frecuentes al norte y los otros al sur, arrasaban más de una vez con las rústicas y poco seguras marcas que colocaba el canario, y cada año se perdía algún deslinde fijado en la temporada anterior.

Cierto día, luego del regreso a La Habana, transcurrida la más prolongada estancia en San Agustín, isla Amalia y la Fernandina, el marqués don Antonio le planteó al capitán general de la isla de Cuba y la península de Las Floridas, en audiencia oficial con ese fin solicitada, que «por cuánta bondad entraña para el presente y futuro, debíanse rellenar, cuanto antes mejor, con lastre común y piedras trasladadas desde Yucatán y de las islas, todos los bajos de Las Floridas para asentar familias y hacer más productivas aquellas tierras suyas, geográficamente más cercanas a la isla que la ciudad de San Agustín, capital de esos baldíos, situada demasiado al norte para el interés del imperio español». Pero se burlaron de él. España transportaba plata y oro, cobre, pieles, azúcares. Tierras le sobraban hasta la Patagonia, y a nadie podía ocurrírsele que tan grande imperio, dueño del Nuevo Mundo, mandara a cargar de piedras sus naves para desecar ciénagas plagadas de alimañas y cocodrilos.

Nadie vio la salida del piquete de caza, con excepción de Lucila, quien se instaló al alba en la torre de vigía de la casona de la calle San Carlos. Primero se transportaron en dos pequeños carretones hasta el lugar previsto, donde se encontraban las embarcaciones. El canario cojo se adelantó a los demás haciéndose acompañar por los guías seminolas y por una pareja de esclavos cazadores, de oídos muy receptivos, sensibles al movimiento de los emidosaurios, como diría Filomeno. Iban provistos de largas varas.

Luego, fuera del alcance de los ojos de Lucila, en uno de los botes reparados por los negros fugitivos de la granja de Georgia, que también se embarcaban con el canario, colocaron las armas, la pólvora, municiones y sogas. En otros botes llevaban los sacos de sal y una miscelánea de herramientas de carpintería, e iban María Luz y los demás negros. Los cazadores expertos encabezaron la ruta...

El golpe de los remos hendiendo el agua en la mansa corriente era lo único que rompía el silencio. En realidad eran bellas canoas de ciprés que pronto entraron en el canal dejando atrás un manso río.

Nada parecía presagiar peligro.

Al cabo de un rato para María Luz quedaría rota la calma. Empezó a sentir una turbulenta vibración en las aguas y aparecieron los saurios haciendo cachumbambé con sus cabezas y colas, ejercicio en el que mostraban una alarmante vitalidad. Pero los seminolas habían advertido a los neófitos en ese tipo de caza, cuán tranquilos debían permanecer una vez que se manifestaran los cocodrilos. «Ni los remeros pueden hendir el agua hasta que pase el peligro», dijeron.

Los negros llevaban hachas o machetes en las manos, y los seminolas, las varas de madera con un lazo de soga que colgaba a un extremo.

Ya *ellos* estaban ahí, ¡sí señor!, jugueteando en el agua. Percutían en las canoas los golpes de sus quijadas. Los cuerpos escamosos, gris verdoso, muy oscuros, se agitaban hasta retorcerse.

Equilibrados de nervios, los avezados seminolas sonreían al ver a aquellos animales medir las fuerzas y enamorarse. Los demás de mantenían quietos e inexpresivos. Los saurios extremaban sus pujas, al parecer ajenos a los humanos que acababan de invadirles el lecho.

Quienes, como María Luz, nunca antes habían navegado a través de los pantanos de Las Floridas, los menos en el grupo, contenían la respiración. ¿Bajarían de las embarcaciones a chapotear la tierra tan fangosa, quién sabe si para enterrarse en vida en las tembladeras, tal como ella lo había oído decir? —no tenía que verlo... ¡Cerró los ojos! No miró, no quiso ver nada.

Un seminola, tapándose la boca con una de sus manos y pujando con fuerza, sacaba de su propia garganta el sonido peculiar que emiten los saurios, imitando con éxito la extraña voz de los cocodrilos del pantano.

De súbito, mirando para cualquier parte —se encrespaba la mente de María Luz—, se verían rodeados de aquellos bichos de 20, 30 y hasta 50 pies de largo, que respondían a la voz imitada, amenazadores, con el imparable golpeteo de sus colas en las aguas y medio cuerpo afuera revolviendo el lodazal.

En un momento así, de no acertar el cazador en el lanzamiento del lazo, o el otro no clavar el hacha como debía, entre los dos ojos del animal ahora ra-

bioso, los devorarían. Los cocodrilos contraataca-
rían con ventaja dada su voracidad y el enorme volumen de sus cuerpos. Ni los cristianos, ni los *salvajes* con las varas, sogas y hasta flechas dispara-
das por hábiles arqueros seminolas, podrían redu-
cirlos.

María Luz suponía cada paso, cada atmósfera.
Permaneció con los ojos cerrados.

Por la popa y por las bordas de las canoas, las
vueltas desesperadas del cocodrilo gris sobre él
mismo en el río, tratando de cortar con sus fauces
el lazo al fin bien tendido por el mejor cazador del
grupo. El cazador halándolo, tambaleándose, tratando de mantener el equilibrio. La dentellada, y
los coletazos haciendo volcar las canoas antes de
alcanzar el canal. Una volteada, después otra, y
luego se caería al agua el mejor cazador. Las ame-
nazantes mandíbulas abiertas.

Deshilachadas todas las canoas, quebradas las
varas, los otros cocodrilos en acecho aproximában-
se cautelosamente a la primera canoa, la cual, a
duras penas, había podido volver a mantenerse a
flote después de la fragosa faena de los tripulantes.
Uno de aquellos cocodrilos de 400 libras estaba a la
vista... Y ella sentía en sus carnes las heridas pro-
fundas, que sangraban más todavía al rozar los
cuerpos de los hombres con la áspera coraza de la
fiera.

No siempre valían los ingeniosos ardides de los
seminolas en la caza...

El tiempo parecía detenerse.

Trepidaba la canoa al tropezar con troncos de
árboles y piedras puntiagudas en la orilla del canal, y delante los voraces cocodrilos. Tocaba el fondo fangoso. La popa hincada. La proa levantada.

Los cuerpos y la carga corridos. Alguna carga flotaba. La sal se disolvería en el agua.

Aferrada a la borda semisumergida, esperando el final, María Luz cerró aún más los ojos apretando sus párpados. Eso es, ¡la sacudida! Se sintió desfallecer.

— ¡Llegamos! —oyó decir al canario cojo.

Abrió los ojos y miró a su alrededor descubriendo que el cojo se había lanzado al agua para disponer el atraque en un pequeño y disimulado puente, difícil de distinguir entre el tupido bosque de lianas enmohecidas y bejucos rastreros. Jefes seminolas, vestidos a toda gala, les daban la bienvenida.

Anticipando en su mente imágenes tras imágenes durante la travesía, fieles éstas a los relatos tantas veces escuchados sobre la caza de los cocodrilos por el río y en los pantanos, la esclava María Luz había vivido con pavor la pesadilla de un viaje tremebundo.

No dijo nada. Hizo lo que veía hacer. Desembarcó con sus bultos personales y los calderos, ayudada por uno de los negros fugitivos de la plantación de Georgia y su amigo seminola evangelizado en la parroquia.

«La caza será después, sin mí», sacó como conclusión la esclava al no ver ninguna pieza sobre algún bote, ni saurios ni careyes, e incrédula de saberse aún con vida.

Caminaron en fila, de uno en fondo, los cargadores delante, por la angosta senda que los llevó a las chozas, en su mayoría circulares, fabricadas sobre la superficie plana de un promontorio de tierra y piedras elevado unos diez metros del suelo, distante del río y de los pantanos. Se trataba de una ciudad seminola, de población numerosa a juzgar por la eminencia de tierra y por su calle central, tan ancha o mucho más ancha que la calle San Carlos. La eminencia de tierra era uno de los *wound-builders* de la región que harían famosos sus defensores en las guerras seminolas de salvación.

Andando un poco, llegaron hasta las elevadas estacas clavadas en la tierra, las cuales formaban un valladar cuadrangular infranqueable. Allí aguardaban el cacique y otra gente principal.

Cuando el canario cojo entró, fue acogido como persona muy apreciada por los indios, y el cacique indicó cómo y dónde instalar a cada quien de la comitiva.

Ella lo vio todo sentada en cuclillas frente a la empalizada de estacas... El canario les entregaba a los indios los sacos de sal, las armas y municiones; todas las herramientas, la pólvora y otros objetos, y recibía muchas bandas de tasajo bien curadas, pieles de cocodrilo en demasía, de las que escogía las mejores; conchas de carey pulidísimas, corales y perlas.

No vio más porque la condujeron a su choza, un local amplio y limpio, con la cocina al lado.

El canario cojo no tardaría en presentarse en el lugar.

Ella había comenzado a preparar el condumio cuando él llegó a recibir la retribución. Así se lo dijo, y la esclava, astuta, protestó porque todavía no se había realizado la cacería y no estaba segura de hallarse en la tierra prometida.

—Aquí no hay cacería que valga, negrita, sino canje de mercancías. Para los indios, dos esclavos de los de Georgia que son carpinteros, y tú. Para mí las carnes, el resto de la mercancía y lo que me vas a pagar ahora, María Luz.

No puso en duda lo que él decía porque había visto el trueque. Llevaba el dinero oculto debajo del delantal: justo lo que le había ofrecido al amo en el puerto, si la coartaba. Sacó de la bolsita de tela amarrada a la cintura las monedas de oro, monedas de los tiempos en que alegraba al gran piloto Cortés de Navia, y se las entregó al canario cojo. Ése fue el trato.

Revolviendo con un largo cucharón el abundante condumio de pavos salvajes, arroz y verduras, María Luz comenzó a armar la leyenda en presencia de su libertador:

—Entonces desde ahora yo, don Enrique —se dirigió al canario por su nombre de pila—, en San Agustín seré como los otros que han muerto o desaparecido en los pantanos, y dirán...

Él la interrumpió:

—Sí, eso es, suponte que desapareciste en la ciénaga comida por los cocodrilos, y luego reencarnaste aquí. No hay más que hablar, María Luz. En la tierra de los indios seminolas eres libre —dijo el canario y se retiró, mas alcanzó a escuchar el «Dios y todos los santos y mis dioses lo bendigan, don Enrique», en la voz cantarina de María Luz.

Había que haberla visto llorar de alegría besando una y otra vez el anillo de la madrina, o abrazada a su amigo seminola en las primeras horas de libertad.

XI

La *Paloma II* había atracado un día soleado y fresco. Esperaban su entrada, al extremo del muelle principal, el capitán Albor con el cabello al aire y el sombrero en una mano, vestido a lo *sans-culottes*, con pantalones largos de franela verde; el deán —padre Pino—, y a su lado el joven Francisco Filomeno, que estrenaba aquel día una nívea peluca aunque poco de lucimiento dejaba al descubierto el tricornio negro. Cerca de él estaba plantado como una momia el hermano novicio de la parroquia. Lucila permanecía dentro del carruaje, discreta y elegante, mientras Paloma y Gracianito, a quienes había llevado al puerto, jugaban al cuidado de la esclava Caridad.

Desde la punta del muelle Albor le describió a Filomeno y al deán particularidades de las maniobras de atraque, así como las características de su nueva embarcación de tres palos, cuyo velamen desplegado lo constituían tres velas áuricas —él prefería llamarlas «de cuchillo»—, que identificaban a simple vista una goleta de un bergantín.

—Vean... ¿Se imaginan ustedes cómo ese corte de cuchillo favorece la navegación, cualquiera que sea la dirección del viento reinante? —estableció el diálogo.

—Casco fino y raso —se oyó en la voz de Filomeno.

—Quiere decir que tendrá buen andar en el mar; de su comportamiento nos dará razón su piloto —apuntó Albor.

— ¿Qué hará con el *Saeta*? —la pregunta del cura no tuvo respuesta, porque en ese momento se estaba descubriendo ante ellos el moreno Salvador Hierro, esbelto y distinguido en su uniforme nuevo con las condecoraciones reales. Solo Albor no mostró sorpresa al verlo enfundado en el traje de oficial del Batallón de las Milicias Disciplinadas de Pardos y Morenos de La Habana.

La chupa con mangas, encarnada, le cubría la pretina del calzón blanco. Tenía bien ajustada y lisa la faja, por lo cual se veía más gallardo. El cuello y la solapa eran azules, y los ojales blancos, guarnecidos con trencillas estrechas del mismo color. Encarnado el corbatín; negros los botines; la gorra de cuero la tenía en la mano para la reverencia del saludo.

El hermano de la parroquia de San Agustín que Filomeno había invitado al recibimiento, se quedó boquiabierto, contemplando a Salvador como a una estatua que de pronto hubiese cobrado vida.

El estrenado oficial los saludó a todos sin afectación; inclinó la cabeza ante el hermano, y en un gesto natural de sumisión y respeto besó el rosario que éste le había extendido enseguida. El hermano, aproximándose al moreno, sujetó por un momento las condecoraciones y leyó en el anverso de la presea principal: «Carlos III, rey de España y emperador de las Indias»; y en su reverso, dentro de una corona de laurel: «Al mérito». Las medallas que pendían de la pechera del uniforme de Salva-

dor eran de la Real Efigie y el Escudo de la Fidelidad, símbolos de su ascenso social con el consi-
guiente traspaso a una *casta,* lo que entre otras
cosas le daba el derecho a portar armas y a ser en-
terrado en la iglesia, de fallecer en la isla de Cuba
o en cualquier otra posesión de España en las Indias, porque el grado honorífico adquirido era el de
capitán.

Poco o nada habría de importar que tal ascenso
no lo hubiera obtenido como premio al heroísmo
militar, que tal fue el caso de su padre, ni tampoco
como otros morenos, por años de servicios distin-
guidos, sino mediante un donativo cuyo monto, que
debió de ser alto, pasaba a engrosar los fondos del
Ejército del reino, según estipulaban las leyes del
trono. Si España había fijado un precio a los aran-
celes de Indias al efecto de que se comprasen los
papeles para titularse *blanco,* mediante las *Gracias al sacar,* dispensando el color de la piel; si
también podía comprarse el distintivo de *don,* un
título nobiliario, de hidalguía, o incluso —aunque
con ciertas triquiñuelas— la pureza de sangre, y
por tanto no sería nada imposible para ciertos in-
dianos ricos conformar un frondoso árbol genealógico capaz de rivalizar con la alcurnia hereditaria
de Grandes de Castilla, no era cosa del otro mundo
otorgar a moreno leal el derecho a vestir uniforme
militar y venderle dos medallas honoríficas, si se
trataba de garantizar la fidelidad de «negros y
pardos, sabichosos, pretensiosos e indisciplinados»,
según el concepto del propio Francisco Filomeno.

Otro argumento tenía Salvador Hierro a su favor para sostener la validez del grado y condecoraciones: pensaba que nadie podría avergonzarlo de
honores comprados, porque era ley del rey. La pro-

pia ley del rey que exoneraba a los blancos administradores de rentas, sacristanes, maestros de gramática, abogados, escribientes, procuradores de número o boticarios con limpieza de sangre jurada, de prestar servicios militares; y, a juicio de Salvador, dejar de cumplir tan sagrado deber como el de defender a su rey, era, al fin y al cabo, contrario a la moral cristiana, mientras que él podía vanagloriarse de pertenecer a un batallón militar al servicio de Su Majestad en cruentas contingencias, si fuera el caso.

El moreno Salvador estaba orgulloso de integrar, honorariamente, las gloriosas filas junto a iguales y a pardos como —enumeraba para sus adentros—, Gregorio Josef Arenas, capitán de granaderos de Chile desde 1777; Clemente Lizeras, comandante de morenos libres de Lima hacía ya más de diez años; o su antecesor limeño Juan Próspero Luzuriaga, coronel... —seguía relacionando para sí a sus iguales mientras solazábase al ser admirado aunque por ojos sorprendidos a causa de su ascenso repentino: «¡Ah!, o como Gabriel Doroteo Barba, capitán de mi Batallón de Morenos Libres de La Habana, veterano de la campaña de La Florida por su heroica acción militar en Pensacola, salvaguardado con su Santa Bárbara de bronce; y Francisco Abrahante, carabalí de nación, quien llegó a subteniente; el veracruzano Narciso Lazo, capitán de granaderos en Nueva España, y sin mencionar a mi padre, tan ensalzado por el marqués, ni tampoco, porque no haría falta ir tan atrás, al capitán de Pardos Antonio de Escobar, ni al alférez Antonio Escobar y Recio, ni tampoco al capitán Antonio Flores, con cuya hija se casó Escobar.»

Todas esas historias Salvador se las sabía de memoria pues había sido muy bien entrenado por el moreno Aponte, el cabo del San Marcos, quien le dijo que, al fin y cabo, más que por honores y fueros, el emblema es un buen salvoconducto para armarse, «pues más que el libre albedrío para hacer y deshacer nuestros antojos, o matar a mayorales que les dan cuero a nuestros hermanos, debemos hacernos todos libres republicanos, y echar a los españoles de la isla como los ingleses fueron sacados de las tierras vecinas donde yo peleé» —le parecía estar escuchando la voz de Aponte. Claro, su cofrade José Antonio era hombre de guerra, mientras él era tan solo hombre de oficio digno, pacífico.

Al Batallón de Morenos no le faltaba un lema en la bandera de combate —Salvador traía el pabellón desplegado en la goleta. El lema era «Vencer o morir», mientras que el de la bandera del Batallón de Pardos decía: «Siempre adelante es gloria.»

Para Francisco Filomeno, el lema del Batallón de Pardos tenía otra connotación, además de la militar. Había reflexionado sobre ello con el marqués y el deán, entrando en desacuerdo con ambos. «"Siempre adelante es gloria" se traduce para mí —sostenía Filomeno— en el adelanto de la raza de color.» Su suspicacia era exagerada.

De vuelta del bautizo de la goleta, Francisco Filomeno comentaba con el padre Pino su apreciación personal sobre el reciente matrimonio de su madre con el capitán Albor, el cual se había celebrado, en

la mayor intimidad, ante unos pocos amigos floridanos invitados a la parroquia agustina. Aunque
Filomeno cuidaba bien las apariencias sociales,
sabía que, en el caso de familias procedentes de la
isla, la unión matrimonial era una formalidad que
solía soslayarse; la cuestión era otra, y no podía
disimular su alegría. Se lo dijo sin tapujos al deán,
sin ocultar su regocijo motivado por el hecho de
haberse realizado un matrimonio *entre blancos*.
Para él un enlace interracial hubiera tenido de-
tractores impertinentes, pero en este caso la antigua *aya* estaba avalada por los papeles de blanca y
ahora bendecida por la Iglesia. Tenía, pues, una
madre blanca.

Hizo saber al deán que no era menos cierto que
don Antonio le había aclarado cierta cuestión importante, y era que el rey había hecho constar que
censuraba con dureza y argumentos la oposición de
ciertas gentes a que continuaran efectuándose en
las Indias tantos matrimonios entre personas de
diferentes razas...

—Se refiere mi padre a la resolución que dictó,
tiempo ha, el monarca, para zanjar un grave conflicto surgido con un tal escribano Jiménez, a quien
el Ayuntamiento de La Habana le negaba el *fiat*
que le permitiría ejercer la profesión, por el hecho
de haberse casado con una mulata libertina; en-
tienda, padre, que quiero decir *libre libre*. Decían,
pues, esos feligreses de enseñoreada aristocracia,
que ejercer la función de escribano en esas condiciones sería vergonzoso para la sociedad. Los suso-
dichos individuos, incluido el conde por entonces
capitán general de la isla, suscribían ese criterio,

según el marqués mi padre, influidos por los prejuicios que, como es cosa natural, trae aparejada la esclavitud.

»Pero, según lo manifestado por el marqués —precisaba Filomeno—, dicho escribano insistió en el reclamo de lo que consideraba su derecho inalienable, y el conflicto llegó al rey por conducto del demandante. De esa manera se inscribió el asunto en las Actas Capitulares del Ayuntamiento, y se hizo saber el parecer del monarca en cuanto al primer caso ocurrido en la isla de litigio legal sobre lo que llaman modernamente, con seguridad los franceses, *menoscabo de la condición de color*. Precisamente en ese pasaje estaba yo pensando en los momentos en que se bendecía el matrimonio de mi antigua *aya*, que es mi madre —puntualizó Francisco Filomeno en sus disquisiciones.

— ¿Y cuál fue la decisión definitiva del rey en la disputa del escribano Jiménez, que alababa don Antonio? —inquirió el deán.

Filomeno recitó el razonamiento del rey:

—Que la oposición del conde capitán general era muy particular suya y carecía de fundamento, puesto que el matrimonio, en lugar de empeorar la condición de la mujer, la elevaba a la condición de su marido, y por ese motivo no debía tenerse en cuenta la opinión del conde gobernador con respecto a aquel escribano Jiménez, porque, de admitirse, podría crear un problema social en la familia, y la familia es sagrada. Consideraba el rey, según mi padre —remarcó—, que a nada bueno contribuía la división de las gentes en las Indias.

Conversaban durante un paseo por el jardín de la casona de la calle San Carlos. Filomeno invitó al padre Pino a sentarse en el banco de una de las dos glorietas moriscas cuajadas de filigranas, como las más auténticas de Sevilla o Granada, eso suponía él, ya que para su construcción don Antonio había hecho traer de Andalucía dibujos y planos originales de alarifes cristianos e islámicos, así como la mayoría de los materiales.

Era un sitio ideal para el reposo; allí podían conversar sin que nadie los molestara. A Filomeno le agradaba oír el trinar de los pájaros que sobrevolaban el lugar para terminar posándose sobre los mosaicos del piso, donde picaban las semillas que el viejo esclavo jardinero les esparcía cada mañana. Como si estuviera metido dentro de la mente del discípulo, apropiándose de sus pensamientos más íntimos, el padre Pino le aseguró al joven:

—Admito que es fastidioso sentirse disminuido. Me imagino lo que eso significa para ti, un joven tan inteligente y capaz.

—Sentirse no, Padre, estarlo —replicó él, pero el deán continuó como si no lo hubiera escuchado.

—Al regreso a La Habana tendrás el reconocimiento de la paternidad de don Antonio, él te lo ha dicho, y será cuestión de tiempo; requerirá también de tu esfuerzo personal, y de los servicios individuales a España, el que te corones de éxito. Estilo tienes.

Filomeno asumió como un paliativo las palabras del deán, y en otra transición propia de su personalidad, cambió el tema de conversación. Le pidió al deán que le identificara los elementos más sobresalientes de la glorieta desde el punto de vista arquitectónico.

—Humildemente quiero saber los orígenes, padre, de tan maravillosos arcos, las paredes como encajes, estupendas, por donde se filtra la luz. Los majestuosos capiteles de las delicadísimas columnas que no sé cómo pueden soportar el artesonado de este techo impresionante. Esos dibujos de los mosaicos son únicos en el mundo; no he visto nada tan fino en otra parte. Mire usted ¡qué carpintería colosal! —exclamó, grandilocuente.

El sacerdote respondió con una aleccionadora observación:

—Hablas de no haber visto nada semejante en el mundo, y tan solo conoces parte de la isla, más esta península. Las glorietas son bellas, pero no te entusiasmes así; podrías pecar de ignorante si te admiras en demasía antes de ver obras auténticas en el género, como las que componen la Alhambra. Tendrás que ir a Granada y observar la Sala de las Camas, en el Baño Real; o la Cúpula de las Dos Hermanas, o el Patio de los Leones. Yo no tengo dudas de que don Antonio quiso reproducir en este lugar encantador hasta algunos detalles de los jardines del Generalife, pero aunque este jardín es agradable, no vayas a pensar ni por un instante, Filomeno, que existe alguna semejanza con la grandeza del Generalife. Estamos ante una diminuta partícula, o más bien una pésima imitación, por muy buenas que hayan sido las intenciones artísticas de tu amantísimo padre.

Francisco Filomeno se sintió ofendido, herido en su amor propio, y cambió otra vez la conversación para introducir un tema que pondría al interlocutor a la defensiva.

—Padre, ¿es verdad, como me informaron, que usted considera la esclavitud del negro como un ente maligno y corruptor, tanto para el esclavo como para nosotros los amos? Porque, según la propia fuente, usted prefiere que la esclavitud no exista.

Aunque ya conocía bastante bien la personalidad de Filomeno, el deán no podía comprender las intenciones de esa andanada en boca del joven, pues su vocación de maestro —también en esta oportunidad— lo había inducido a ilustrarlo sobre el valor de la arquitectura morisca para que no se confundiera en otra ocasión con plagios grotescos. Esperaba de él palabras de agradecimiento, o más curiosidad, pero no una provocación semejante.

El alumno se mantuvo en guardia. El maestro no se rebajó:

—Lo creo, lo creo, Filomeno; creo que la esclavitud del negro ha resultado una ponzoña. Pienso que trae consigo relajación, licencia sexual ilimitada, a veces abusos, excesos que la institución protege; apetito contumaz de la carne sobre el espíritu, concupiscencia (le dijo al oído), desorden y degradación morales. La inmoralidad nunca produce sino males —enfatizó—. Y tú, Francisco Filomeno, eres el mejor testigo de lo que estoy diciendo. Tú eres testigo.

Al pronunciar las últimas palabras vio palidecer al marquesito; no obstante, prosiguió:

—Pero escucha, hijo, aunque para mí fuera preferible que no existiera la inevitable esclavitud, la ley por la cual me rijo es la de Dios y no la ley que hacen los hombres. Mi arcilla es el alma, el espíritu, y no los códigos y edictos mundanos. Sabiendo, porque no lo ignoro, que los negros constituyen herramientas irremplazables para llevar a cabo la labor fatigosa, también sé que los hombres tienen que disponer de esos instrumentos, y yo lo acepto. Me limito a orar por la salvación de las almas de quienes hacen mal uso de esos bienes-herramientas, utilizándolos en cosas en las cuales yo no quiero ni pensar, porque son totalmente ajenas a la laboriosidad, a la riqueza que proporcionan, sobre todo si se trata de las hembras. ¿Qué tú crees, hijo mío?

Filomeno respondió con su acostumbrada ambigüedad:

—No pensará, padre, que lo he confundido a usted con los ingleses conversos, que lo he imaginado abolicionista...

—No, Filomeno.

«Y tú eres el mejor testigo», fue la frase que martilló en el cerebro de Francisco Filomeno, porque se había fijado para su vida futura una norma de conducta más discreta que la de su padre, únicamente por eso. «Pero ¿qué de malo tiene la complacencia de los amos con las esclavas que han comprado o heredado? ¿Renunciar al *derecho de bragueta*?», eran las pregunta que habría hecho al deán. Más guardó discreto silencio, pues al fin y al cabo él había tenido la primera experiencia con María Luz y lo había pasado por alto en la confesión del domingo.

Se incorporó y empezó a caminar alrededor de la glorieta, con su imperceptible pisada de felino doméstico. El deán lo observaba, pero había aprendido a leer su mente y sabía que aquel andar sigiloso y al parecer sin rumbo era la regla de Filomeno para descifrar incógnitas. Mucho había penetrado el padre Pino en aquella intrincada, compleja y espinosa inteligencia.

Con su pisada blanda, el deán caminando al lado suyo, el marquesito de color quebrado tomó por una senda del jardín, en dirección al zaguán lateral de la casona, para observar el trabajo que ultimaba el cabo Aponte en la pintura de una réplica del mascarón de proa de la flamante goleta, que Albor quería colocar en su escritorio, pues el modelo del mascarón, que se parecía a la Virgen del Cobre, había sido su hija Paloma. Era una talla linda. La réplica podía apreciarse mucho mejor ahora por la cercanía del objeto. Aponte tenía en su haber como artesano-artista, además de las tallas de imaginería religiosa como la Virgen de la Guadalupe y el Santo Cristo Negro de Esquipulas, un águila tragándose a una serpiente y numerosos trabajos de pintura y decoración en casas y templos donde laboró como carpintero, pero afirmaban que este mascarón de proa era la primera obra del artesano artista para la navegación.

XII

« ¡Feliz viaje, marquesito!» A Filomeno le agradó el adiós del moreno Salvador Hierro en el puente de la fragata antes de emprender el regreso a la isla, y por eso le devolvió el saludo con un abrazo efusivo, gesto raro en él.

El joven tenía más motivos para sentirse feliz, pues llevaba bajo el brazo su primer título profesional, el de Joven de Lenguas, junto a la promesa de un destino oficial en París como traductor del cónsul de España, tan pronto como don Antonio recibiera la notificación de los papeles de blanco con el apellido paterno, pues todavía arrastraba el nombre, a secas, con que fue registrado en la Casa Cuna del Patriarca San José al ingresar como expósito: Francisco de Santa Rita Filomeno.

Había otro motivo de alegría: la encomienda que Cortés de Navia le hizo a última hora para que, en función de futuro albacea de Juana, entregara las remesas de dinero al convento donde su hija era guardada. No podía imaginar Filomeno lo que esta misión le traería de satisfacciones en la vida... (Lo más importante de todo fue que Cortés de Navia hizo constar esa voluntad en el testamento ológrafo que rubricó ante el notario de la ciudad floridana, testificado con las firmas del capitán Albor y de otros caballeros, y además la del moreno Salvador en su calidad de oficial de las milicias, lo cual no le agradó a Filomeno, pero prefirió callar porque más le valía complacer a Cortés de Navia, cuya fama de rico contrabandista con patente de armador de barcos era notoria.)

Ahora, en el recién iniciado viaje, el joven de lenguas pensaba sobre todo en sus papeles de blanco y en el testamento de Cortés de Navia, quien se había convertido en el primer cliente de su notaría aún antes de recibirse de abogado.

Mientras caminaba por la cubierta sesgando el paso para sortear los rayos del sol, tejía en la mente planes futuros, sin comentarlos ni con su padre... En eso se acordó de su abuela, la negra Aborboleta. Sintió pesar y alivio a la vez. Sus brillantes ojos negros se proyectaron sobre la mariposa que la bahiana le había grabado, acabado de nacer, en el dorso de una mano, e inconscientemente se estiró los vuelos de encaje de los puños de la camisa cubriéndose de momento la *bochornosa* marca.

— ¿En qué piensas, Filomeno? —el marqués lo hizo emerger de la profunda connotación de su pensamiento.

Se descubrió con respeto, como exigían las reglas de conducta, y sonrió levemente. Sin chaleco ni levita, parecía un joven de su edad, hasta agradable. No llevaba peluca ni el emperifollado atuendo, bastón incluido, que caracterizaban su estampa afectada y a veces tan risible.

— ¿Estabas meditando sobre todo lo que nos ha ocurrido en San Agustín? —como Filomeno no había respondido la pregunta anterior, el marqués la reformuló y esperó a que hablara.

—Pensaba en mis asuntos personales, padre; en mi origen y en los modales del moreno Salvador

Hierro, la persona más amable de San Agustín, después de usted. En relación con la segunda requisitoria, ¿ocurrirme qué? —interrogó a su vez él.

Como don Antonio no halló qué decirle, prosiguió el joven su réplica:

—A mí, por desgracia, no me ocurrió en esa ciudad nada que deba tenerse en consideración, y usted mejor que cualquiera otra persona lo sabe. Todavía ando con mi arbitraria identidad a cuestas, lo cual lo incumbe, atribuyéndolo yo a la disconformidad suya, en algunas cosas, con el gobernador; he sabido, y perdone, que usted no le ha retribuido al señor gobernador, como se acostumbra, la media onza de oro, o las que sean, por las piezas de ébano ingresadas, cuando ha debido ocuparse en ese negocio en las factorías de África; y no me tenga por husmeador. Yo sé que comercio es comercio, o he creído entender. Pero, despreocúpese, padre; me propongo seguir perfeccionando hasta la saciedad las lenguas que he aprendido. Soy joven de lenguas, ¡mi primer título! He traído en el barco más de un libro que podría traducir; tendré tiempo de hacerlo. En particular traduciré el famoso almanaque del negro Banneker, a quien, por cierto, los cuáqueros enseñaron muy bien. No tanto como usted a mí.

—Me desconciertas. ¿Traducir un almanaque? —preguntó incrédulo el marqués, y soslayó de paso las críticas del primogénito.

A don Antonio le pareció rara la ocupación priorizada por Francisco Filomeno para hacer menos tediosa la travesía.

Una sacudida de la fragata forzó al marqués a agarrarse de la borda porque el bamboleo y los golpes de las olas que sobrevinieron eran muy intensos, pero su hijo lograba permanecer parado frente a él con los brazos cruzados, flexionando las piernas para mantener el equilibrio en franco desafío a los embates del oleaje, como Albor le había enseñado durante el primer viaje, diciéndole siempre: «Así lo hace tu señor padre.»

—En realidad, y te soy sincero, Filomeno, no puedo imaginarme cómo habrás de traducir un almanaque, pues los números son idénticos en inglés, en español, en francés, o de lo contrario se usan los romanos; los días de la semana solo siete, y doce los meses en el calendario cristiano. Además, en cuanto a los nombres que aparecerían en el santoral, por lo que sé los cuáqueros no son católicos, y así las cosas, el almanaque los omitiría —argumentó don Antonio.

Oídas las dudas y observaciones, al parecer lógicas, Filomeno le evitaría al padre pasar un bochorno a causa de su ignorancia. Justificó la nesciencia —no podía abandonar su enrevesado léxico— del marqués de Aguas Claras sobre las últimas y sonadas novedades de Norteamérica, reconociendo que un noble señor no tendría por qué saber lo que él, sobre el pasatiempo elegido. Se dijo que bastante tenía el marqués con los problemas de la judicatura, las audiencias (su mal atendido empleo en Santo Domingo y en México), el comercio, la mar, los azúcares, e hizo un alto para aclarar que ese almanaque, sin embargo, estaba relacionado con la caña de azúcar.

—Si tiene tiempo y lo desea, ¿me permite que le explique de qué se trata? —preguntó Filomeno, y sin esperar la anuencia le ofreció una amplia información sobre dicha obra y autor, seguro de que su padre, apropiándose de ella como en efecto lo haría, tendría tela por dónde cortar en las ilustradas tertulias de La Habana, y dejaría atónitos a sus amigos, en particular a su tan ponderado don Arango y Parreño, cuyo *Discurso sobre la agricultura...*, en el que abogaba por nuevas técnicas, paradójicamente se unía a la recomendación de no ceder sobre la trata e introducir más y más esclavos.

Aunque muy poco o casi nada sabía de cultivos, don Antonio no dejaba de pronunciarse sobre esa disciplina, y decía siempre que «el labrador aplicado bendice al Omnipotente el año en que le prodiga lluvias», aseveración que no era suya. Al igual que plagiaba a Carlos IV en Aranjuez cuando opinaba sobre obras del arte relojero, don Antonio repetía como si fueran de su autoría sentencias de economistas, tribunos o filósofos.

Quiso ver aquel almanaque, y la pormenorizada exposición de Francisco Filomeno llegó a término ya dentro del camarote que le habían asignado en la fragata. Con el volumen en sus manos, satisfecha en gran medida la curiosidad que le despertara su hijo, el marqués repitió, para memorizar, sus nuevos conocimientos, como lo haría un pupilo imberbe:

—Conque un almanaque para las siembras, basado en datos astronómicos, por eso se llama «Efeméride astronómica»; como veo aquí, contiene toda clase de indicaciones útiles sobre cultivos diversos, para diversas temperaturas.

—Climas —rectificó Filomeno.

215

—Climas... —repitió él—. Dime, hijo, si he entendido bien, con miras científicas de la agricultura, ¿eh?

—Así es, padre.

—Benjamín Banneker, ése es el nombre del negro, digo, del moreno, que lo escribe, y hay más de un facsímil. Has dicho tú, Filomeno, que el moreno Banneker es hijo de un esclavo concebido por una negra liberta, una morena, porque era libre y nada tonta; y dices también tú que nada menos que el señor Thomas Jefferson en persona le escribió a él, de su puño y letra —eso es lo que se resume de lo que acabas de contarme— ...le escribió Jefferson y le decía en su carta el tan nombrado americano que la confección de ese documento —me estoy refiriendo al almanaque— echa por tierra ante el mundo, de manera definitiva, las dudas que existían o podrían existir, sobre la inteligencia natural de los de esa raza infeliz a la cual pertenece el moreno en cuestión, y aseguras que ese sabichoso estaría en Washington elaborando los planos de la ciudad, o que lo haría...

El marqués se desplazaba con pasos cortos de un lado a otro del camarote, mientras hablaba:

—Filomeno, ¿eso es verídico, o habladurías, cuentos de negros ladinos? Hijo mío, de no habérmelo dicho tú, no lo creería; además, hay un hecho, aquí lo tengo en la mano, aquí está el documento, y si el señor Jefferson ya dijo...

—El señor Jefferson no dijo lo que dijo con las palabras que usted lo ha dicho, padre; no así, no exactamente, pero al fin y al cabo puede interpretarse de esa manera —hizo la salvedad Francisco Filomeno, tratando de no desairar a su padre.

—Bueno, digamos entonces que es cuestión de traducción —resolvió el marqués, y Filomeno, aburrido del tema, asintió con desgano.

Sin embargo, don Antonio quería saber cómo había llegado a sus manos ese almanaque, y el joven de lenguas respondió con precisión y lujo de detalles:

—Uno de los esclavos fugitivos de Georgia, de aquellos que usted emancipó haciendo lo que habría hecho el rey, fue quien lo llevó consigo a San Agustín, y como el emancipado de quien hablo, de tanto que lo había leído, teniendo en cuenta que era el único libro que poseía, se lo aprendió de memoria como para recitárselo a los seminolas, luego lo obsequió a Aya, y mi *aya*, pareciéndole interesante, sensato y valioso, me lo entregó a mí.

Añadió Filomeno, en su retórica, que el esclavo había robado ese almanaque al granjero que fue su amo al encontrarlo muy útil, porque sabía leer y sentía gusto descifrando las escrituras.

— ¡Ah, sí...! Leer, leer, lectura, escritura; así de simple es como empieza a corroer ese mal de los libertos ladinos, y luego se expande por donde quiera. Ahí está el peligro —censuró don Antonio, quien antes de separarse de Filomeno para contarle la novedad del almanaque al deán, recomendó a su hijo otra clase de distracción, jactándose de que para sí había previsto lo adecuado (viajaban en la fragata esclavas paridas, y había hecho *anclar* en su camarote el reclinatorio y la silla zancuda). Al recordar los adminículos complementarios para su solaz, aplazó de inmediato hasta el siguiente día la charla con el deán.

Filomeno había escuchado con cierta aprensión la sugerencia de su querido padre, porque atribuía a la pereza, en primer lugar, el sensualismo desmedido del progenitor, si bien él estaba lejos de aborrecer la práctica que inauguró con María Luz. Aunque le gustaba ser servido, intuición o inteligencia lo inclinaban a pensar, analizar y suscribir —«con el gélido escalpelo del análisis», decía— la idea de que el ocio llevaba de la mano al vicio y a la concupiscencia sin brida, para borrar de la memoria el buen juicio y el trabajo, y echarlo todo entonces sobre hombros ajenos. «Resultando de aquí —discurría Filomeno, también suscribiendo la sentencia del Erudito— que el placer equilibrado despeja y solaza, pero que a los principios y prácticas incondicionales de Epicuro cuadra demasiado bien la esclavitud del negro y *sobre todo de las negras o de las que fueran menos tintas,* oyendo yo mentar más *esclava* que *esclavo,* y aquéllas, además de instrumento de laboreo, son en el caso que discurro, más tentadoras.»

Los principios desbocados de Epicuro trastornaban a su padre, sin dejarle tiempo ni para atender debidamente el caudal, y menos aún su reconocimiento social, que era lo que más le preocupaba. «Tal vez el padre Pino —ahondaba el marquesito de color quebrado en su íntimo cavilar— tuvo razón en cuanto a lo que me dijo, sin tino, desde luego, en la glorieta: "...pienso que ese ente, la esclavitud, trae consigo relajación excedida, licencia ilimitada, apetito contumaz de la carne, y tú eres el mejor testigo."» Si bien le serviría de poco para sus planes ese discurso, no es menos cierto que halló prudentes los puntos defendidos por su mentor en la glorieta morisca.

Filomeno cerró tras él la puerta del camarote y se acomodó como pudo cerca de una de las escotillas. Su semblante reflejaba más melancolía que aburrimiento.

Hasta qué punto sería sincero consigo mismo en los próximos minutos, quizás nunca logremos saberlo.

Miró a través de la escotilla y solo vio un resplandor algo distante y luego un paisaje nebuloso. «Luz y tinieblas», pensó para sí. Observaba en dirección al puerto de San Agustín. En tan breve tiempo —le parecía a él ¡tan breve!— había perdido el contacto con aquel lugar y con aquella gente, no se imaginaba por cúanto tiempo. En realidad deseó el distanciamiento; sin embargo, desde el instante mismo en que zarpó la embarcación, sintió otra cosa inexplicable para él...

Escudriñaba y aspiraba el aire —recordó a Cortés de Navia cuando era piloto y movía las ventanas de la nariz para encontrar el rumbo. Usó el catalejo pero no logró definir el contorno. Buscaba lo que había rechazado, aquello que se empeñaba en hacer desaparecer de sus recuerdos y de su vida, pero, sin poder evitarlo, imaginaba en ese momento al *aya* reinando en la casona de la calle San Carlos.

La veía trabajar y desplazarse como una hormiga, laborar como una abeja y moverse con gracia y elegancia, lo cual le produjo alegría, pero su sonrisa se transformó en una risa nerviosa.

Después pudo oírsele balbucear «¡Oh, mi madre!», mientras extendía hasta el tope el tubo del catalejo creyendo haber descubierto su objetivo, aquella ciudad perdida, más lo que vio fue un espejismo, lo fantasmagórico del mar, provocado, como se sabe, por las olas espumosas, las manchas de peces, el volumen de las aguas o vaya usted a saber cuántas cosas más... Entonces, desalentado, guardó el aparato. No pensaba volverlo a usar en todo el viaje, por lo cual cerró el estuche con la llave y lo metió en un baúl.

Francisco Filomeno no había pasado por alto el comentario del padre, respecto al mal de los libertos ladinos. Le pareció raro, sin embargo, pues, para él, don Antonio demostraba condescendencia con los negros esclavos, y ejercía con ellos una acción patriarcal, conducta que le reprobaba aunque por respeto no lo dijera.

El joven de lenguas no solo meditó sobre ese tema, sino que haría las siguientes notas con su punto de vista y las asentaría en el cuaderno para las traducciones, colocado en la mesa del cartógrafo, cuyo camarote con dos literas compartía:

Colijo que el marqués mi padre se alarma porque sabiendo de lecturas nuestros esclavos (en este caso son los pocos), y los libres de color junto a algunos emancipados, tal agrupación, como la forman muchos, y serán más todavía en años venideros los criollos negros y mezclados destas Indias, entrarán pronto en litigio y aciaga competencia de labores con nosotros los blancos, en disputa por aquellos menesteres principales, pretendiendo quitárnoslos en quitándonos los derechos que nos asisten para que poseamos más, que son todos dichos derechos, o restándonoslos tales. Y como viene sucediendo por nuestra isla, también sabiendo ellos de lectura y escritura, nos roban las letras y aritmética, porque son los pardos libres de color quienes más la enseñan hasta a los niños blancos del estado llano, y esto debe tener un fin.

El marquesito de color quebrado no podía evitar confrontarse en los variados espejos del camarote del cartógrafo, gran coleccionista de vidrios. Algunos colgaban del techo, los había sin aros y con aros de plata, marcos de nácar, de bronce, de maderas preciosas. Espejos relucientes...

Imaginó que así serían los de Aranjuez mentados por su padre de cuando visitó al soberano en el Palacio de Verano. La idea, graciosa y útil, que como un aviso acababa de tener, provocada por la conjunción de vidrios de espejo, la aplicaría en la práctica: abandonó por el momento la escritura para desvestirse, y cada pieza de ropa que se quitaba la extendía con cuidado en la litera baja del camarote, para que no se ajara. Podía estarse viendo desde cualquier ángulo, de modo que desnudo y descalzo le fue fácil emplearse en su maquillaje. Escogió uno de los potes de las unturas con que el *aya* lo había abastecido, teniendo en cuenta la fiereza de los rayos solares en el mar, y fue aplicándose la crema ante el espejo hasta donde alcanzaron sus manos; el hecho de ser ambidiestro le facilitaba la tarea, pero así y todo no podía frotarse cómodamente todo el cuerpo.

Descubrió por sí mismo, observándose por la espalda gracias a los espejos, que continuaba apareciendo bastante oscuro el punto más bochornoso de su anatomía. Y el mismo problema detectó en los *dídimos,* colocado de frente y removiendo el envés de éstos, donde también se untó la crema —de alguna manera, pero muy velada, el *aya* le

221

había comentado que habría de sucederle en esas partes tan peculiares del cuerpo para necesidades puntuales y goces indecibles muy privados. Hizo un mohín de desagrado por la persistencia de la oscuridad localizada, y prosiguió su labor, esmerándose y con paciencia.

Lo que iban mostrándole impúdicamente los espejos le provocó una sonrisa maliciosa, dilatada en sus labios mientras se aplicaba las unturas en el ombligo y todo el abdomen, porque las lunas de espejo le devolvían su humanidad tanto de frente como de costado, a causa de la colocación de éstas en el recinto, y aunque se había mantenido de pie frotándose el vientre ante los vidrios límpidos como el agua de un manantial —de los que la naturaleza conserva inmunes a las suciedades—, todos los demás cristales azogados lo reproducían también de perfil; hasta el que distorsionaba y aumentaba las figuras lo devolvía de costado, por lo cual podía ver la proporción que tomaba en el vidrio de aumento la parte más conspicua de su cuerpo, que de más está decir cómo su tamaño y posición natural se habían alterado. Los espejos no lo engañaban. Le dio gracia la *llenés* física de sus partes pudendas en el espejo; veía cómo se le desplegaban con altanería y mostraban el exhibicionismo de un pavo real, por lo que pensaba que de haber tenido patas andarían desplazándose como esos orgullosos bípedos, lo cual se producía gracias a la conjunción de espejos. Cambió varias veces de posición en el revelador escenario.

Jugar candorosamente con los efectos de las transparencias lo distrajo bastante, sobre todo descubrir cómo la emoción misma de contemplarse de perfil lo activaba más y más, aun cuando había dejado de frotarse las unturas desde hacía rato. El levantamiento fue produciéndose paulatinamente, ya que tampoco él hacía nada para favorecerlo, sino tan solo mirar, colgándole los brazos con manifiesta molicie.

El aire movía los sonajeros de vidrios de espejo y a él le encantaba el tintineo cuando chocaban sin romperse, como acompañamiento de la contemplación. La progresión activa llegó al tope; le proporcionaba un placer especial que su voz definiría como onírico y a la vez *omniscio,* pues le mostraba muchas cosas, en primer lugar la objetividad de casi todos los espejos, con excepción del vidrio de aumento, y la revelación auténtica de su anatomía. «Colijo —dijo para sí—, que he sido autodestructivo en la *Relación* que compongo cuando menoscabo un poco mi anatomía; de haber contado antes con la disposición de estos vidrios mágicos, hubiese sido más equilibrado y justo, lo cual rectificaré en mi escritura.»

Pensó entonces cuánto más podría descubrir en aquel Salón de los Espejos del Palacio de Aranjuez del cual también le habló su padre. Claro que algún día lo habría de visitar, aunque no con la disposición de tiempo ni con la intimidad de que disfrutaba en el camarote de la fragata. No hacía nada por cambiar las cosas; permanecía observando el comportamiento de su oriflama, clavado en el piso que se mecía suavemente. Cuando, desaparecida la sonrisa de complacencia, sintió que el ritmo de su respiración se alteraba y que podía traicionarlo el instinto primario según observaba en los espejos, suscribió para sus adentros el veredicto de la negrita María Luz al aprobar su conducta como de debutante y trasmitírsela con fidelidad a don Antonio, sin disimular el contento que le había proporcionado: «Tiene una diabla cabezadura.»

Entonces, dando la espalda al espejo más nítido, aunque continuaba viéndose por todas partes, guardó con cuidado el pote de las cremas en su estuche; echó una última mirada que casi lo impele a tocarse aquella espléndida alzada, y dejó a un lado *ipso facto* el entretenimiento de las imágenes. Estaba plenamente confiado en que esa misma noche —sin él pedírselo, y tal vez ni insinuárselo siquiera—, su padre le habría de llevar al camarote una compañía adecuada a su *casta* con quien distraerse midiendo sus efectos y capacidades en los vidrios de espejo.

Racionalidad y voluntad férrea, aun siendo tan joven, le permitieron sentarse en cueros, y en ese estado, ante la mesa del cartógrafo, y con profunda concentración en la escritura, desgranó en el cuaderno de las traducciones el parecer de don Antonio, y también el suyo, sobre el tema interrumpido, dejando que, espontáneamente, se apagara su ardor.

Relacionaba en la escritura el caso de Salvador:

Colijo que hay otros como Salvador a quien el marqués mi padre distingue. Vemos él y yo cómo este moreno, aunque rubrica con elegancia y sus arabescos de escritura son artificiosos, no es él nada letrado ni pretende serlo más allá de aprender bien las cuentas, y lo que más quiere es semejarse a un caballero como nosotros, con hidalguía, siendo ése, ¡al parecer!, el límite de sus ambiciones. De modo que siendo él de color oscuro, en las conductas y el alma blanca no lo parece.

Colijo que el moreno tiene hasta la prudencia de decir lo que debe, poniéndose en actos públicos careta de hipocresía como los más entendidos y principales, cuando de los de su sangre la mayoría es ingenua e indulgente, y hasta cándidos, y solo braman esos seres cuando la ofensa es en demasía.

El marquesito de color quebrado cerró el cuaderno y fue a ponerse la ropa con la misma parsimonia con que un rato antes se la había quitado, mas ahora sin olvidar colocarse la peluca empolvada para ir a comer con su padre en la mesa de honor de la fragata, entre los oficiales españoles.

Mientras tanto, en San Agustín, Lucila Méndes hacía rogativas a los santos de su panteón y le encomendaba al Supremo Hacedor y al Poder de la Sangre de Dios el futuro destino de Francisco Filomeno, porque su muerto protector, haciéndose cada vez más presente, no la engañaba; porque sus instintos, además, le revelaban cosas ocultas; y, sobre todo, porque ella lo conocía demasiado bien..., como para temerle.

Varias cosas cambiaron en torno a la casa de la calle San Carlos en pocos días.

Albor le había comprado el bergantín *San Antonio* al marqués y arrendado a Griego el *Saeta,* que era un velero más antiguo.

Con motivo de esas transacciones sobre cambios de propiedad, el moreno Salvador Hierro había servido de testigo en más de un acto notarial. Ya sus arabescos entintados validaban documentos importantes, como el de la compra de la esclava

Caridad al amo, la escritura de su manumisión y el acta de casamiento con ésta. El matrimonio fue tan completo en cuanto a formalidades en uso, que Caridad aportó su dote de un monto de cincuenta pesos, algo simbólico pero acorde con las normas establecidas.

El enlace de Salvador y Caridad no duró muchos años, pero en el lapso de unión resultó modelo de consideración y armonía. Constituyeron un hogar sólido y Caridad se granjeó el respeto de lo mejor de la sociedad española de San Agustín, así como de familias floridanas que vivían allí desde la época de los ingleses y para las cuales elaboraba por encargo mucha pastelería fina, o era contratada por ellos para montar mesas de banquete, tarea en la que se empeñó hasta su temprana muerte a consecuencia de un parto malogrado, ausente de San Agustín el contramaestre Salvador.

Durante mucho tiempo Lucila Méndes —a quien la mayoría de los agustinos que la conocían seguirían llamando doña Isabel de Flandes— deseó en vano recibir una carta o cualquier mensaje personal de Francisco Filomeno, aunque en ocasiones tuvo noticias sobre él por conducto de terceras personas.

Como don Antonio había regresado a San Agustín para arreglar asuntos de negocios y asegurarle algún destino a Gracianito, ya Lucila sabía que Filomeno estaba en posesión y disfrute del traspase racial, *Gracias al sacar*, y que por su privilegiada condición legal de blanco, sumada a los conocimientos adquiridos y talento, ejercía con notable éxito la carrera de abogado.

Ahora tendría un nuevo cargo de suma importancia en La Habana, el de Juez de Bienes Difuntos, para cuyo ejercicio pleno contaba con recomendaciones de ministros de la corte. Lo demás dependería de él.

«Claro que no es nada tonto mi hijo», se dijo Lucila, porque conociéndolo, le era fácil comprender que ser blanco no era todo a lo que aspiraba mientras esa categoría inestimable no estuviera apoyada por la riqueza e influencias personales en el gobierno de las Indias.

Comentó con Albor las nuevas sobre Filomeno y salió a relucir el problema más peliagudo, porque en el caso de su hijo a éste le haría falta la identidad valedera que otorga una fe de bautismo diferente a la otorgada en la Casa Cuna del Patriarca San José para poder llevar adelante sus planes. Lo cual solamente podría realizarse siendo vástago legítimo del matrimonio de su padre con doña Merceditas Criloche, cuestión que —además—, tendría que legitimar el reino. De tales cosas habían hablado Lucila y el marqués en la breve estadía de éste en San Agustín por cuestiones de negocio.

—Espera, ¿¡hijo nacido de una muerta!? —exclamó Albor cuando Lucila hizo ese comentario con pasmosa tranquilidad—. Pero, además, si lo bautizaran de nuevo como hijo de un matrimonio bendecido por la Santa Iglesia, como fue el de don Antonio con doña Merceditas, ¿por qué entonces habría de ser legalizado el nacimiento de esa unión legal?, ¿legalizar lo legal?

—Se trata de un oficio rutinario para que Filomeno, en su momento, reclame el título de marqués de Aguas Claras que, según su padre, le pertenece por derecho propio —le explicó Lucila—. Su limpieza de sangre legalizada, simplemente eso. Así me lo hizo saber don Antonio hace muchos años y lo ratificó de nuevo. Filomeno lo conseguirá, veremos en qué puedo ayudarlo...

—Ayudarlo tú, ¿cómo? —inquirió el capitán.

Lucila guardó silencio.

XIII

Del traje revolucionario francés que había adoptado Albor, los pantalones largos y el peinado, pasó a consumir las ideas del Directorio. Luego se contagió con los arrestos de los caballeros racionales de la logia Lautaro que se reunían en la llamada «plaza del mentidero» de Cádiz, y cuyo trasiego por América, pasando por París y Londres, se hacía en extremo sospechoso a los realistas españoles.

Vio en esa corriente la oportunidad de hacerse de un historial heroico sirviendo a la libertad de Sudamérica, una causa en boga. Según su ritornelo, mientras el negro Aponte, cuya amistad cultivaba, había servido en las tropas libertadoras, él, con más posibilidades, no había hecho en su vida otra cosa que trasegar de un puerto a otro mercancías deficitarias y merodear por las gobernaturas del reino a la caza de oportunidades de comercio. Tenía fortuna pero no la que pudiera darle un nombre respetable: «Hacer historia, ésa es mi vocación verdadera», le dijo un día a Griego.

Llegó a creer sinceramente que tan loable deseo era su real destino, pero se quedó sorprendido una vez más de la duda de Lucila cuando le esbozó el plan de armar un tren de goletas para introducir fusiles y municiones en el sur del continente:

— ¿Estás dispuesto a perderlo todo, hasta la vida?

—Naturalmente —fue la respuesta a la aguda pregunta de su mujer, aunque en realidad no esta-

ba seguro de si llegaría hasta las últimas consecuencias.

Por esa época fungía de escolta y secretario suyo
un ambicioso y audaz joven gaditano de oficio pescador. Había llegado a América como guardaespal-
das de un francmasón que escapó de Cádiz cuando
los realistas destruyeron toda la cristalería de los
balcones de las casas en la Calle Ancha, donde solían residir los *afrancesados*. El joven gaditano se
llamaba Adonis y cobró fama entre los advenedizos
porque a muchos les salvó la vida en su falúa, lle-
vándolos a abordar embarcaciones que los trasla-
darían clandestinamente al otro lado del Atlántico,
o cuando menos a un puerto francés.

Temerario e imaginativo, Adonis armó muchos
relatos a medias verídicos y a medias falsos, en relación con los caballeros racionales de la logia Lautaro y su autoatribuida función de enlace. No era
totalmente falso que los miembros suramericanos
de la logia Lautaro en Cádiz, se reunieran en la
llamada «plaza del mentidero», pero no era verdad
que en ese sitio se estuvieran fraguando todas las
revoluciones independentistas.

Tampoco era incierto que, en algún sentido, el
conde de Pino-en-Ristro trabajara ocasionalmente
en favor de la independencia de las colonias o sim-
patizara con uno u otro patriota americano; pero
era mentira que el gaditano fuera el brazo derecho
del conde y que conociera, como decía, los pormenores del supuesto vínculo con el canónigo chileno
José Cortés, o con el paraguayo Pablo Fretes,
quienes, según él, visitaban asiduamente a la ciudad de Cádiz para hablar de sus afanes y buscar

adeptos cubanos en la «plaza del mentidero», donde dijo haber conocido nada menos que a Simón Bolívar, a Sucre y a O'Higgins, juntos.

Si bien era verdad, como le contara Adonis al capitán Albor, que el cura Hidalgo en posesión de las minas de Guanajuato, hizo fundir monedas de alta ley y que sus seguidores fabricaron cañones con las campanas de las iglesias, el gaditano había inventado una suerte de conexión inexistente entre los masones y el cura mexicano, y entre estas dos filiaciones con el resto de los patriotas que conspiraban contra el decadente imperio.

Ese sujeto simpático y fabulador, con todo el gracejo y el garbo de la más auténtica especie de su tierra, fue creándole a Albor expectativas equivocadas sobre el papel que podría desempeñar el tren de goletas para armar a todos los insurgentes que aparecieran en el Nuevo Mundo, sin lugar a dudas en plena ebullición, sin pasar por alto las exorbitantes ganancias de dinero e influencias resultado del comercio clandestino de armas y municiones... Dinero que, según Adonis, provendría de las minas de plata mexicanas, del oro del Perú —que ni los galeones cargaron tanto— y de un verdadero Dorado en la Gran Colombia.

El capitán Albor echó a andar el tren de goletas asociado con otros capitanes diestros en el corso. Escribió cartas comprometedoras a un inglés, y se pronunció contra los realistas en los momentos en que éstos recobraban poder en Cádiz al haber logrado propinarles un susto a los *afrancesados*. Por supuesto que Albor contó con Adonis para misiones secretas que el joven dimensionaba, e involucró al moreno Salvador en el explosivo asunto del tren de goletas, como experimentado navegante que era.

Lo más peligroso quizás fue el haber vinculado Adonis en la fábula a Albor con los caballeros racionales y con agentes ingleses que operaban en el Caribe, contrarios a la trata de negros y pioneros abolicionistas. Albor era un hombre dispuesto siempre a otorgarles un voto de confianza a los demás, así como la segunda oportunidad a los reincidentes, aunque no contara con las pruebas de confianza indispensables. Lucila, intuitiva y astuta, características innatas de su personalidad, vio venir la avalancha del desastre con las fatales consecuencias que podría acarrearle a su marido. Lo alertó a tiempo sobre la irresponsabilidad del gaditano y su afán de obtener riquezas con cualquier truco. Le dijo que sus negros la tenían al tanto de todo, pero él no entró en razones ni cuando le informó que el joven andaba detrás de Paloma, importunándola en cualquier parte, cortejándola con irrespeto. A esto le contestó sonriente:

—Podría ser un buen matrimonio para nuestra hija.

Entonces Lucila usó otra táctica. En lo adelante él no debía contarle nada sobre los asuntos en los cuales estuviera involucrado, pues si éstos eran tan secretos, ni ella debía conocerlos:

—Lo secreto es secreto, como en la religión — fueron sus últimas palabras sobre el asunto del gaditano.

Después de esas desavenencias mandó a Paloma a Nueva York con la familia floridana que apadrinaba a Gracianito, el hijo de la mulata Caridad con don Antonio; y ella volvió a trabajar con ahínco en el taller de joyería, y una vez más Griego asumió las responsabilidades administrativas de la casona de la calle San Carlos. Esa situación le trajo a la memoria el grato recuerdo de cuando vio a Griego por primera vez: era un imberbe; vestía de negro porque acababa de darle sepultura a su padre, pero la tragedia familiar no fue óbice para que cumpliera sus deberes, pues se ocupó *ipso facto* de los asuntos que habían estado a cargo de su progenitor, al que sucedió como nueva cabeza de familia.

«Vengo a recibir al niño Francisco Filomeno y a usted, su *aya* (leyó en un papel el nombre)... Isabel de Flandes. Lo hago en nombre de don Filipo Praxíteles, mi padre, quien ha fallecido hace unos días. Mi nombre es Hermes Praxíteles (omitió el don), para servirles.» Lucila recordaba hasta el tono de la voz de Griego, quien condujo el carretón donde iban ellos con el equipaje, hasta la casona de la calle San Carlos, que entonces no era tan grande y se encontraba entre las pocas viviendas de lujo, al estilo de las de La Habana, a lo largo de aquel paseo. Había dispuesto un carretón más pequeño para José, dos esclavas más y las cajas con ropas y vajilla.

En ese primer encuentro con Hermes Praxíteles, Albor no tuvo nada que ver en cuanto a las encomiendas del marqués para la instalación de Filomeno y su *aya* en San Agustín de Las Floridas. Hermes Praxíteles pagó a la tripulación, incluido Albor, a quien trató con deferencia porque le habían dicho que era un gran navegante. Invitó al marino a visitar con ella y Filomeno la tumba de don Filipo Praxíteles en la granja de su propiedad, y le expuso, a grandes rasgos, las experiencias de su padre en la complicada empresa de armar embarcaciones para largas expediciones y a veces desconocidos destinos por mares de Europa y las Indias. También tuvo la delicadeza de presentarle a su madre, alta y airosa. La viuda era una hermosa señora de origen turco cuya amistad cultivaría con esmero doña Isabel de Flandes.

Ahora Griego llegaba a la casona para ayudarla y Lucila tenía razones más que sobradas para impedir que se le hiciera un desaire, de ninguna manera y menos por un motivo baladí. Al ser anunciado, Albor dijo: «Que espere, estoy muy ocupado ahora.» Lucila fue a hacerle compañía mientras él seguía descifrando los garabatos de una carta del gaditano sobre la ilusa empresa del tren de goletas.

Afortunadamente Paloma se encontraba abajo y Griego le estaba mostrando unas láminas impresas en Europa que había traído para ella, en las cuales se reproducían figuras humanas, estatuas, monumentos y ruinas famosas sobre las que Griego le ofrecía referencias personales, porque la mayoría de los grabados y dibujos correspondían a la antigua Grecia y él las conocía.

Lo más grato de las relaciones entre la otrora Isabel de Flandes y el joven Hermes Praxíteles que la recibió en Las Floridas cuando llegó a San Agustín con Filomeno, surgió precisamente en los primeros años, al crearse un indispensable vínculo entre ellos para el mejor gobierno y remodelación de los predios de la casona de la calle San Carlos, con las mesadas que destinaba el marqués a la atención de Francisco Filomeno, no muy generosas entonces, cuando ella tenía que mantener a la niña Paloma, a la que decía haber adoptado, aunque Hermes Praxíteles —también convertido en su confidente— conoció siempre la verdad. Por aquel entonces Albor navegaba durante casi todo el año.

Junto a su hermano José, entonces esclavo, la recién llegada *aya* armó con gran belleza el cuarto de igbodú, o el panteón, según las reglas aprendidas de Aborboleta. Ahí estaban las deidades con sus trajes, joyas, atributos y alimentos preferidos.

Un día Griego irrumpió en el recinto cuando José y Lucila hablaban con los dioses negros sobre sus problemas personales. El joven permaneció en silencio, distante del altar; se sabía observado por el *aya,* pero no por José.

Al concluir la ceremonia Hermes Praxíteles le dijo que estaba impresionado por las coincidencias de ciertas creencias, pues los griegos en la antigüedad se comunicaban con sus dioses y les atribuían las pasiones, virtudes, vicios y deseos de los humanos. «E igual que en los tuyos —le comentó—, solo la inmortalidad y la fuerza suprema de los dioses griegos del Olimpo, los diferencian de nosotros, las personas comunes.»

Según le contó Hermes Praxíteles, la civilización Griega fue la más sabia y grande de la humanidad en occidente, y entonces ella sacó la conclusión de que solo por ignorancia son tan despreciadas sus creencias ancestrales. También en su Olimpo africano habitaban dioses que regían las aguas; en esa cuerda los dos empezaron a jugar a las coincidencias y ella asoció a Yemayá, dueña del mar y de todas las aguas, con Poseidón o Neptuno, del cual él le habló. Otro nombrado Apolo sembraba la peste con su arco de plata y a la vez detenía sus estragos; ése, como Eleggua, tenía en sus manos las llaves del destino, traía la felicidad o la desgracia, abría y cerraba caminos. Y en cuanto a la belicosa Atenea, le había dicho Griego, es diosa, armada de espada... Y seguía imaginando ella: « ¡Santa Bárbara!, Changó, o Vulcano, dios del fuego, del rayo y del trueno», mientras Hermes Praxíteles hablaba. Desfiló todo el Olimpo y su panteón entero. Venus y Ochún, diosas del amor, fueron las últimas mencionadas.

—No podría dejar de preguntarte: ¿Y quién eres tú? —inquirió Lucila.

—Yo soy Hermes, o Mercurio, hábil mensajero de los dioses y el patrono del comercio y la navegación... —le contestó Hermes Praxíteles.

Había sido un día inolvidable para los dos, aunque casi nunca retomaron el tema y jamás discutieron sobre tal cosa. Luego de aquel encuentro, la joven colocó en la puerta de su panteón un pequeño cartel que contenía una recomendación de Aborboleta: «Estén siempre dispuestos a responder cualquier pregunta sobre fe, pero no discutan jamás si no son capaces de conservar la sangre fría en defensa de lo que creen.» Cuando Hermes Praxíteles lo leyó, le dijo que suscribía esa inteligente sentencia, legado de la bahiana.

El ritmo de la casona y los negocios, lejos de sufrir alguna contingencia negativa a causa del desentendimiento de un Albor metido en conspiraciones, mejoraron con Griego al frente. Para Lucila resultó estimulante el renovado acercamiento, aunque a las pocas semanas recibió una mala noticia:

Aborboleta había muerto en Santiago de Cuba. Sus últimos años de vida los pasó la bahiana en compañía de José, manumitido desde que don Antonio regresó con Filomeno a la isla. Eso la consolaba. En la misiva que le había escrito «el hombre reservado» para informarle la dolorosa nueva, decía éste que su madre tuvo un entierro comparable al de un rey congo, y le describió los pormenores.

El funeral, por lo que decía la carta, convocó a los numerosos miembros de los diferentes cabildos africanos y de sus descendientes, no solo el congo, que presidió la manifestación de luto. Marcharon detrás un grupo de hombres y mujeres libres, de color, gritando su dolor. De manera fortuita o expresa, milicianos pardos y morenos dispararon salvas en la Plaza de Marte cuando pasó por allí el sepelio.

En muchas casas y chozas de los alrededores de la ciudad aparecieron crespones negros y blancos en las puertas o ventanas, en demostración de luto. Mezclados entre los libres de color podían distinguirse, aunque disfrazados, algunos cimarrones de los palenques colindantes, así como mineros de El Cobre; los primeros, avisados por el toque de los tambores, bajaron de las lomas, y al amparo de la noche penetraron en la ciudad y luego se esfumaron como por arte de magia, «sin que nadie los descubriese o no quisieran, por lo levantiscos que son».

Cubrieron el cuerpo inanimado con un sudario de opal blanco y le echaron arriba muchas flores. «Volviendo atrás le diré —escribía el remitente— que la noche del velorio se escucharon por aquí y por allá, roncos cornetazos exhalados por los músicos de la orquesta de pardos, y el toque del tambor secreto de los congos, que bramaba.» El rompecue-

ro de la tumba predilecta de la difunta Aborboleta,
llamado Rolando Rojas, compuso un lamento que
sonó y se cantó y todavía después se canta en el
cabildo, que decía más o menos así:

Isaac le rompe el cuero
al parche del bongó.
Isaac le rompe el cuero al parche del tambor.
Isaías de los Santos Reyes, de la bahía de Salva-
dor,
fabrica para la bahiana el tambor mejor,
que no lo rompe nadie, ni el mejor tocador.
Para Aborboleta, la bahiana,
siempre el mejor.
Le rompe el cuero al chivo,
se lo rompe a la tumba,
Isaías de los Santos Reyes le rompe el cuero al
bongó
para cuidar la tumba de Aborboleta, el mejor.
Palo va, palo viene,
palo de Brasil para el tambor tañer.
Aborboleta, ¡tun!
Aborboleta, ¡tan!

Lucila se sustrajo de la vida social; aparte de su
dolor, el luto por la muerte de Aborboleta se convirtió en una buena excusa para el retraimiento,
que acentuó, y de esa forma dejaba a Albor en sus
andadas de revolucionario. Pensaba que la ingenuidad, por una parte, y el afán de hacerse de
nombre y riqueza, por la otra, eran los elementos
negativos que confluían en la conducta del hombre
que tanto amaba.

Además, la atenazaba un presentimiento trágico relacionado con su hijo Filomeno, de cuya exitosa carrera como abogado le llegaban noticias cada vez más frecuentes. Un día encontró en el viejo portafolios de Albor, una copia del testamento de Buen Ángel: la voluntad expresa de Cortés de Navia, para cuando falleciera, le daba incalculables prerrogativas a Filomeno. Como siempre, ese hecho la alegró y a la vez la preocupó, porque sabía que en Filomeno el poder del dinero tenía una connotación demasiado peligrosa. No era un soñador, ni un idealista, ni siquiera un ambicioso común, como podía serlo Albor: Filomeno no quería el dinero para ostentarlo por ostentarlo, sino para alcanzar un poder real.

El testamento decía claramente: «Yo nombro a Francisco Filomeno albacea de todos los bienes que Juana heredará, fortuna que podrá colocar como mejor conviniera a la heredera, siempre y cuando destine un décimo del caudal para limosna al convento y discreta cantidad a la Iglesia destinada a misas de difunto.»

Pronto conocería otro hecho importante que confirmaría sus presentimientos. Una tarde, mientras guardaba en los armarios del taller-joyería las perlas y demás prendas preciosas, terminada la jornada de labor, irrumpió Griego en el salón con una gaceta en la mano. Era un diario de Madrid que había recogido en el puerto al arribo de un barco.

—Un nuevo triunfo del abogado —le adelantó escuetamente.

No tuvo valor para tomar de manos de Griego la *Gaceta de Madrid*, y él discretamente la colocó sobre una mesa.

—Puedo adivinar el suceso; debe ser algo contra alguien, pero no a favor de alguien —comentó ella, y cuando Griego abandonó el lugar después de tomar el café, se dispuso a leer la *Gaceta.*

El periódico traía un artículo titulado «Hazaña Judicial del doctor Francisco Filomeno». Al inicio y al final tenía grandes elogios para su hijo por «haber actuado brillantemente en La Habana, descubriendo y juzgando con la severidad que el caso merecía, a un agente mexicano pagado por los franceses para perturbar el orden». Aparecían algunos detalles del proceso. Una historia, aunque bastante escueta, con visos de verdad, en la cual se consignaba el nombre de un bergantín, el *San Antonio,* que bien podía ser el que don Antonio había arrendado a Albor; aunque la *Gaceta* no mencionaba al dueño ni al usufructuario, sí decía que la embarcación estaba debidamente registrada.

«Mi ilustre hijo ya tiene un nuevo y valioso aval», razonó con desdén, pero aquello la emocionó. «Filomeno tribuno, Filomeno investigador y Juez...», decía para sí, y el semblante delataba la inmensa alegría que le causaban los elogios. Terminando de leer la *Gaceta,* irrumpió su marido en el taller. Al verla meciéndose en el sillón con el periódico sobre las piernas, comprendió que ya lo sabía.

—No te preocupes, no es el único barco que navega con ese nombre; aunque el mío pudo encontrarse en la ruta —le dijo Albor.

—Para Filomeno será fácil hacer valer esa coincidencia —era un juicio acertado, pero él se excusó con vehemencia:

—Ningún agente de ese tipo que se describe en el periódico viaja en nuestros barcos, te lo aseguro, solo llevan mercancía.

Lucila se incorporó y le dio un beso en la mejilla, diciéndole mientras se retiraba:

—Ésos son secretos de empresa; yo no tengo por qué saberlos, acuérdate.

Lo que ocurrió semanas después fue un misterio. Tan solo llegó a conocerse que los caballeros racionales acusaban a Albor de haberse desentendido de los planes del tren de goletas, para dedicarse a actuar por su propia cuenta e intereses. Habían sido detenidos varios implicados, pero a él no se le molestó. Es de suponer que nunca figurara en la lista de los integrantes de la organización clandestina, y que ni siquiera hubiera sido admitido en la logia Lautaro, pues su *enlace* con los francmasones era el embustero de Adonis, y no podía aclararse el asunto porque éste andaba navegando bajo sus órdenes.

Sin embargo, Albor había tenido contactos personales con algunos patriotas suramericanos y no desatendió los encargos de éstos. Eran personas que conoció en algunos puertos y nada tenían que ver con las conexiones de Cádiz. Pasada la tormenta, Lucila aceptó que él le hiciera esa confidencia; estimó que era un juego limpio, a todas luces solidario, y le dio apoyo moral.

MARTA ROJAS

XIV

Los hechos que habían preocupado a Lucila en San Agustín tras la lectura de la *Gaceta de Madrid*, tuvieron un gran prólogo y tendrían su epílogo.

Una tarde el juez abogado de Bienes Difuntos y oidor de Audiencia, don Filomeno, conversaba de buen ánimo en el despacho del gobernador, marqués como su ya fallecido padre don Antonio, quien había dejado de existir unos meses antes, de muerte natural.

(Más natural no pudo haber sido en su caso, pues murió en cueros, en la finca de un amigo una fresca mañana: quedó yerto copulando a tutiplén después del desayuno servido para el grupo de caballeros cristianos allí reunidos, que habituados al ayuntamiento promiscuo con esclavas, solían hacer apuestas de capacidades que, desde luego, ningún juez avalaba. La esclava que en aquel momento lo servía, salió huyendo del aposento con su cría cargada, cuando, al parecer en plena función, le sobrevino a don Antonio la muerte. Transcurrieron varias horas antes de que los demás fornicadores, ocupados en la lujuriosa apuesta, descubrieran el cadáver, y ninguno podía determinar cuál de las siervas servía a don Antonio, pero dábase por seguro que era una esclava de su propiedad. El difunto estaba ya rígido, sin que pudieran los amigos doblegarle el cañón de sus genitales que apuntaba sin doblez, directo al cielo. Sospecharon que se trataría de un crimen. Junto a la ventana del cuarto descubrieron un reclinatorio antiguo y una silla zancuda de escribiente con una pata partida; ninguna otra pista. El anfitrión y un comandante de la guardia desecharon la hipótesis de agresión artera con violencia, porque solo se apreciaron contusiones leves en las nalgas del cadáver. «Perdería el equilibrio», conjeturó el sabueso, pero el primero, como confidente que era del fallecido, sabía el uso que don Antonio le daba a esos muebles en sus *horarios de recogimiento,* y quiso encubrir la probable causa, afirmándole al comandante de la guardia que su devoto amigo siempre encontraba espacio para la práctica religiosa y el examen de conciencia, y que, seguramente antes de solazarse, rogaría como buen cristiano para evitarse contratiempos bochornosos con las negras, a las cuales les divertía propagar los pequeños fallos «que solemos tener los hombres en nuestras funciones cuando menos uno lo espera». «De acuerdo, lo del reclinatorio se explica, don Cigarreta, siendo como dice usted que era, un fiel devoto. Pero, señor, ayúdeme a verificar, ¿y la silla zancuda de recios brazos, con una pata partida?», indagó el comandante. «Por supuesto, olvidé decirle que sentado en ella como para sentirse en el cielo, en la gloria misma, me decía don Antonio, aquí de cuerpo presente, que acostumbraba a entregarse con largura de tiempo a la penitencia, para purgar así los inevitables pecados de la carne», le respondió el anfitrión, y el comandante de la guardia comprendió que no debía formular más preguntas, ni hacer

otras conjeturas al respecto. En cuanto a la esclava
que estaría con el marqués en aquellos momentos,
don Cigarreta le dijo al sabueso que no se preocu-
pase en buscarla, pues con un crío en los brazos no
andaría lejos, y ya habría tiempo de encontrarla.
«Total, no era sirvienta mía sino del difunto, y a lo
mejor se suicida; olvídela.» Cuando el sabueso salió
de la habitación, don Cigarreta, antes de ordenar a
los sirvientes prenderle una vela al muerto al lado
de la suya, enhiesta pero apagada, mandó a trasladar los adminículos a su aposento para que repararan la silla sin pérdida de tiempo, e implantada
allí mismo por hábiles artesanos una pata nueva a
la zancuda, empezó rápidamente a darse gusto,
pues lo apetecía mucho, aunque por vanidad pueril
y orgullo, al no haber sido él quien descubriera el
método antes que su amigo, declinaba siempre la
recomendación de don Antonio y el generoso préstamo de los adminículos con los cuales adquirir experiencia. Escogió Cigarreta para entrenarse a su
esclava Perlita, porque al faltarle la dentadura se
sentía mucho más seguro. Ostentoso, terminando
de probar la silla zancuda de forma un poco chapu-
cera por el apuro que tenía, mandó a sus carpinteros a reproducir los adminículos en recias maderas
preciosas, forradas con cojines de pluma, para
brindarles a los invitados reclinatorios y sillas zan-
cudas, más cómodas y seguras. En consideración a
su respetuoso silencio, don Cigarreta le pasó al sabueso que levantó el cadáver los adminículos del
difunto, la receta y una esclava. «Sin límite de
tiempo», le dijo, y lo instruyó sobre el método conocido, y el otro aceptó entusiasmado por las descrip-
ciones del anfitrión, recién estrenado. Pero —como
buen custodio de la ley y temeroso de la esclava,

que todas miraban con ojeriza a gentes de su clase— el comandante de la guardia se escarranchó
en la silla zancuda con chaqueta, canana al hom-
bro y pistola al cinto en prevención de una aguda
mordida. Para mayor discreción buscó un escondite: la capilla del predio, habitación en desuso. Sin
embargo, los eufóricos alaridos que emitía el sabueso, el persistente ulular estrepitoso y las obsce-
nidades que decía, expresando a voz en cuello sus
satisfacciones y requerencias, perdido el miedo a
una mascada, revelaron muy pronto su enmascara-
ramiento táctico. Teniendo en cuenta la experiencia, tras culminar el noviciado fragoroso que por
continuado lo dejó bastante cansado y rengo, con
dolores en las caderas y las rodillas de chocarlas
una con otra, el fatigado sabueso sentenció ante el
anfitrión: «Bueno, ya no albergo dudas, don Cigarreta, sobre la causa del fallecimiento del *venerado*
marqués: *¡Murió de muerte natural...!* Si el difunto
hizo sus oraciones con la misma devoción, entrega,
y largura de tiempo que yo, digiriendo el langostino —como agravante—, murió de muerte natural, no le quepa la menor duda. No hubo premedi-
tación ni alevosía. En base a pruebas personales *in
situ,* a las cuales me sometí reiteradamente para
no emitir un veredicto errado, deduzco que su ilustre amigo debió de colocarse fatalmente muy al
borde de la silla zancuda, en procura de colmarse
del máximo bienestar que el sacramento en cuestión nos proporciona. De ahí que perdiera el equilibrio, cayera, y al caer se lastimase las nalgas —los
lamparones en los cachetes del trasero así lo ates-
tiguan—, rompiéndose la pata de la silla como re-

sultante del accidente. Doy por terminadas las pesquisas; puede usted disponer del cadáver.» «Haga venir al cirujano del ejército», le solicitó el anfitrión. Por las condiciones en que quedó el cuerpo de don Antonio Ponce de León y Morato, no hubo otra alternativa que amputarle el envarado músculo viril que nunca le hizo quedar mal: ni en el apogeo de la vida ni a la hora de la muerte. Como quien dice, se fue de este mundo *con las botas puestas.* Desprovisto el cuerpo yerto de la prueba del pecado, el cirujano abandonó el recinto con el despojo envuelto en un periódico y le echó la verga a los puercos para que ni los esclavos se enteraran. Los amigos que sin dilación honraron su memoria detrás de Cigarreta y el policía, rellenaron con unas servilletas allí donde había que rellenar, según la apariencia volumétrica que recordaban en el *venerado;* las estimaciones no coincidían con exactitud, mas se llegó por consenso a un aproximado que la ni una viuda pudiera desmentir —aunque muy poco conociera sus dotes—, y después vistieron el cadáver como era de rigor para un funeral de clase, sin que nadie en la noche del mortuorio ni tampoco a la luz del día pudiera percatarse de la colosal mutilación del marqués de Aguas Claras. Por su parte, el cirujano —que cobró a don Cigarreta altos honorarios— certificó que el marqués don Antonio Ponce de León y Morato había fallecido víctima de apoplejía provocada por una mala digestión a causa del langostino. Solo después del entierro fue informado Filomeno de la indispensable amputación que se le practicara a su padre; no así del destino del miembro con el cual los puercos hicieron boca.)

Filomeno, con una de sus manos vendada, charlaba con el gobernador acerca del viaje a Santiago de Cuba, de donde se habían recibido testimonios mediante un emisario, sobre planes que el intruso José Bonaparte había dispuesto para una eventual sublevación de las provincias españolas de Ultramar, incluida la muy fiel isla de Cuba.

Afirmó Filomeno al gobernador que la mayoría de la gente en la ciudad guardaba fidelidad a España, pero que no se confiara jamás en la afrancesada y levantisca urbe oriental que los galos querían hacer suya, y le aclaró que señores leales se suscribieron con acciones de 10 pesos cada una para premiar al que descubriese a los agentes del «rey intruso». En su presencia se habían hecho pesquisas y recogido proclamas subversivas esparcidas a favor del mal querido José Bonaparte.

Le atormentaba al juez Filomeno el arribo de muchas familias a aquella ciudad del sudeste, procedentes de Colombia y Venezuela, y puntualizaba:

—No todas son del bando de Su Majestad, aunque decían huir de las revueltas de los llamados patriotas, incitados por los sucesos de Madrid, porque decíase en el sur del continente que España no era ya española sino francesa.

Se mostraba ofendido Filomeno, aunque era hombre de cultura, por la atención exagerada que prestaban los santiagueros a la llegada a aquella ciudad del primer piano de concierto, «destinado, claro está, a un amigo del gobernador Kindelán, que como le sucedió a Vaillant, también es proclive a la seducción de los franceses procedentes de Haití». Y el colmo para el juez y oidor era que el piano en cuestión había sido importado de París para el doctor don Bartolomé Segura, médico personal del gobernador.

—A pesar del aterrador huracán —seguía chismeando Francisco Filomeno—, que desarboló numerosas embarcaciones en puerto, ¡salvándose de milagro aquel piano!, y a otras las dejó deshechas, y se ahogó parte de su gente, los parroquianos se entretenían de lo lindo con la primicia del piano de concierto venido en barco de París.

»Llevaban el piano —seguía contando— sobre un rústico carretón tirado por mulas patonas cuyos cencerros tintineaban monótonos, pero bastaba ese ruido, con alguna armonía, ilustrísimo gobernador, para que la chusma se meneara junto al carretón donde subieron el mueble. ¡Es una ciudad alborotada y alborotadora con todo y por todo —infamaba sobre Santiago de Cuba el juez oidor Filomeno, aunque de cierta forma tuviera razón.

»Ahí mismo, en medio de la calle de la Marina —proseguía Filomeno—, un moro prestidigitador, haciéndose pasar por indio de Madrás, engañaba a los incautos figurando magias ordinarias, sin permiso de la municipalidad, y ofrecía, según anunciaba a gritos —chapurreando nuestro castellano—, una función teatral absurda, metido en un cuadrilátero deslindado con cuerdas desgastadas y sucias, anudadas a cuatro estacas hundidas en el fango del ramplazo. Por dicha función cobraba 4 reales que recogía su amanerado mancebo, en una pequeña bandeja de plata, o metal que brillaba. ¡Qué de cosas desagradables y primitivas pasan allí!, mientras presumen de tener teatros mejores que los de La Habana porque los hicieron los franceses, el dichoso piano de concierto con las patas metidas en botas de vidrio, y joyerías de copete en la calle de Gallo, que ellos gustan llamar allá *Le Rue de Cob,* con menosprecio de la lengua de Castilla.

Pero aunque Filomeno criticaba lo que había visto en esa ciudad, no parecía estar incómodo. De vez en cuando hacía notar su mano vendada hasta que, al cabo de largo rato de disertación, el gobernador se interesó por su accidente:

—Entonces actuó usted en el siniestro ante la indolencia inicial de las milicias en momentos de extrema gravedad, entretenidos como estarían esos tontos que la integran en las mañas del prestidigitador... o con el maldito piano con botas de vidrio venido de París —comentó afirmativo Someruelos.

Francisco Filomeno no iba a perder esa excelente oportunidad de hacer mérito:

— ¿Quién de nosotros, caballeros —fijó su mirada en los edecanes—, no hubiera obrado como obré? —preguntó ganándose sonrisas de asentimiento incluso por parte del gobernador general.

Entonces ya estaba listo, con lo detallista que era, para contarlo todo, desde el origen del fuego, el cual había comenzado según él en una cocina cuyas paredes eran de frágiles yaguas, al final de la calle de la Marina, lugar donde una dulcera llamada María Belén, expósita del convento de los belemitas, quien se entretenía en esos quehaceres, echó más leña al fuego y saltó una chispa que le quemó un brazo. La mujer, al írselo a curar, tropezó con un tablón y la paila donde hervía el sirope de guayaba se viró y chocó a la vez con el débil andamiaje de la cocina, con lo que cayó el techo de guano sobre la candela, y sin bomberos ni agua en derredor, esparcióse la conflagración porque el viento la favorecía, para más desgracia.

A partir de ese momento los interlocutores de Francisco Filomeno, basándose en su discurso tan especulativo como detallista, empezaron a imaginar, como si lo estuvieran viendo, el avance de la candela, y cómo el juez no podía reprimir sus impulsos ante la destrucción voraz de las mercerías, de las carpinterías, los almacenes y la caseta principal de la Aduana, por lo que olvidándose de él mismo, y sin reparar en las consecuencias fatales que le podría acarrear su gesto generoso, enrolóse como uno más, mezclándose con la turbamulta, para ayudar a apagar la candela.

—Apagamos la candela con sacos de yute mojados, que alguna agua se encontró de pronto, y el siniestro devorador me chamuscaría esta mano, la derecha, llevándome la epidermis y la dermis, la piel y la antepiel —por si los edecanes semianalfabetos no lo entendían—. Casi desmayé de dolor, pero no queriendo dejar a medias la humana faena, traté de seguir, hasta que un moreno del batallón de ellos me cargó en peso —él pensó en Salvador— y me sacó de tal infierno que devoró sesenta y cinco casas, cuatro billares, una botica, la panadería y todo lo demás; desplomó techos, quebró tejas, hizo crujir los horcones más resistentes hasta consumirlos. Provocó la explosión de toneles de aguardiente, derritió el oro y la plata de las platerías y quemóse en el fuego la poca harina de reserva con que contaba la ciudad. La ceniza enturbiaba la visión de las personas, y el aroma del tabaco contenido en los enormes tercios de yagua que se prendían en cadena, hacía el deleite de los fumadores y asfixiaba a los que no lo eran. Frente a las pulperías y los entarimados de cajas de azúcar se formaron charcos de caramelo, y promontorios cuando el dulce se enfriaba porque había brisa.

»El fuego —mientras hablaba, iba pensando Filomeno en su conveniencia— lo purificaba todo. Limpiaba las inmundicias de esa parte baja de la ciudad, destruía las impurezas, todas las impurezas sin excepción. Para mí que aquella candela traería asepsia y purificación externa —deslumbrados por el verbo de Filomeno, sus interlocutores no cayeron en cuenta de la contradicción de su discurso en cuanto a las pérdidas.

Sin embargo, se preocupó el gobernador porque, como durante los cuatro días que duró el incendio esas llamas habían llegado hasta los barracones de los bozales recién desembarcados, algunos de ellos, una cifra respetable según sus noticias, habían huido, yendo a nutrir los palenques cimarrones que tenían acceso a las costas. Filomeno asintió y concluyó el relato:

—Señor gobernador, señores míos, tropas de presidiarios, más la población llana residente en las lomas de la *urbe santiaguera*, ayudaron a sofocar aquel volcán, y prebendados y frailes dejaron sus oficios en las iglesias para bajar a la Marina a cantar *miserere*. Otras rogativas no faltaron. Muertos solo los hubo entre los bomberos que al fin aparecieron, y alguno en las filas del Batallón de Milicias Regulares de Pardos y Morenos de Santiago. Y, nobilísimo gobernador Someruelos, conocido suyo entre los caballeros, solamente se lesionó quien le habla; pero nada más que he perdido una simple porción de mi piel sin ninguna importancia, y valió la pena.

De *heroica conducta ciudadana*, calificaron su acción.

(El hijo de Lucila Méndes logró su objetivo; una honrosa y ponderada cicatriz en lugar de la mariposa que su abuela Aborboleta le grabó al nacer.)

Consideró que se había regodeado demasiado en el siniestro y había dicho poco de sus pesquisas como juez. Su presencia en Santiago comprendía en primer lugar las prevenciones del gobierno para castigar a los que enviados por el rey intruso llegaran a la isla a perturbar la paz.

Él fue uno de los que se colocó en el bando de aquellos que pedían penas muy severas para los encubridores de cualquier individuo sospechoso protegido por los galos. Existía un aviso del cónsul de España en Baltimore sobre el arribo a Santiago de Cuba de la goleta francesa *Tilssit*, abordada en Bayona por un coronel y otros sujetos con instrucciones y poderes para *revolucionar,* así decía, a varias provincias españolas de Ultramar. Estaban consignados los nombres de los supuestos cabecillas, como el de don Gregorio Anduaga, de Pamplona, quien iba a cumplir su misión criminal en Portobelo, tomando una nave en Santiago de Cuba.

—Parece ser —reveló Filomeno— que el sujeto o los sujetos llegaron disfrazados o bien recomendados, porque el gobernador no logró averiguar nada en cuanto a él, o ellos. Ni quien les habla tampoco.

En sus adentros, Filomeno pensaba que don Gregorio pudo haber sido Griego, y el coronel, el mismísimo capitán Albor Aranda, quien según sus informes secretos, tenía peligrosas relaciones en

Cádiz. Pero de cualquier modo habían escapado o no llegaron nunca. Para él, en ese momento, lo más saludable sería suscribir la tesis del gobernador. O sea, que «con el favor de Dios, el criminal o los criminales, no desembarcaron en este puerto a causa del reciente huracán, o habría zozobrado la goleta *Tilssit*».

Francisco Filomeno soportaba estoico las curaciones de las quemaduras, y a la vez realizaba esfuerzos dolorosos para darles elasticidad a los tejidos dañados, como le recomendaba el cirujano. Todavía estaba temeroso de una infección más aguda a causa de los pésimos auxilios recibidos por un improvisado «matasanos» de la Marina en los primeros momentos del accidente, hasta que se le ocurrió ir al convento, según le decía al cirujano: «Y Juana, la hija de Cortés de Navia, a quien ya he adoptado generosamente como tutor, y, en mi concepto, según comprobé en mí mismo, tiene manos de hada milagrosa como enfermera —alabó desde entonces en cualquier parte—, deshizo las ampollas de mi maltrecha mano y lavó la quemadura con jabón y agua hervida hasta hacer brotar la sangre pura, con lo que me evitó una irreparable ablación.»

Lo seguía curando el cirujano, y él con la Juana que no se le quitaba de la cabeza por varias razones. Ella le había contado que siendo muy joven empezó a atender a niños y ancianos enfermos. Las monjas permitieron que lo curara a él porque era su *protector* y porque la quemadura solo le alcanzó una mano, la cual tomó con cuidado entre las suyas y limpió con esmero. En realidad, desde que comenzó a atenderlo él notó que la retuvo más de lo necesario —era la primera mano de un hombre joven que había tocado, según le confirmó ella confidencialmente. Aunque era piadosa, las manos de los ancianos moribundos no le agradaban como la suya, cálida y, aunque delicada, más fuerte; como la muchacha a su vez le trasmitía una sensación de agrado, a Filomeno le complacía mantener la mano retenida bastante tiempo entre las de ella, porque de ese modo la cura le dolía menos.

De Juana nadie sospecharía una convivencia íntima con él, como la que se procuraba en San Agustín —que en la isla no podía hacerlo un hombre de su condición, sino solo un *príncipe raigal* como el marqués su padre, discurría.

La Juana se sinceró con él; se lo dijo porque no tenía maldad: que ya adulta su mayor alegría era visitar el hospital y cuidar los enfermos porque podía ir de un lado a otro con más soltura. Que para que no la molestaran o lo hicieran menos, las monjas la dejaban vestir hábitos usados y togarse con cofia. Que conocía a hombres —como figuras humanas en lo externo—, y algunas veces se tropezaba con éstos frente a los postes o las ruedas de las carretas, orinando por un *tubo,* que era un *tubo*, porque ella había visto a los niños y tenían una tripita, y no pensaba que les pudiera crecer y engruesar tanto. No los miraba de fijo, y como casi siempre era al alba, o al caer la noche, cuando visitaba a los enfermos y volvía al convento, nunca los había podido ver con bastante claridad..., aunque curiosa y deseosa de saber siempre lo ha sido. Que el día que vio al primer hombre orinar fue a un señor que se bajó del caballo junto a la pulpería, y sin importarle que ella estuviera en la ventana, sacóse sin vergüenza el *tubo* y se lo estiró muchas veces, y al no vaciársele la vejiga, halóselo mucho, y más aprisa, ya que era poca la orina que le estaba saliendo, pero aun siendo menguada, resoplaba de contento que había que oírlo. Cuando eso tenía diez años de edad —le reveló—, y en lo adelante fijóse desde la ventana que era común y otros lo hacían. De esa manera descubrió el sexo diferente al suyo, aunque no sabía que eso se llamaba como él le dijo que se nombraba, aclarándole las dudas; ni tampoco para qué más servía; ella quería saber si tenía alguna otra aplicación en la vida.

Como su tutor que era, pensó explicarle algo más sobre el caso durante uno de esos primeros días en que le curaba las quemadas de la mano donde Aborboleta le grabó la mariposa, pero no lo hizo pues consideró que en esa materia siempre era mejor demostrar con hechos que decir con palabras. Más, cuando, en hablándole ella, lo suyo ostentaba su pujanza.

—No podía estar más maloliente y sucio el bergantín que me condujo a La Habana —comentó Filomeno con el cirujano que continuaba curándolo, y agregó—: si entonces hubiera traído conmigo a la enfermera del hospicio, a Juana, la hija de Buen Ángel, no se me habría infectado otra vez la mano, por Dios.

—Doctor, usted posee buena encarnadura —le aseguró el cirujano—, alégrese de tener encarnadura de negro; los negros, dígamelo a mí que los curo en el ingenio de su padre, en paz descanse, se recuperan de los peores azotes —ni una palabra por parte de Filomeno. El cirujano continuó su labor y el paciente soportó sin chistar el dolor y la provocación «infamante».

Transcurrida una semana de cuidados, había desaparecido la infección y el cirujano le retiró la venda:

—Pudo habérsela quitado antes. Lo que le expliqué, usted tiene buena encarnadura, nada de secreciones, pero ojalá no se le abulte la cicatriz —hablaba el médico mientras le ayudaba a ejercitar la mano.

Y él planeaba echar a andar sin más pérdida de tiempo su decisión con respecto a Juana, quien podría aplicarle con suavidad sus cremas especiales, las cuales le prevendrían de una mancha oscura en el área afectada. Pero no solo eso, sino otras cosas más podía resolverle su discreta y devota protegida, que podría vivir en la casona de Guanabacoa, cerca del convento de la villa, y hacer caridades a los pobres...

Estaba descansando en la que ahora era su casa, la del portón barroco frente a la catedral de La Habana, porque la viuda de su fallecido padre, marquesa de Aguas Claras, había regresado a la hacienda en la villa de Trinidad.

Disfrutaba Filomeno de las travesuras de los pequeños hijos, protegidos a toda hora por sus ayas negras, y del afecto y dedicación de su joven esposa, una dama criolla, al parecer blanca, de cabellos muy negros, llamada Andreíta, que bien podía ser una Bonilla cualquiera. No era bella —que la Jua-

257

na sí—, y tenía una fuerte tendencia a la gordura, mejor dicho a la obesidad, porque ya era gruesa — que la Juana no. Durante casi todo el día ocupaba sus pequeñas manos en labores de tejido y de atención a la repostería francesa que enseñaba a elaborar a sus cocineras —que la Juana no, sino que rasgueaba con sus manos las cuerdas del arpa, cuando no estaba ocupada en sanar dolidos. En cuanto al suegro, ni tan rico entonces, ni de estirpe noble como la suya, disfrutaba de una posición social importante como notario y administrador de los bienes y haciendas del ilustre gobernador de Cuba y Las Floridas y allegados. Sin embargo, los bienes de Cortés de Navia, bien empleados, generarían más dividendos. Sería un crimen que Juana Cortés se convirtiera en monja de clausura con esa bendita disposición para el alivio del hombre, el arpado y otra clase de menesteres espirituales, y peor aún que la hicieran donar su caudal, aunque él como albacea no habría de permitir que la sumieran en la pobreza sirviendo hasta como criadilla en el hospicio y el convento, pues eso tendría que ser ella en la clausura, una criadilla peor de lo que era.

El padre Pino le contó antes de morir, cómo niña aún, en los años en que fallaron las remesas del tío al corral del Consejo, la habían confinado a un cuarto aislado en el traspatio del convento, donde había una carbonera que Juana limpió y arregló pacientemente, y la rodeó de un huerto y un jardín de crisantemos de varios colores, con lo cual se hacía muy acogedor ese espacio. Tenía una ventana —él lo constató, eso sí— por donde entraba mucha luz y también le daba acceso al mundo exterior; desde allí podía oír otras voces y no las de las monjas solamente, conversaciones y hasta rudos toques de tambor por las noches, que era lo peor. Cuando el deán mandó a los betlemitas las remesas interrumpidas, le ofrecieron otro cubículo, pero ella rehusó. «Hago votos de humildad», confirmó muy inteligentemente a las monjas.

El reposo de Filomeno en la residencia de la Plaza de la Catedral, acabado de recibir el alta por parte del cirujano, fue interrumpido por la llegada del edecán de Someruelos. El gobernador requería la presencia del juez en el Palacio de los Capitanes Generales para ventilar un caso al parecer de espionaje, a juzgar por los primeros indicios. Allá se dirigió el abogado de Bienes Difuntos, juez y oidor Francisco Filomeno, pulcro y elegante. Ya no le molestaban los guantes blancos que solía llevar. Tomó su bastón y se hizo acompañar por el edecán en el carruaje del gobernador tirado por caballos de tres cuartas sin que fueran los idóneos.

—Se trata de alguien —le dijo el emisario oficial— que habría arribado al muelle de La Habana en el bergantín *San Antonio*, entre los pocos pasajeros que abordaron el velero en el puerto norteamericano de Norfolk.

(Así empezaba la historia que sucintamente reflejaba el periódico que leyó Lucila en San Agustín.)

Ante la probable gravedad del hecho, Filomeno tomó sus precauciones. Se llevó la mano al bolsillo interior del chaleco: en efecto, había tenido el buen juicio de colocarse el resguardo (el que su abuela, la negra Aborboleta, le hizo con el zurrón al nacer), disimulado desde hacía mucho tiempo en la bolsita de un amuleto católico que tenía bordado por fuera el Corazón de Jesús.

Eran las primeras horas de la madrugada del 19 de julio de 1810. Al pasar por la iglesia de la catedral Francisco Filomeno también se persignó, imitando al edecán y al negro calesero. Llegó enseguida, pues vivía cerca del Palacio, y escuchó al gobernador con naturalidad, sentado en una butaca al mismo nivel que la del representante del reino. Nada parecía sorprenderlo de cuanto contaban el jefe de Aduanas y los oficiales de Policía. Se sacó los guantes y flexionó la mano accidentada, lo cual iba haciéndose un hábito:

El sujeto sospechoso ocupaba una silla al frente, debajo del escalón del estrado. Sus maneras eran respetuosas y sonreía discretamente aparentando confianza. Según sus documentos, había hecho escala en La Habana para proseguir viaje en el *San Antonio*, hacia Veracruz. El nombre del individuo era bien corriente: Manuel Rodríguez Alamán —o Alemán— y Peña, y su personalidad la de un tontuelo, según apreciaba a simple vista el juez Filomeno.

Al oficial superior de Aduanas se le hizo sospechoso por haber emprendido el viaje de Europa a Norfolk, Virginia, habiendo salido de un puerto de Francia. Por eso lo condujo con tanta rapidez al despacho del gobernador, quien le formuló la mar de preguntas sin sacar nada en claro durante el largo interrogatorio. Tampoco los policías habían podido descifrar el enigma del espía. Era un caso para alguien como Francisco Filomeno, «criminalista por excelencia».

«Me están poniendo a prueba», pensó el marquesito de color quebrado. Ya había ordenado que trajeran al despacho todo el equipaje del sospechoso, aunque, como le dijeron, hubiera sido registrado con minuciosidad por el jefe de Aduanas y el jefe de Policía. De pie, junto a la mesa de patas altas, tenía desplegada la correspondencia de Manuel Rodríguez, así como otros documentos del encartado. Fue leyéndolos imperturbable. Cada vez que concluía una hoja se volvía, e interrogaba con su mirada penetrante, como un actor de carácter, al joven mexicano, pero de sus labios no salía una palabra.

Francisco Filomeno segregaba los papeles en la mesa y luego los leía para él. La lectura fue dilatada. Los primeros documentos se referían a episodios biográficos y descriptivos de algunos generales franceses, del supuesto rey de España José Bonaparte, y de las operaciones militares de Almonacid y Talavera.

Viendo que no aparecían en el equipaje otros papeles de mayor envergadura, fijó sus sospechas en la espesura de las tablas de un cofre al parecer sencillo y sin secreto alguno, pero de tanto grosor que podía ocultar pruebas quizás más importantes. Sin comunicar sus conjeturas ni al gobernador, con una reserva pasmosa y gestos estudiados, Filomeno hizo traer de inmediato al despacho a un carpintero con sus herramientas fundamentales: martillo, pata de cabra y serrucho.

Cuando mandó a romper las tablas del cofre, la serenidad que mantenía el detenido se transformó en espanto. Filomeno lo miró fijamente considerándolo de hecho un reo. Culpable y no simple acusado. Ante la mirada inquisidora de semejante juez, el joven mexicano se apresuró a suplicar con frases balbucientes que se suspendiera la operación y pidió hablar a solas con el gobernador, pero Filomeno no transigió. Instó al carpintero a que desarmara el cofre con la pata de cabra, y al hacerlo fue revelado el secreto: treinta y tres pliegos de correspondencia destinados a personas residentes en la isla de Cuba, la ciudad de México, Yucatán, Caracas, Santo Domingo y Puerto Rico, pero cuyo contenido era a todas luces inofensivo.

—Señor gobernador, me sobran pruebas para que, sin dilación, se descargue la cuchilla de la justicia sobre el emisario criminal —dijo el juez Filomeno, y él mismo se ocupó de armar la causa.

«El agente, delincuente criminal», así lo llamó primeramente, era bachiller graduado en las facultades de Filosofía y Teología, y un documento le acreditaba haber recibido la tonsura y cuatro órdenes menores por el arzobispo de México, Alonso Núñez de Haro. Había servido en los ejércitos de José Bonaparte, aunque tan solo en asuntos administrativos, al padecer de una dolencia física —de poco le sirvieron esas atenuantes que Filomeno convirtió en agravantes, luego de la interpretación que le dio, en la exposición de los cargos acusatorios, a la correspondencia que portaba en su equipaje «el delincuente, agente criminal» de José Bonaparte.

La sentencia no se hizo esperar y el reo fue ejecutado.

Pero en el equipaje del mexicano había una hoja escrita que Filomeno ocultó desde el primer momento, incluso al gobernador. En la hoja, al parecer insignificante, pero no para Francisco Filomeno, se le recomendaba al joven mexicano lo siguiente: «Para viajar con la mayor seguridad por esos mares, y otras ventajas inapreciables en su caso, tome usted el bergantín *San Antonio* de un capitán catalán, y pregunte por un moreno mentado Salvador, con conocimiento de la mar, que funge a veces de piloto, o por el gaditano que lo encontrará.»

El caso dilucidado con tanta rapidez y sabiduría lo favorecía en todo; de inicio, le dejaba el camino expedito para volver otra vez a Santiago de Cuba, hacia donde sus intereses particulares lo impelían.

El gobernador no lo dejaría terminar de hablar cuando, en el despacho ordinario con éste, le insinuó Filomeno:

—Su excelencia, me permito decirle que puede haber ramificaciones perjudiciales en Santiago, en la jurisdicción de Cuba. La desobediencia allá...

—Ya lo sé, está generalizada —interrumpió el gobernador y prosiguió—: ¿Sería mucho pedirle después de su fatal accidente, *ilustrísimo* —por primera vez lo trataba de *ilustrísimo*—, que usted volviera allá para una inspección confidencial, pero, digamos, *de rutina,* a los efectos de la autoridad de la jurisdicción de Cuba?

Filomeno no respondió de pronto ni que sí, ni que no. Pero claro que iría, pues luego de conocer personalmente a Juana la consideró un *tesoro,* tesoro real porque heredaría un Potosí que él habría de administrar según el testamento que mantenía en secreto, aunque Cortés de Navia dilapidara, y si dilapidaba mucho —con la mala fama tenía—, podía demostrar que estaba loco y proteger el caudal de la única heredera, al cuidado de las monjas desde que nació como quien dice; y ella era un alma limpia, tentadora, una enfermera prodigiosa, de tan buenas manos... Le parecía estar viendo el momento en que Jackín le lanzó aquel pedacito de carne a Buen Ángel en la venta de esclavos. Jackín, que era princesa y lo parecía, una princesa de *etíope*, y la Juana no lo era menos, pero además casi tan blanca como él, porque dentro del convento tanto tiempo, apenas tomaba el sol. La Juana tenía *casta* y mucho dinero, y para ella lo mejor podía ser que nunca lo supiera.

La primera noche después de curar a Filomeno, ella se había desvelado porque la curiosidad que sentía era mucha; se lo imaginaba con *el tubo* en la mano, de frente a alguno de los horcones que sostenían los soportales o a la pared de la pulpería. Recordó unos versos de la monja mexicana que no sabía si eran sobre su curiosidad y pesar por no satisfacerla, pero decían: «*Mirando lo que apetezco estoy / sin poder gozarlo; / y en ansias de lograrlo, / mortales ansias padezco.*» Se convenció a sí misma de que el señor Filomeno podía ser la primera y única revelación posible, porque unos años más y entraría en clausura; era el premio que la madre superiora le anunciaba: desposarse con Dios, Nuestro Señor.

En los días de la atención facultativa a Filomeno y en el resto del tiempo durante su estancia, se le abrasaba el pecho y ni aún respirar podía cada vez que su nombre se mencionaba en el convento, y más aún cuando la superiora le anunciaba que había llegado el juez para curarse con ella, cuyas manos bendecía.

Poco antes del viaje de regreso del juez, después del accidente de la Marina, prácticamente curado de sus quemaduras, él le había apretado las manos mientras lo vendaba y ella aprovechó para observar, disimuladamente, qué cosa había en la misma parte que tenía tapada el Cristo en la cruz —esa parte, terso bulto que se le ofrecía a la vista y se movía, por lo que se preguntó si el *tubo* tendría su propia vida... Fue tan inquisitiva en la mirada al objetivo, ahora tan próximo, que Filomeno, dándose cuenta, y porque como ella, había percibido que le vibraba como el vino envasado, y además porque lo deseaba, agradado por el interés de Juana, colocó la tranca en la puerta de la enfermería, y sin vacilar se lo mostró desenvuelto y extendido. «Como ves, no es un *tubo;* míralo», le dijo, y desde ese momento, con carnal afecto, ella empezó a saber para qué otra cosa servía. Al anochecer Juana tocó el arpa junto a la ventana. Pensó que Filomeno volvería, pero luego de una prudente espera se acostó porque su faena comenzaba muy temprano. Cerró la ventana. No era la misma. Aunque no sentía remordimiento, algo raro sucedía en su cuerpo, diferente a eventuales experiencias con manoseos de cierta beata que alababa sus «encantos». Se revolvió en la cama presa de un agradable sobresalto. Siempre había dormido de un tirón, pero esa noche de perturbador encanto tuvo que acostarse de diferentes maneras, incluso lo hizo boca abajo sobre la almohada, o con esta encima, y al poco rato se volvió, con la sensación del calor del cuerpo y de las manos de Filomeno, que le colocaba las suyas sobre lo, hasta aquel día, ignoto. Eran las únicas manos de hombre no moribundo que la habían tocado. Le tocaron el cuerpo, hasta las nalgas, por donde la atrajo hacia él con *aquello* extendido que buscaba su escondite dentro de ella proporcionándole un doloroso placer. Fue un breve tiempo inolvidable... Los cirios gruesos de la capilla se le semejaban a ese ser vivo, jimagua del hombre, que él le mostró vibrando por dentro como el vino, y con el cual procedió en todo para despejarle de una vez la gran incógnita de su vida. Era una vela encendida, una llama eterna que él no podía apagar sino dentro de ella. No podía aguardarlo hasta la mañana siguiente. Sacó del candelabro que tenía a mano el cirio de cera bendito el Sábado Santo, con el cual alumbraba el pasillo desde el día en que conoció a su tutor, para ir a contemplar en la noche al Cristo semidesnudo en la cruz, porque —al igual que su *protector*— era un hombre. Y comprimiéndose la vulva con el cirio de cera, trató de imitar el proceder de Filomeno, hasta que, felizmente, al cabo de un rato se aquietó su espíritu y durmió tranquila. Ni un solo día hasta la vuelta de Filomeno dejó de experimentar el excitante hormiguear en sus entrañas y la afluencia de humedad más densa que la saliva, que la invadió cuando por primera vez su tutor le mostró lo ignoto, desenvuelto, y sin palabras, sino actos, ella supo de una vez y por todas para qué otra cosa podía servir.

Las experiencias de Juana las ignoraba Filomeno, pero éste sabía que las brasas del fuego habían quedado prendidas, y ahora pensaba ante el gobernador, justamente, en ese momento en que el telón se levantó entre él y Juana estando en la jurisdicción de Cuba. Aunque entonces no hizo más que descubrirle sin maldad, expectativas de lo ignoto a su confundida y sensitiva tutelada, ávida de saber...

— ¿Entonces, *ilustrísimo,* iría usted? —inquirió el gobernador mientras seguía firmando papeles de los muchos que tenía en el escritorio, en espera de la respuesta de Filomeno, pensativo frente a él, juntas las manos sobre el mentón—. Es natural que lo esté pensando, porque sufrió usted mucho en aquella ciudad y el accidente pudo costarle la vida. Le diré, prefiero que los hombres mediten los pro y los contra de grandes problemas; al contrario de otros, prefiero su estilo. Piensa en todo lo posible e improbable, el problema de los franceses, la altanería de los ingleses desde la isla de Jamaica. Está bien, muy bien, de parte suya, *ilustrísimo.*

—Así es, Excelencia —respondió al fin Filomeno—, pero una solicitud suya, gobernador general, para empeño tan importante e impostergable, ¿cómo voy yo, humilde servidor, a rehusarla? Medito, eso sí que lo he estado haciendo frente a usted, en cómo proceder; empero para situarme allá demoraría tan solo el tiempo que requiera armar una embarcación...

Claro que ya él no viajaría más en un bergantín maloliente y común, sino en un navío propio de la alcurnia y prosapia del *ilustrísimo* jurisconsulto Francisco Filomeno.

—Dispondré una embarcación adecuada con todas las comodidades para usted y las personas que estime conveniente, para su servicio y solaz. Se armará como la necesite; un oficial de Marina hará lo que usted le pida. Se puede adaptar lo que requiera con solo ordenarlo en los astilleros —dispuso el gobernador general.

Los pormenores del viaje no vienen al caso, solo que antes de embarcar, Filomeno había hecho montar, con todo el confort necesario, la residencia de Guanabacoa, donde la hija del gran marino Francisco Cortés de Navia, de quien era tutor y albacea, habría de vivir.

Las monjas lloraron de alegría con la jugosa limosna del albacea y tutor de la expósita, cuando él visitó el convento durante su viaje a la jurisdicción de Cuba como enviado especial del gobernador general de la isla de Cuba y Las Floridas. Lloraron también de tristeza porque se habían apegado a Juana, incluso la beata con malicia inconfesable. Aquel juguete gracioso se había convertido en una joven bellísima. Sus ojos verdes llamaban la atención —los de Buen Ángel eran grises, pero se le parecían.

Juana se encontraba junto a las hermanas atendiendo a las pequeñas expósitas enfermas cuando una de las monjitas, de las más viejas, le dijo que el señor juez había alabado sus matas de crisantemos blancos y de jazmines También había entrado en su claustro, y se asomó por la ventana para ver, según le dijeron que dijo, si el cochero había colocado el vehículo en un sitio de sombra, en la zona fraile. «Pero parece que quería saber cómo vives, para contárselo al señor Cortés de Navia», agregó de su cosecha la anciana.

Así fue como supo que había regresado a buscarla.

—Debo prepararla, porque su padre no podrá viajar por ahora a la jurisdicción de Cuba y querrá verla algún día; mientras tanto velaré por ella. Además, con la recomendación que con humildad les solicito para una congregación de caridad en La Habana, podrá seguir sirviendo a nuestros semejantes desvalidos. Su padre, medianamente enfermo, continuará patentizándoles, por conducto de mi persona, el agradecimiento que este convento y casa de expósitos merece. No les faltará el pan, ni las velas, ni el remedio necesario para aliviar los dolores de los enfermos y asistir a los moribundos, amén de cuidar, como cuidaron de ella, a otros niños.

El discurso de Filomeno emocionó a las hermanas, que rogarían por su bienestar toda la vida.

Juana le quitaba un gran peso de encima. Porque solo alguien como ella podía asistirlo en la isla en sus requerimientos más íntimos, sin maliciosas o malintencionadas sospechas.

En el barco, de regreso a La Habana, la hija de Jackín le aplicaba con unción todos los días las cremas que era menester. Filomeno había solicitado que el armador de la embarcación colocara en su camarote un solo espejo.

Cuarta Parte

XV

Esa mañana Albor no le dio cuerda al reloj del amor del artesano Lepine, y el *Eros y Psiquis* sonó una sola vez.

Lucila se incorporó del lecho, llenó de agua fresca la palangana de porcelana, y echó en ella pétalos de jazmín. Enjugó su rostro, y lo secó con calma mientras se miraba en el espejo. Después descorrió las cortinas de las ventanas del aposento. En ese trajín hizo una reflexión, o más bien, teniendo en cuenta su estilo, desató el hilo de una parábola: «Como ya todo no es igual para nosotros y estamos viendo las cosas según nuestra propia experiencia, yo no apuesto por Johnny Queen, aunque es un buen chico, sino por Paloma; creo que ella preferiría un hombre más maduro...»

Paloma iba a cumplir diecisiete años. Aunque la belleza y el carácter la hicieran parecer una adolescente, tenía que considerarla una muchacha casadera. Entre sus pretendientes figuraba el hijo mayor del matrimonio floridano de don Francisco Javier Sánchez y la mulata Beatriz Piedrahíta, joven que ya había adquirido autonomía en los prósperos negocios del padre. La nueva preferencia de Albor era Johnny, vástago de *mister* Queen el irlandés —tenía descartado a Adonis el gaditano.

Albor se vio en la necesidad de argumentar a favor del candidato preferido, sin tomarse tiempo para respirar, después de haber escuchado las palabras que Lucila acababa de decir mientras descorría las cortinas. Al haber quedado involucrado de manera demasiado comprometedora en la causa criminal contra el pasajero mexicano del *San Antonio*, y con el revuelo que había levantado Filomeno, él, como padre, tendría menos preocupación si su hija fuera llamada *Mrs.* Queen que doña Paloma Aranda de Sánchez.

La respuesta escueta de Lucila fue:

—Tal vez tengas razón, pero Paloma no es culpable de nuestros actos —como siempre, lo sorprendía, y sin pensarlo manifestó su desacuerdo.

El diálogo fue interrumpido. La voz de Paloma les avisaba que Griego se encontraba en la casa y que lo había hecho pasar a la sala de los vitrales.

—Lo atenderé en el portal, el día está caluroso —replicó Albor.

—No lo permitiré —le advirtió Lucila.

Albor pretendía romper la sociedad con Griego —o estaba celoso porque éste visitaba la casa cada vez con más frecuencia—, pero no veía o no quería ver que Griego se ocupaba de los negocios floridanos de la familia, además de los que don Antonio había cedido a Filomeno, y era el soporte del andamiaje desde que él empezó a navegar por los vericuetos políticos.

Días antes llegó a preguntarle en tono de reproche a Lucila, por qué no se buscaba otro comisionista para el negocio de los collares de perlas y las demás prendas de la joyería, pues Griego podía hacerle trampa. «Tramposo el gaditano», le respondió ella, que no estaba dispuesta a ceder ni un ápice en cuanto a las relaciones con Griego, y menos ahora que Paloma se hacía mujer y no podía contar con un Albor juicioso. Que su marido pensara lo que quisiera...

Sus vidas habían transitado un largo trecho y ahora todos tenían más años, aunque Lucila, en particular, llevaba muy bien sus cuarenta y tantos cumplidos, y parecía una mujer mucho más joven.

Sin embargo, hacía mucho tiempo que no pensaba en conquistar varón alguno, bien porque aún estaba enamorada de Albor, o porque nunca tuvo vocación de seductora. Según su punto de vista, las seductoras eran mujeres inseguras de sí mismas.

Pero eran muy sólidos los lazos de amistad, y muy antiguos, entre ella y Griego, «un hombre muy diferente», pensaba: preparado para la vida, el de éxito más sostenido y el más ilustrado entre todos los que había conocido. Sin embargo, siempre fue difícil para Albor entender una amistad tan desinteresada en lo sensual y tan espiritual, entre un hombre y una mujer, y aún más tratándose de un tipo como Griego; sabiendo, como sabía, que aunque Hermes Praxíteles no padecía del mal irreparable de *Buen Ángel* Cortés de Navia, ni cosa parecida, se mantenía soltero, y, por otra parte, conociendo también que en el alma de Lucila anidaban atmósferas impredecibles e impenetrables. Nunca había tenido motivo para atribuirles infidelidad ni al uno ni a la otra, pero tampoco lo puso en duda.

Ya entraba el capitán Albor en la sala y Paloma se despidió de Griego, quien le prometía, sin ella requerirlo, volver en otra ocasión con más tiempo para seguirle contando cómo había sido el imperio de Atenas. Lucila siguió a su hija con la mirada sin ocultar su orgullo, pues era una joven ¡de clase!, bella en lo físico, con sensibilidad y mesura.

A su vez Griego observaba a Lucila; transportábase con el pensamiento a regiones del más puro idealismo, ¿o era que estaba viendo a Paloma como una reproducción perfecta de su ideal femenino? Ese posible descubrimiento lo dejó confuso. Aquel hechizo espiritual fue roto por Albor, quién se excusaba por la demora, sin dejar de reprocharle a Griego que no hubiera anunciado su visita.

—Dispénsame, Albor, pero no hay tiempo que perder; acabo de regresar de la isla —fue la respuesta llana y alarmante que le dio Griego.

Hermes Praxíteles había hecho acopio de paciencia y gala de control emocional para no trasmitirle a Paloma sus preocupaciones, mientras hablaban de Atenas. Lo que había venido a contarles sobre los sucesos de la isla era, en verdad, sumamente grave. Fue directo al asunto:

—Se ha descubierto una gran conspiración en la que se involucran amigos tuyos —le decía ahora a Albor—, como aquel don Luis, cuyo apellido desconozco, y el capitán de Caballería Francisco Bassabé y Cárdenas, con lo rico que es, con lo criollo y blanco que es; más que demostrada su limpieza de sangre. Con él están involucrados sus colegas don Román de la Luz y el tal Ynfante del mismo linaje, quienes hace más de un año, me refiero a los tres, presentaron en el Ayuntamiento una Memoria de Protesta en la que pedían el desbloqueo del tráfico mercantil con los Estados Federados de Norteamérica, de lo cual yo te hablé cuando te metiste de lleno en lo del tren de goletas.

— ¿Cómo lo sabes, Griego? —inquirió Albor Aranda.

—Eso no es lo que importa; lo sé.

Pasando por alto la crítica velada de Griego y la intromisión de éste en el secreto del tren de goletas, arguyó enérgico que nada tenía que ver con esa supuesta conspiración.

—Supuesta no, cierta —ratificó Griego.

Para el caso era igual; en realidad, nada había tenido que ver Albor con ese problema tan espinoso. Respiró aliviado; había pensado que Griego le hablaría del asunto del *San Antonio* y el mexicano.

Hermes Praxíteles trataba de mantenerse ecuánime.

—Albor, estimado amigo, no hay peor ciego que el que no quiere ver, ni peor sordo que el que no desea oír verdades que por fuerza mortifican —amonestó. Se levantó del butacón, molesto; había que verle las orejas enrojecidas.

Albor comprendió que tenía que escucharlo y lo invitó a sentarse de nuevo, esforzándose en parecer amable.

—Creí que si no venías a lo del *San Antonio,* vendrías entonces a pedirme ayuda financiera por el desastre del *Saeta.*

—No te molestes, pero me parece una ingenuidad de tu parte lo del reparo económico, aunque agradezco tu gesto; yo puedo reponerme de ese inconveniente pasajero; cualquier embarcación sufre estragos en el mar, es lógico —replicó Griego.

—Podemos pensar que el juez Francisco Filomeno lleva el caso de esa conspiración. ¿O no? —precisó Albor.

—Lo lleva, y con el mayor interés. Están implicados un nombrado *catalán* y unos morenos amigos

de Bassavé. Para Filomeno es Bassavé el instiga-
dor, «el cerebro de la plebe», como dice él. No se
sabe, aunque él da por hecho que eres el catalán
que acompaña a los aventureros, y afirma que tarde o temprano lo descubrirá —Griego estaba seguro de lo que decía—. En cuanto a Román de la Luz,
te diré que se había incorporado clandestinamente
a una logia con ramificaciones en España; quizás lo
sepas —dejó caer Hermes Praxíteles.

Bebió un sorbo de aguardiente, rehusó un vino
más ligero, y prosiguió su relato. El que ahora caminaba pensativo por el salón del gran vitral, era
el capitán Albor. Lucila se arrellanó en un butacón
siguiendo con atención las revelaciones de Griego,
que en ese momento sacaba de la cartera un manuscrito garabateado que solo él podría entender.
Hizo una breve introducción:

—Se trata de unas notas que yo obtuve de buena
fuente sobre la acusación del juez de Bienes Difuntos —miró a Lucila—. Dice tu hijo que el señor Luz
propagó papeles sediciosos que de algún modo le
había hecho llegar *el catalán* unos quince días antes, y que el criollo procuró excitar una revolución
coligado con otros «criminales» (calificativo del
juez), la cual, si no se hubiera descubierto y repri-
mido con procedimientos activos y acertados (sus
procedimientos, los del juez Filomeno), habría
culminado hasta las últimas consecuencias.

Aguardó la reacción de un Albor perplejo, que
paró de caminar y, mirando a sus interlocutores,
fue sincero con ellos:

— ¡Ese *catalán,* en este preciso caso, no soy yo!
Pero pude serlo en una empresa donde estuvieran

presentes hombres como don Bassavé y don Román de la Luz, a quienes conozco y respeto, pude serlo. Pude, te aclaro, Griego, pero no soy yo el que involucran con esos señores.

—A las autoridades de La Habana —precisó Griego— no les había ido todo bien, pues hasta la naturaleza parecía estar contra el gobierno. A finales del mes de octubre azotaba la ciudad un violento ciclón al que llamaron «Escarcha Salitrosa», porque se formó como un enorme remolino en el mar y llovía agua salada, y a causa de éste perdió el gobernador setenta embarcaciones en las que trasegaba mercancías no declaradas por la Lousiana, Virginia, o donde fuere. El embate derrumbó la ermita de la Virgen del Pilar, y en fin, llovió sin parar durante doce días.

La enumeración que hizo Griego de esas incidencias le dio tiempo a Albor de reponerse y tomar una decisión.

—Yo debo viajar a la isla, y eso haré. Será la mejor manera de demostrar que no tengo nada que ver con la conspiración de Bassavé en la cual me involucra Filomeno; al fin y al cabo, lo que molestó con mayor fuerza al marqués de Someruelos fue la petición que hicieron ellos de desbloquear el comercio natural con los Estados de la Federación Americana, con lo cual hombres como Bassavé o cualquiera de nosotros podrían beneficiarse.

—Como principio me parece una decisión correcta, pero solo como principio, como ética. Mas habría que meditarla —acentuó Griego y se despidió respetuoso, no sin antes dirigirse a Lucila con una frase agradable y sentenciosa:

—Querida amiga, consulta tu oráculo, yo consultaré el mío.

El catalán lo retuvo. Iría con él a la casa de La Muralla de Aguas Claras para hablar de otros asuntos entre hombres.

— ¿Como cuáles? —inquirió Hermes Praxíteles cuando Lucila se había retirado.

—Como lo que acaeció a Cortés de Navia, *Buen Ángel*.

—Ya era muy rico; ocurrió por Barataria, pero tenía que terminar así —dijo Griego.

Mientras se dirigían a La Muralla de Aguas Claras conversaron sobre cosas fútiles. Contábale Griego que ya hacía algún tiempo el café no se vendía en las boticas en Santiago de Cuba, porque los franceses estaban sellando las montañas con arbustos de cafetos arábigos. Tampoco faltaban ni allí ni en La Habana el vino de Francia, ni el Champagne, pues lo brindaban por novedad en las casas acomodadas donde antes tan solo ofrecían los de Málaga, Madeira y hasta de Cataluña. De paso, restándole importancia, le habló de *mister* L'Elise, gran maestro masón inglés procedente de Nueva Orleans, que había sido expulsado de Cuba, y le comentó que los delitos de infidencia aumentaban por día.

Aunque Albor no le restaba interés a algunas de las informaciones novedosas, estaba urgido de la verdad oculta o velada. Instalados en la pérgola de la casa de La Muralla, bien servidos por un esclavo, bebiendo a sorbos y sin prisa el buen vino, Albor favoreció el clima para que se produjera la *revelación* que esperaba oírle a su bien enterado socio.

— ¿Puedo inferir que no debo o no puedo volver por ahora a la isla, bajo ningún concepto? —le preguntó sin medias tintas.

—Sería lo prudente durante un tiempo, pero Francisco Filomeno no es dueño absoluto de la situación. Todavía no lo es —dijo Griego y esperó la reacción.

Albor estaba recostado en la baranda que enlazaba las columnas. Sus ojos miraban el mar con codicia, con gusto sibarita, como todo marino en aprietos, y el otro no supuso lo que oiría salir de los labios del capitán:

—Quiero regresar a Cataluña; a todos los catalanes, un día u otro, nos gusta volver, aunque vengamos otra vez a las Indias.

Eso era disponerse a huir antes de echar la pelea, consideró para sus adentros Hermes Praxíteles mientras saboreaba el buen vino que se había hecho servir.

Albor comprendió cabalmente su situación: muerto el marqués, habiéndole ocurrido a Cortés de Navia lo que le ocurrió, encontrándose por la isla el moreno Salvador con la desventaja de su condición, era él la única persona que podía entorpecer la subida de Francisco Filomeno al *trono.* Porque para el juez el marquesado de Aguas Claras representaba el *trono,* y él podía ser un factor inconveniente después de los quebrantos conspirativos. Lucila, la testigo excepcional de la impureza de Filomeno, nunca le pondría a su hijo ningún obstáculo en el camino, y el marquesito de color quebrado lo sabía.

Aunque malquerida ella y distante Filomeno, un raro imán los atraía, y quien mejor podía saberlo era precisamente él, porque convivió con los dos,

porque madre e hijo se conocieron en su barco, en
El *Saeta* —en aquel momento deseó estar manio-
brando en ese «barcucho», como decía el difunto
marqués.

—Antes de que me eliminen me voy —insistió
Albor Aranda, y agregó que se reconocía demasiado vulnerable, sobre todo después de los descala-
bros en la logia y el proceso del mexicano.

Griego pensó que no hablaba en serio, porque
había dicho «quiero regresar», individualizándose,
y excluyó a Lucila y a Paloma. Por eso inquirió:

— ¿Y las mujeres?

—Iré solo.

Ese escabroso tema cayó en el vacío; ninguno de
los dos tenía qué decir al respecto. Griego mandó
servir algún marisco fresco y descorchar otra botella del Rin.

—Hablemos de Buen Ángel —sugirió Hermes
Praxíteles.

— ¿Conoces otra versión sobre el fin de Cortés
de Navia? —le preguntó Albor.

La anécdota que Griego le ofrecería tenía muchos puntos de coincidencia con lo que se comentaba en los puertos sobre la cachimba de opio y tal,
pero era más detallista, como le hubiera gustado a
Filomeno:

—Algunos antecedentes aclaran el hecho. Él invitó a un grupo de oficiales a su camarote para que
admiraran el excelente retrato que le había hecho
un afamado pintor pardo de La Habana llamado
Vicente Escobar. El individuo podía retratar a
cualquier persona con solo verla una vez. Era un
gran fisonomista; tanto, que se ganó el mérito de

ser blanco de papeles por esa sola razón, y le die-
ron el *fiat* como Pintor de Corte. Hasta allí había
llegado Buen Ángel. Se había hecho pintar por Escobar, con el nuevo uniforme de la Armada, después de recibir las condecoraciones por intrépidas
acciones en el mar.

»Al caer la tarde los oficiales abandonaron el
camarote; los amigos se disponían a ofrecerle la
gran cena. Se despidieron de él para vestirse de
gala e ir al comedor. La comelata sería en alta
mar: así la habían concebido desde que zarparon,
porque con el barco surto en puerto —como tú sabes de sobra— era todo más difícil para él, y ya en
esta época no había Dios divino que lograra repri-
mirlo en sus desenfrenos con los grumetes de peor
calaña que contrataba por partida donde quiera,
pagándoles a manos llenas lo que pidieran por tal
de que lo montaran durante la noche o hasta de
día, para, bien embutido, echar a «arrear», batu-
queándose, a su desmadejado *Jerezano* hasta que
se regaba. Dicen que casi no dormía, sino que co-
mía, bebía y tal con aquella partida de facinerosos
que le complacía.

»De todos modos ésa iba a ser la última travesía
en la Armada, porque ésta se denigraba con tan
empedernido proceder de semejante comandante.
Por otra parte, resultaba evidente su relación co-
mercial con Jean Laffite —tú lo conoces, el corsario
del Golfo, posesionado de Barataria, la islita de
marras frente a Nueva Orleans, hacia donde sus
hombres, una vez más que otra, conducían la carga
de ébano robada a otras embarcaciones para ven-
dérsela a la gente de la Louisiana o donde mejor
les resultara, aunque eso se podía disimular.

»Se cuenta que, además, desde hacía unas semanas Buen Ángel lloraba y gemía por cualquier parte del barco cuando hacía un alto en su desorden en el camarote o donde fuere —porque últimamente no se aguantaba ni en alta mar—, pero no lloraba por la depravación que hizo presa de él, sino a causa del mal recuerdo de su penúltimo viaje, cuando oyó unos gritos en el mar y conoció luego que otro capitán, temeroso de ser aprehendido con la carga que traía, había atado a la cadena del ancla del barco a todos los negros que llevaba y la había largado al fondo del mar con ellos amarrados. Se cuenta que Buen Ángel estallaba en sollozos, como te digo, y vociferaba: « ¡Ruido de cadenas! ¡Gritos, oigan los gritos! ¡Sálvenlos...! A Jackín no!»

»Pues bien, capitán, como te cuento, la comida de los oficiales estaba lista. Lo esperaban de pie alrededor de la mesa. Tenían la puerta abierta y de pronto oyeron la voz de « ¡Hombre al agua!»

»Testigos del hecho afirman que su valet predilecto, un grandullón, lo había visto subir a cubierta vestido de gala con todo el oropel para la cena, y que presenció y le escuchó dar la orden de salvamento de un supuesto marinero que se ahogaba. Minutos después lo perdió de vista porque se le cayó de la mano el farol. No concurrió a la cena. Luego la tripulación fue llamada a fila y contada hombre por hombre. No faltaba ningún tripulante ni ningún oficial, solo *Buen Ángel* Cortés de Navia.

»El capellán del barco hizo sellar el camarote; sin embargo, se supo lo que decía el libro de bitácora. De puño y letra mencionaba un salmo o un versículo que tú, Albor, que serviste en barcos ingleses, debes conocer: «San Mateo 18, 6», que le venía a Buen Ángel como anillo al dedo: «Y cualquiera que haga tropezar a alguno de estos pequeños que creen en mí, mejor le fuera que se le colgase al cuello una piedra de molino de asno, y que se le hundiese en lo profundo de la mar.»

»Ahorcaron al valet —siguió contando Griego—, porque todo hizo suponer que obedeció a ciegas la orden que le dio Buen Ángel de amarrarle la piedra al cuello con una cadena y hundirlo en el mar.

—Pues ni para privarse de su desgraciada vida tuvo valor ese pobre negrero demente —comentó Albor—. Y esa muerte beneficia a Filomeno; recordemos que por decisión del hoy difunto Cortés de Navia, cuando aún tenía un poco de juicio, lo nombró albacea de Juana, que por supuesto ignoraba o ignora la voluntad testamentaria de su progenitor. Más poder para Filomeno, el del dinero del negrero.

El giro que tomó después la conversación, volviendo a los sucesos de La Habana, hizo reflexionar a Albor sobre lo inminente de su partida. Griego aprovechó la ocasión de la despedida para precisar los términos de la dramática decisión.

—Antes de regresar por menor o mayor tiempo a Cataluña tienes un asunto importante que ventilar, se trata del matrimonio de Paloma, de su seguridad ¿Has pensado en eso?

—Pretendientes le sobran, es una joya de mujer; no hay floridano que pueda aportar dote como la que mi hija se merece —contestó Albor antes de subir al coche de Griego en el cual regresaría a la casona.

Era un camino bastante largo, pero no lo lamentaba, porque le permitiría meditar y hasta tomar decisiones. Siguió pensando que no había en verdad un floridano digno ni bastante rico para asegurarle la felicidad a Paloma.

Parecería una ficción, o caprichos del azar, pero descubrió delante del asiento del carruaje una pequeña placa de bronce grabada con el nombre del dueño: «don Hermes Praxíteles». Lo asumió como una revelación y apostó a Griego: aunque tenía las reservas más inconfesables con respecto a la amistad de Praxíteles con Lucila, aunque Griego había visto nacer a Paloma, aunque le doblara la edad, solamente él sería capaz de proteger como era debido a sus mujeres, porque Lucila también requería un soporte influyente y rico. Se llevó las manos a la cara tapándose el rostro, avergonzado. Él no era un vulgar calculador con los sentimientos, tan solo lo era en los negocios, ni un oportunista, pero se afirmó en la idea de que Francisco Filomeno le estaba imponiendo ese camino, sin otra alternativa y de forma dramática.

Regresó a la casona y no comentó nada. Dejaría correr un poco más el tiempo, pero no demasiado, aunque sin precipitar las cosas, como habría dicho Filomeno.

XVI

Visitar la granja Los Cipreses, uno de los más hermosos naranjales de los Praxíteles, guarnecido por la olorosa e incorruptible especie, se había convertido en un hábito del capitán Albor y su familia, y casi siempre llevaban con ellos a Graciano, ya adolescente, reverso de la moneda con respecto a su medio hermano Filomeno. Para esa época ya había ocurrido el deceso de la mulata Caridad, y Adonis, el gaditano, estaría trasmitiéndole la triste noticia a Salvador Hierro.

La familia Ferreyra B.-Nixon compartía ahora con Lucila —para ellos, por hábito, todavía doña Isabel de Flandes— el cuidado de Graciano. Un día no lejano, los floridanos B.-Nixon asumirían la tutela del huérfano, mientras los otros hermanos quedaban al abrigo de Lucila.

Uno de aquellos plácidos fines de semana en Los Cipreses, estancia próxima a San Agustín, Griego se mostró bastante locuaz. Relató algunos de los artificios usados por él para beneficiar al *aya* de Francisco Filomeno cuando era todavía la mantenida de don Antonio (por supuesto que no usó tal calificativo). La prohijaba a espaldas del marqués aportándole algunas otras riquezas para asegurarle el porvenir, además de las perlas de oriente puro, sin sombras, las más valiosas y bellas, que adquiría para el taller de ésta gracias a los contactos que tenía en la isla de Margarita con un amigo criollo, don Gonzálo, el vate, que había plasmado en la lírica la explosión de los pulmones de los negros buzos.

Él no hablaba por hablar, sino que describía en términos aritméticos las hectáreas que había podido comprarle, o las que cedió el colono *equis* a cambio de tal o más cuál trueque que le interesara a don Antonio. Pero, en el fondo, Griego disfrutaba la infidelidad espiritual que representaba su aplicación, y la reciprocidad de Aya. Cuidadoso y ponderado al referirse a ella, decía «doña Isabel de Flandes, hacendosa señora aquí presente», y subrayaba a continuación que, según su parecer, ella no debía ser excluida —a causa de la indefensa cualidad femenina— de los modestos beneficios y recomendaciones que él, como apoderado del marqués, estaba en condiciones de ofrecerle.

Recordaba que en aquel tiempo los emigrantes llegaban a La Florida porque España le abría las puertas a cualquier colono extranjero, de la misma forma que les hacía concesiones de parcelas a los españoles a muy bajo precio, en forma magnánima, llamándoles nuevos pobladores, y ¿a quién mejor que a ella, dama que trataba de labrarse un futuro con su trabajo, habría de ayudar? Por eso escogió tierras fértiles colindantes con las que heredara de don Filipo, lo más conveniente a sus intereses.

El capitán Albor conocía la existencia de tales propiedades, pero hasta ahora no había evaluado la importancia de acogerse a las facilidades que otorgaba el reino de España para convertirse en granjero en la península de La Florida. Ya estaba viendo las cosas con otro prisma, y las revelaciones de Hermes Praxíteles a lo largo del paseo por los naranjales consolidaban su criterio en cuanto al posible casamiento de Paloma con semejante empresario, mas no lograba borrar de su mente el entendimiento que pudo haber entre Lucila y Griego, más allá de la caballerosa solidaridad del uno e intereses mutuos. «Piense lo que piense tengo que comerme el hígado y apostar por él», se reprochaba, y admitía lo débil de su posición.

Fue breve el lapso transcurrido entre tan placentero recorrido y los acontecimientos que sobrevendrían aquel mismo día de excursión.

Almorzaban, como siempre, en la cabaña de roble del rústico pabellón de caza, cuando vieron venir hombres armados a los que supusieron cazadores. El más joven de la escuadra, un teniente, guiaba un carretón; los demás cabalgaban al paso de los brutos. Albor salió al camino para darles la bienvenida y, de paso, averiguar en qué andaban. El teniente, sin bajarse del carretón, le cursó una invitación verbal. Sabía quién era Albor y lo citó con cortesía, de parte de su comandante, para ventilar un problema de su sola incumbencia. El recado, sin preámbulo, era nebuloso. Las mujeres salieron de la cabaña para indagar qué ocurría y los negros husmearon también el panorama. Solo Griego permaneció dentro de la cabaña hasta que Albor hizo entrar al teniente.

Según éste reveló, había sido sofocada en la isla una rebelión «que pudo ser semejante a la de Haití», pero en la cual había algunos blancos implicados. La dirigía un ex cabo negro de apellido Aponte, tan osado que reclutó a un grupo de caballeros criollos y hasta a peninsulares —un catalán el principal, especificó el teniente—, y por esa razón el comandante quería entrevistarse cuanto antes con el capitán Albor Aranda, *el catalán.*

— ¿Cuántos catalanes hay en Cuba, y donde quiera? Vaya usted a saber, señor teniente — espetó Albor, irritado.

—Ustedes no deben haber comido ni bebido en largo rato, y nosotros sí; ahora son mis invitados: en la cacería de patos nos fue bastante bien — Griego intervenía para limar asperezas.

Dicho y hecho, ordenó a las cocineras que prepararan para los señores recién llegados una comida tan buena como la del almuerzo.

—Gracias, señor —dijo el teniente, y Griego le extendió un papel de identidad militar.

Ante el probable caso de que no supiera leer, le dijo sin empaque:

—Coronel de Caballería; usted y yo somos de la misma arma. Tiene usted mi permiso para retirarse.

Fue posible el *arreglo,* y como demoraría un poco el convite, Lucila sugirió servirles la bebida que quisieran afuera, en el cobertizo que lindaba con el primer patio, porque, le dijo a Griego, esos hombres deberían de venir cansados y sedientos. También podrían tender las hamacas o echarse un rato a la sombra de algún frondoso árbol.

Al poco rato les empezó a hacer efecto el vino, y hasta un whisky local al que no estaban acostumbrados los españoles. El oficial y sus hombres comenzaron a cantar y a manosear a las jóvenes esclavas que se ocupaban de la cocina. Uno que otro levantaba las sayas a ésta o a aquella negra o mulata, y el almuerzo se desorganizó. El orden pareció imponerse cuando dos caballos se soltaron de las amarras, mal anudadas a un horcón junto al abrevadero, y a algunos hombres, aunque alborotados con las mujeres y el licor, no les quedó más remedio que salir a toda carrera por el polvoriento camino para rescatar las bestias. El devenido coronel de Artillería tuvo que hacerlos desalojar de la cocina, para lo cual hizo colocar en la puerta a su mayoral y a un ayudante armados con sable y arcabuz, porque la gente del teniente andaba demasiado desinhibida.

El viaje de regreso a San Agustín lo haría cada grupo por su cuenta y ruta. Primero se marcharon los militares por un atajo, algo disgustados por el apremio del coronel Hermes Praxíteles, que ordenó la partida del pabellón de caza tan pronto terminaron de comer. Los de la casa viajaron en el coche de Griego.

Los sucesos de La Habana habían conmovido a Paloma. Recostada en las piernas de su madre, no pudo evitar las lágrimas. Griego no consiguió alegrarla con su siempre agradable conversación, y entonces la acarició con un cariño que no pretendía definir.

—Todo se arreglará —se limitó a decir por su parte el capitán Albor.

Lucila asintió, pero el gesto abrigaba muchas dudas. Esta vez estaba convencida de que aunque había una enorme confusión sobre la identidad del *catalán*, el juez y oidor Filomeno aprovecharía de forma perversa cualquier sospecha en contra de su marido.

Una vez en la casona, Albor invitó a Griego a conversar en el escritorio. Sin subterfugios le planteó «una necesidad impostergable»:

—Con la demostración de fuerza y atrevimiento sin límite de los aprovechados del cuartel de San Marcos —comenzó diciendo—, aunque la detención de mi persona terminara en ese procaz sainete e inmoderado comportamiento de mis captores, que al cabo tú pudiste contener, no me falta ya nada más por ver. No es preciso ninguna otra prueba, y yo no saldría ni una milla de estas aguas que nos rodean sin tener la certeza absoluta de que formas parte indisoluble de mi familia...

—Albor, tu preocupación es desmedida, ya te dije que Filomeno...

Albor Aranda no lo dejó terminar:

—Escúchame antes. Corroboré en el coche tu afecto por Paloma. No pongo reparo en la edad, por lo cual te ruego aceptes la mano de mi hija querida.

Griego, conmovido, guardó silencio. Albor agregó:

—No habrá litigio en cuanto al monto de la dote, conociéndote como te conozco. Si estás de acuerdo, déjame a mí comunicárselo a Lucila, que sabrá hacer lo demás. Piensa lo que te digo. Esto es verdaderamente grave.

Ni siquiera se habían sentado. Hermes Praxíteles le extendió la mano al capitán Albor, y selló el pacto de caballeros con cinco palabras:

—Paloma será mi esposa, despreocúpate.

Cualquiera podía darse cuenta del cambio operado en Griego. Su semblante fue otro. La satisfacción de un amor que había deseado, sin percatarse de ello —aunque tal vez porque compensaba su añejo romance inacabado—, lo rejuvenecía.

Algunos hilos plateados disgregados en sus cabellos negros suavizaban su rostro, le despejaban la frente un poco estrecha. Las cejas, bien delineadas y delgadas, contribuían a destacar sus ojos. Sus labios parecían más rosados. Unos días después besó a Paloma, más bien rozaron sus labios los de ella.

Le había dicho delante de sus padres que no debía sentirse obligada a obedecer. Quería saber su disposición de ánimo ante la perspectiva de casarse con él. La respuesta de Paloma fue afirmativa. «Estoy de acuerdo, nos llevamos bien.»

De esa manera se desarrolló el cumplido de aceptación de la próxima boda.

Con anterioridad, el capitán Albor se había limitado a informarle a su mujer: «Acabo de concertar el matrimonio de Paloma con nuestro amigo Hermes Praxíteles; es el hombre maduro que quizás ella prefiera o le convenga. Espero que comprendas y ayudes.»

Para Lucila, que había visto esa posibilidad antes que él, fue fácil preparar a su hija para la respuesta más conveniente. Después de lo ocurrido en el pabellón de caza de la finca Los Cipreses, estaba convencida de que la decisión era correcta y la boda no podía demorarse.

Griego hizo valer con más fuerza su condición de *pater familiae*. Visitó al comandante del cuartel de San Marcos —habría de usar para la ocasión el uniforme de gala de coronel de Caballería porque, aunque grado honorífico, lo sabrían respaldado por influencias burocráticas y por mucho dinero—, con el propósito de decirle que le debía a su futuro suegro una pronta y satisfactoria explicación por la forma improcedente en que se le invitó a presentarse ante la alta autoridad militar de San Agustín.

—Agravó el hecho la invasión de mis predios, en momentos en que disfrutaba, en intimidad familiar, del exquisito fruto de una caza menor —subrayó bien el coronel de Caballería.

Observó la reacción del oficial superior. Había dejado perpleja a la alta autoridad y dominaba la escena; entonces aportó una solución a tan embarazoso asunto:

—Lo invito con sumo gusto a encontrarse con mi suegro esta tarde, en un ágape con motivo de mi compromiso matrimonial.

El comandante aceptó.

—Estaremos en familia —adelantó Griego.

Y luego de una protocolar despedida, le precisó:

—Entonces allí usted nos cuenta qué pasó en La Habana para provocar esa situación que molestó a personas respetables, pacíficas y leales al rey; nada menos que por algo que ha ocurrido a una distancia de más de cien millas del teatro del crimen —sonrió.

Abandonaba el castillo arrellanado en su coche cuando identificó en la portería al joven teniente que había irrumpido en su dominio rural al frente de una escuadra de gendarmes. Pero pensó que, al fin y al cabo, aquel sujeto menudo se había dejado seducir a un precio insignificante, y había sido neutralizado sin más, por lo que le devolvió el saludo militar con su adecuada cortesía.

Sentía un calor insoportable con aquel uniforme de alpaca, y no habiéndose alejado ni cien metros del castillo, se quitó la guerrera y el sombrero de reglamento, para llegar en mangas de camisa a La Muralla de Aguas Claras donde aún residía.

Serían más o menos las nueve de la mañana, pues la entrevista en el San Marcos empezó a las siete en punto y apenas duró veinte minutos. Se bajó del coche y se dirigió a su aposento, donde dejó a un lado las charreteras. Muy ligero de ropas, sentóse frente a la mesa para escribirle una esquela a Albor, en la cual le anunciaba a su suegro la visita del comandante del San Marcos a las cuatro de la tarde de ese día. También le proponía en la misiva que lo invitara a cenar.

Después se vistió de granjero, con sencillez, y, como de costumbre a esa hora, mandó a ensillar su caballo y tomó las riendas para dirigirse a su pequeña quinta de recreo cercana a la ciudad, ocupada por su amante desde hacía cuatro años, cuando le parió las jimaguas Peggie y Betty. Catherina, la amante de Griego, era una mestiza de negro e india. Pocas personas en San Agustín conocían de esa relación tan estable, tratándose de Griego.

Cabalgaba al paso sin clavarle las espuelas al bruto. Aunque apetente de Catherina, estimulado por la emoción de los sentimientos reprimidos que acababan de despejarse para él con el acuerdo sobre la boda, deseaba disfrutar del paseo matinal redescubriendo el paisaje, para lo cual tenía un ánimo envidiable.

Hileras de tupidos pinos flanqueaban el angosto camino, mientras el telón de fondo lo conformaban recios robles del sur. Era la temporada en que ya habían perdido las hojas y quedaban en las ramas las flores, acampanadas, de color rosa lila, cuya delicada textura era comparable a la de los pétalos de las orquídeas. Aquella arboleda rosa contrastaba con el verde intenso del ramaje de los cipreses que le anunciaban la última etapa de su ruta. Muchos de los troncos y de las ramas de los árboles estaban moteados por colonias de curujeyes, que daban fe de fortaleza y antigüedad. Sentía que volaba, aunque la marcha que impuso a su caballo era tranquila.

Al llegar a un cruce de sendas se detuvo, y en esos cuatro caminos aspiró profundo la brisa que venía del mar; descubrió después con la vista las islas de corifas. Al reanudar la marcha de su caballo, se fijó en la diferencia —de la cual no se había percatado antes— de las palmeras de aquí con las de allá, de la isla; las que estaba viendo eran menos altas que la palma real, y más redondas, con sus hojas posadas en los troncos para darles tan extraño color verde azuloso, cenizo, no el verde esmeralda de las que había admirado en Cuba.

Pinchó con las espuelas a la bestia para acelerar la marcha, y otra vez entre los pinos le vino a la mente la brea extraída de los troncos para calafatear sus barcos, y el próspero negocio que había emprendido. Cruzó despacio el puente sobre el río redescubriendo las magnolias y el tapiz herbario sobre las aguas y en los meandros de las riberas, donde recolectores de tifa cargaban bultos de la fibra para tejer esteras y morrales. Cerca ya de la quinta, al trote el paso de su caballo, franqueó el camino de los laureles, algo más ancho.

Después vendría el manantial; allí se desmontó, atraído por la transparencia y frescura del agua que brotaba a borbotones, sin pensar en los hábitos y sueños pueriles sobre sus efectos milagrosos para alcanzar la eterna juventud que sustentaban los Ponce de León. Abrevó a su caballo y él también bebió.

Catherina lo vio venir asomada al portal de la casa de madera de dos pisos, construida al estilo floridano. Era elegante como mujer, y un hálito de misterio la envolvía. Se gustaban. Aunque discreto y comedido, Griego había asimilado ciertos gustos del criollo don Antonio. Fue el propio marqués quien le sugirió a Catherina para que atendiera los quehaceres de la casa de La Muralla de Aguas Claras, porque según sabía, desde muy niña aprendió esos manejos con sus antiguos amos, a quienes detestaba. Procedía de Alabama, y don Antonio, con la misma autoridad del monarca que esgrimió aquel ya lejano Día de Reyes, la había emancipado cuando, aún adolescente, huyendo de sus amos llegó al territorio español.

La relación que se estableció entre Griego y Catherina surgió espontánea, sin fuerza. Desde el primer momento a él lo atrajo la forma como trabajaba Catherina, en cuclillas, desplazándose de un lado a otro de la casa en esa complicada posición corporal mientras pulía los pisos o arreglaba el jardín. También le agradaba verla caminar con paso desenvuelto, las piernas y los brazos flexibles, libres de la caja del cuerpo. Tuvo la idea de que sus articulaciones, al igual que bisagras bien engrasadas, se abrían y cerraban para un lado u otro, de arriba abajo. No recordaba haber visto un cuerpo humano tan esbelto, armónico, independiente y sensual. Reprodujo con creatividad, gracias a su imaginación, la manera en que una humanidad tan dúctil podría comportarse en la cama, haciendo el amor.

Se la representaba de mil maneras, a horcajadas, trepándole; se imaginaba apresado por las piernas de Catherina, volteándose como una rueda en haz con ella. Una noche tranquila e invernal la emancipada alimentaba el fuego de la estufa, y dejó de imaginarlo. Simplemente sucedió.

XVII

El camino de regreso a La Muralla de Aguas Claras le tomó a Griego la mitad del tiempo hincándole al caballo las espuelas de plata. Allí se colocó de nuevo la casaca militar que sin dudas impresionaba al comandante del San Marcos. A las cuatro de la tarde, como lo había planeado, estaba entrando en la casona de la calle San Carlos. Unos minutos después el capitán Albor recibía al invitado principal, aunque, a diferencia de su futuro yerno, en nada se preocupó del atuendo personal. Las mujeres serían presentadas al de San Marcos poco antes de la cena, porque doña Lucila estaba haciendo sus oraciones mientras la señorita Paloma practicaba las lecciones de piano en un recién estrenado Broadwood de cola del año 1808.

El anfitrión, sin interés de agradar, sugirió reunirse en la glorieta morisca del jardín que tanto había elogiado Francisco Filomeno hasta que el padre Pino redujo su valor casi al punto de obra cursi, lo cual resultaba exagerado, por buena que hubiera sido la lección impartida a Filomeno.

Con el deseo de apurar cuanto antes el trago amargo, Albor le pidió al comandante, mientras le servía una copa:

—Por favor, dígame de qué se me acusa, comandante.

— ¿Acusarlo? —inquirió el otro ante la inusitada solicitud, en tanto Griego apuntó que mejor conversarían sentados, para disfrutar del fresco y la sombra acogedora de la glorieta.

—Comenzaré por contarles lo ocurrido en La Habana, o mejor diría en la isla entera: un emisario personal del gobernador Someruelos —quien regresará en breve a Madrid porque ha llegado su sustituto, el marqués de Apodaca—, ha venido a ponerme al corriente de la maldad de Aponte y de otros pormenores en cuanto a los detenidos. El teniente que los señores conocen me informó de lo ocurrido. Ha sido el referido oficial quien ha cargado con la responsabilidad de traer a los prisioneros o deportados, muy díscolos por cierto; ha dicho que sobre todo lo es un brujo loco, y también Longino, un herrero —al menos ése se ganará el pan trabajando—, y otros pardos y morenos parecidos, más algún que otro criollo blanco, infidente, desde luego.

Volviéndose a Albor, la alta autoridad prosiguió:

—Se sospecha de usted, señor capitán —tal vez sean solo suposiciones—, en cuanto a vínculos con los masones de Bassabé que lograron escapar, pero sobre todo en relación con uno de los compinches del negro Aponte, el moreno libre Salvador, que a estas horas ya habrán decapitado como escarnio, al igual que se hizo con Aponte y su «Estado Mayor», cuyas cabezas se exhibieron en jaulas de hierro en sitios bien visibles de La Habana. Pero les diré que se nos escapó Hilario Herrera, originario de San Pedro de Azúa, a quien llamaban, no sé por qué, *El Inglés*.

Oyendo lo que oía, Albor tuvo que hacer un esfuerzo supremo para mantenerse sereno. No quería creerlo, pero tampoco lo dudaba ni un ápice.

—¿Qué gran poder pudo atribuírsele a ese negro Aponte, a quien conocimos aquí, en esta misma casa, como un infeliz artesano que tallaba mascarones de proa durante sus horas libres, que no eran muchas por el trabajo siempre excesivo, y usted lo sabe, del cuartel? —preguntó Griego para dejar claro, de una vez, que todos los de la casa conocían al cabo, o ex cabo, en cuestión—. ¡Ah!, y como es lógico, también practicaba sus ritos religiosos sin ocultamiento, con la anuencia explícita del señor marqués de Aguas Claras, don Antonio Ponce de León y Morato, que reía sus payasadas —puntualizó.

—Pues con todo, no hay que fiarse, no hay que fiarse de estas gentes; los negros se conjuran en sus lenguas propias o en las aprendidas de oídas con sus antepasados. Ocurre con ellos, y usted no se dé por ofendido, capitán Albor, como con los catalanes, que hablan y escriben su jerga, parecida a la lengua castellana, más no igual, y se comunican en jerigonza como si estuvieran en lo que ellos llaman su país; catalanes del lado nuestro, o del lado francés. Del lado de Francia no solo por la geografía —fue un ataque directo del comandante, que no hizo más estragos en Albor porque la presunción del destino fatal de Salvador Hierro lo había dejado anonadado y en aquel momento no prestaba toda su atención al palabreo del militar.

En su papel de moderador equilibrado, Griego pidió a la alta autoridad que les informara, obviando anécdotas intrascendentes. Por la forma comedida en que se lo dijo, al comandante no le quedó más remedio que atender la solicitud.

Comenzó por ofrecerle al capitán Albor sus excusas personales, las que ya había expresado al coronel de Caballería, por cualquier exceso de los aforados con quienes le envió su requisitoria. Pero Griego acababa de encontrar una brecha para hacerle algún reconocimiento al comandante del San Marcos, y le dijo, poniéndose de pie:

—Está claro para mí que situaciones extremas originan algunos excesos, y por esa razón querría hablar personalmente, en algún momento propicio, con el joven teniente, más aun suponiendo su fatiga como custodio de los presos que trajo de Cuba. Acepto de idéntica manera que los guardieros de mi granja se extralimitaron —más esas formalidades no apagaron el volcán.

Aquellos señores que tan circunspectos se informaban, defendíanse o replegábanse, sentados en los cómodos sillones de la glorieta, o puestos de pie en pose de tribunos, al fin y al cabo solo sabrían una parte de la verdad de esta historia.

En cuanto a Albor, ya no desaparecerían las cicatrices que dejó en su conciencia el breve y flaco papel de conspirador e insurgente que desempeñó. No fue ni siquiera lúcido al tomar la decisión de utilizar al moreno Salvador, el eslabón más débil.

La verdad estaba entre los que tenían una percepción más auténtica de su realidad y trataban de vencer los obstáculos que les ponía la vida. Los señores los llamaban pillos, y Lucila pertenecía a ese bando. Más de una vez la habían llamado *ladina*, por su actitud astuta, taimada y sagaz, con posibi-

lidades infinitas de hacer valer su resistencia pasi-
va. El único momento de flaqueza para ella fue
aquel en que se dejó arrebatar al hijo que acababa
de parir, pero revirtió el hecho dándole un vuelco a
su existencia.

Las cocineras de la cofradía de Lucila Méndes
que se hallaban presentes en el pabellón de caza
en Los Cipreses, habían sido las que, con la anuencia de la propia Lucila, sonsacaron al joven teniente y a su escuadra de soldados, aprovechándose de
lo alterados que estaban por la abstinencia, sin siquiera una noche de travesura en la mancebía (del
léxico de Filomeno) después del largo viaje.

Conoció por las cocineras que les tentaron la
carne e inflamaron las cabezas con licor abundante
y variado, quiénes eran ellos, los de la escuadra del
teniente. Pero, sobre todo, de dónde venían, y naturalmente lo supo mucho antes de que los caballeros hablasen en la glorieta.

También conoció Lucila, por idéntica vía, que el
teniente había traído de Cuba al grupo de prisioneros, y que entre éstos se encontraba su hermano
José, al que identificaban como el brujo loco.

Esa tarde, mientras los hombres todavía deba-
tían en la glorieta, Lucila Méndes abandonaba el
taller y se encaminaba a la casita del callejón para
tratar cuestiones muy concretas, nada menos que
con el teniente, a quien había invitado a una
abundante merienda con fuerte guarnición de vino
y muchas botijas para llevar.

—Usted, teniente, tráigame también al loco; yo
lo haré trabajar en el jardín, y en cuanto a los demás pardos y morenos con oficios, los emplearemos
en el fomento de los naranjales; siempre tendrán
qué hacer —cerraba el trato Isabel de Flandes, y el

joven teniente se sentía desconcertado y dependiente de aquella mujer que lo había hipnotizado.

El sábado anterior, cuando el teniente desembarcó con su carga humana en San Agustín, no sabía a ciencia cierta qué hacer con aquella gente, pues el comandante del San Marcos concluía el desempeño del cargo en el cuartel, y las cuotas de alimento no alcanzaban ni para que la tropa comiera la magra ración. El presupuesto del año se había esfumado en el albur de arranque, y de la isla no mandarían ni un real más. Por esa razón el comandante le había dicho tan pronto llegó: «Teniente, ocúpese de alquilar a los facinerosos, y los que no puedan trabajar se morirán de hambre. Nuestras despensas están vacías y las arcas también.» El domingo, en el pabellón de caza, hasta sus hombres tenían las tripas vacías... Ellos mismos se lo dijeron a las cocineras, y éstas los hartaron.

—Pero sin las cadenas, las cadenas déjelas en el cuartel; si huyen al pantano los cocodrilos se los comerán —fue la condición que puso Lucila para alquilarle los presos.

—Así se hará —dijo el teniente, mientras echaba en su jolongo el queso y el jamón que no se pudo comer en la suculenta merienda—. La responsabilidad es suya, *madame* —le advirtió a Lucila, pero prometió traerle a los que estuvieran dispuestos a trabajar, no más tarde de las seis de la mañana del día siguiente, y junto con ellos al brujo loco.

Al tiempo que le extendía una bolsita con dinero, y él de muy buen agrado alargaba la mano para recibirla, la parda le precisó:

—Tráigame al loco esta misma noche —llévese el carretón—; los dementes apenas duermen. ¿Acaso no lo sabe?

El teniente le preguntó, turbado, cuánto dinero había en la bolsa, y ella se limitó a responderle que lo contara, aunque llevaba lo suficiente para comenzar el trato, que en lo sucesivo se haría con el señor Praxíteles, el coronel de Caballería.

Había sacado a su marido de esos menesteres, y él no lo habría de desaprobar. Comprendía que Albor no estaba en condiciones de meterse en esas transacciones, por las sospechas que gravitaban sobre él y porque lo vapuleaba el cargo de conciencia al haber lanzado al moreno Salvador a una muerte impía.

Raras veces en la casona de la calle San Carlos había transcurrido una comida de forma tan insípida como la ofrecida al comandante del San Marcos, y como éste tenía compromisos que cumplir, prescindió del postre y de la sobremesa.

Griego se marcharía poco después que él, pero antes le regaló a Paloma una hermosa pulsera. Como en el verano el sol se ocultaba tarde, recorrió otra vez el camino que lo conducía adonde Catherina.

A las nueve de la noche Lucila oyó tocar la hora en el *Eros y Psiquis* del relojero Lepine, y escuchó sonar los cencerros de las mulas del carretón de carga. Abandonó la cama y se asomó a la ventana del aposento; desde allí vio la luna en todo su esplendor y el firmamento rutilante, limpio de nubes que lo arrugaran.

Albor permanecía acostado de bruces en el lecho matrimonial, donde se había tendido, sin ánimo para nada, después de la comida que apenas probó. Lucila sufrió al verlo esa noche llorar, sin recato de hombre, la muerte de su amigo Salvador. Nada le dijo, ni nada intentó hacer para consolarlo; tan solo respetó su sufrimiento. Al escuchar más cerca el sonido de los cencerros de las mulas del carretón, tomó la lámpara que había en la mesa: «Ahí está mi hermanito José», dijo con la voz del corazón. Albor se ladeó en la cama sin sorprenderse.

Bajó las escaleras y salió al patio, sembrado de jazmines florecidos y olorosos. Uno de sus negros le quitó el cerrojo de bronce al portón que daba acceso a la casita del callejón, y desde dentro abrió la puerta de la calle. Lucila, acompañada del guarda nocturno de la casona, uno de los emancipados de Georgia, el más corpulento y alto, vio llegar a dos hombres: no podía equivocarse, uno de ellos era José, el brujo loco. Delgado en extremo, la barba crecida entrecana y los bigotes desparramados, estaba descalzo, y como única vestimenta llevaba un pantalón a media pierna, amarrado a la cintura con un cordel. El teniente, indeciso y un poco asustado frente al gigante que la escoltaba, permaneció afuera hasta que Lucila lo hizo entrar.

—Se portó de maravilla, no hubo que amarrarlo, aunque estábamos preparados para lo peor —dijo el teniente, y José aparentó desconocerla.

—Está bien. Pase a tomarse un jarro de vino y podrá irse...

Ella misma se lo sirvió, y lo invitó:

—Vuelva usted cuando le parezca; en la cocina siempre le darán de comer y de beber —la voz de Lucila sonó celestial al oído del joven teniente, pero abandonó aquel lugar más confundido aún que la primera vez.

Los hermanos se persignaron. Ella se adelantó a acariciar el rostro de José, y con igual ternura las greñas de su cabeza. A la luz del farol marinero del difunto Cortés de Navia con que los alumbraba el guarda, se le podía ver la piel casi pegada a las costillas, las piernas igualmente flacas, las manos huesudas y las uñas largas. Se miraron en silencio.

Al abandonar la casita por donde mismo había entrado, pero ahora acompañada de José, se encontró con un grupo de negros y pardos, libres y esclavos, que se habían avisado en un santiamén para, en su ritual, pedirle la bendición al recién llegado. La tristeza de los rostros daba fe del dolor por el trágico fin de Salvador y de Aponte, el *ogboni* que conocieron en San Agustín, y a quien José sustituiría.

El teniente se persignaba pero por otra razón; nunca había visto a una mujer que lo hipnotizara como Isabel de Flandes. —Así le dijeron que se llamaba al preguntar quién era la dueña de la casona de la calle San Carlos, porque muy pocas personas en San Agustín la conocían como Lucila Méndes. «No me cansaría de servir a esa dueña», musitó.

Le costaba trabajo creer que tuviera casi cincuenta años, según las cuentas que sacaba el parroquiano de la posada, a quien interrogó con discreción haciendo valer su autoridad, y en carácter

de forastero que necesitaba «saber las cosas y conocer a las gentes de aquel pueblo para su mejor
proceder».

«Es aún una bella mujer», comentó el posadero.
A él le parecía una reina. Una mujer sacada de
ciertas pinturas que adornan las paredes de los
castillos, y de las iglesias, porque las santas son
bellas, se decía. Aquella señora no era como las
que él había conocido en algunas mansiones, que lo
trataban con indiferencia. El hecho de que le sirviera el vino, de que dispusiera el orden de las cosas, le revelaba que no era igual a las demás mujeres, a ninguna. « ¡Es una reina! esa bendita dueña», se dijo.

Cuando sonrió sin entender él por qué, se dio
cuenta de que tenía intacta la dentadura. Su bata
de muselina le permitió descubrir las formas ondulantes de su cuerpo, pues no llevaba enaguas, o si
acaso una. Hasta creyó identificar el hueco oscuro
del ombligo cuando el custodio levantó el farol a
cierta altura, con lo cual se traslucía, o a él le pareció ver, la sombra, seguramente encrespada, del
otro corazón, el que deseaba tentar debajo del ombligo. No quería fijarse, pero la ligereza del género
con que estaba hecho el vestido le había permitido
descifrar lo que cubría. Aunque no era el cuerpo lo
único que lo seducía, sino el misterio de su vida y
de su calidez. No sabría explicarse, era su espíritu...

Después de haberla visto, encontró a las mujeres
del puerto aún más vulgares, aunque no rebasaran
los veinte años. En cambio, ella podía ser su madre. («No tanto», se amonestó indulgente para no

parecer un imberbe con sus veinticuatro años a cuestas. Prefería sentirse un adulto mayor, al menos de treinta.)

Era inalcanzable, pero su conducta lo incitaba a probar suerte. «Con arte y con servicio me dará respuesta... El perro que mucho lame sin duda sangre saca.» De no haber existido el guardián enorme que la protegía, habría regresado esa misma noche, sin esperar al día siguiente como habían convenido, solo por el placer de verla moverse en la casona. Sintió escalofríos en el vientre.

Había oído cantar una copla — ¿una copla?, qué sabía él lo que era, si copla o canto u otra cosa— que decía:

> *Con arte se quebrantan los corazones duros.*
> *Tómanse las ciudades, derríbanse los muros,*
> *con arte no hay cosa a que no se responda.*
> *Con palabras muy dulces, con decires sabrosos,*
> *crecen muchos amores*
> *y son los más deseosos*

Él con una dueña así...

Una joven menorquina se sentó a su lado, a la mesa que ocupaba en la posada casi vacía. El mesonero estaba inquieto porque todavía no había consumido un trago ni solicitado compañía. La joven, sin más, lo levantó del asiento. Lo condujo a una buhardilla donde había un jergón ordinario y sucio, cuando aún él se sentía impregnado de aquel perfume de jazmines que emanaba de la reina, y quería descubrir su misterio debajo de aquella bata de muselina o sentirse acariciado por las manos que rozaron las suyas cuando le ofreció la copa de vino. Todo fue muy fácil, facilísimo, para la joven meretriz con él de cliente.

Después de recibir a José, Isabel de Flandes permaneció despierta una hora más, balanceándose en el sillón donde ensartaba las perlas, escogiendo al tacto las mejores, las de lindo oriente de la Margarita. En su quehacer sedante pensó en Filomeno y luego le vino a la mente la estampa del joven teniente. Sintió curiosidad por confirmar el origen de aquel hombre, ya que español de España no era, ni tampoco de Cuba. Ni blanco, a no ser de papeles, como ella, para poder pertenecer al ejército de la corona.

Primero lo supuso oriundo de las provincias de Venezuela, y apostó por Coro. Después, por un recuerdo que Albor le había traído de aquel lugar y porque tenía ese tufo inconfundible del Mar Caribe, se inclinó a Cartagena de Indias. (Acertaría en cuanto a la cuidad colombiana.)

Conocía aquella ciudad por lo que Albor le contara hacía años, e imaginó al teniente en un falucho de vela de los que él le decía que navegaban por el Magdalena. O lo veía metido en las galerías del castillo de San Felipe, donde también le refirió Albor que el paso de un hombre sobre el suelo se escuchaba a más de doscientas varas, que era la distancia que se mantenía entre uno y otro de los cincuenta centinelas. Pudo ser el teniente uno de aquellos muchachos centinelas del San Felipe, más imponente y majestuoso, según la apreciación de su marido, que la fortaleza de la Cabaña o el Morro de La Habana, pero no más que el de Santiago de Cuba.

En el espacio de tiempo transcurrido en el taller aquella noche, cambió de idea en cuanto a los prisioneros: seguiría negociando personalmente el alquiler de la partida que le traería el teniente —al fin y al cabo, en esos días en vísperas de sus bodas con Paloma, Griego tenía empeños más urgentes e importantes—; le había agradado conocerlo.

Interrumpió la labor cuando empezaron a arderle los ojos por ensartar las perlas a la luz humeante de una lámpara. Se levantó del balance y cerró las gavetas en las cuales guardaba los avíos de trabajo.

Albor dormía. Para no despertarlo, se acostó silenciosa en el borde del lecho, con la cabeza para los pies de la cama, sin percatarse de que al mudar su almohada iba a dormir por primera vez alejada del aliento de su marido e influida por la estampa del joven teniente que le trajo parte de su vida, que le trajo a José.

A las cinco de la mañana la caja de música del *Eros y Psiquis* la despertó. También a un Albor recuperado y deseoso de amarla a esa hora, cuando más le apetecía; pero ella debía prepararse y arreglar las cosas para recibir al joven oficial que le traería a los demás prisioneros alquilados. Albor no insistió, pues según le dijo, tenía que transferirle a Griego, muy temprano, uno de los contratos de embarques que había convenido con importadores norteamericanos.

Había considerado, con razón, que el cerco tendido a su persona no le permitiría operar las embarcaciones con la libertad necesaria, menos aun vislumbrándose un conflicto entre Inglaterra y la Unión Americana.

Ella estuvo a las seis de la mañana en el lugar convenido. El teniente con los elementos llegó adelantado, pero no se lo reprochaba. La servidumbre que los hizo pasar al traspatio de la casona les ofreció abundante café, cerdo y patatas dulces. La partida la integraban seis prisioneros-operarios: un herrero, dos carpinteros, un sastre y dos albañiles —debieron sumar ocho para comenzar, pero dos se encontraban demasiado enfermos.

Lucila los evaluó con solo mirarlos, pues no quiso establecer ninguna relación de simpatía, ni siquiera cordial, por la inconveniencia que entrañaba. Ya había hablado de ello con José. Sin más dio su aprobación verbal: a partir de ese momento quedarían bajo su abrigo. Mandó que los condujeran a la granja tan pronto terminaran de comer — los llevarían el ordenanza y uno de los capataces de campo perteneciente a la cofradía.

El teniente, en uniforme impecable, sostenía en una mano el pliego donde recogería los compromisos que Griego o ella debían rubricar junto con él. Lucila lo invitó a pasar a la casita del callejón para que tomara un desayuno frugal. Estaba nervioso, cualquiera podía darse cuenta: nunca había establecido trato de esa especie con una dama. Su costumbre era el *ordeno y mando, el vigila y reprime* de los cuarteles, e ir de vez en cuando al puerto a compartir con las rameras. Jamás había hecho el amor con ternura, como soñaba que lo haría algún día.

Se aferró al pliego como a la culata de un rifle. Cuando los dos entraron en la casita, ya la sirvienta había terminado de colocar las tazas y demás enseres del desayuno. La reina decidió sentarse en el sofá y dijo preferir un vaso de jugo. Él, cortésmente, se lo alcanzó de la bandeja y tomó otro vaso para acompañarla mientras le decía:

—Si usted o el coronel estuvieran en desacuerdo con los compromisos establecidos para esta clase de alquiler de personas, podrían proponerme los cambios —hablaba para romper el silencio y serenarse un poco.

Cuando ella le sugirió que se sentara en la butaca, él abrió el pliego de una vez y por todas, solo por el deber de dejar alguna constancia del contrato, hasta ahora verbal.

El pliego estaba en blanco.

—Pensé que el coronel de Caballería podría escribirlo. El compromiso es simple y formal; habría, eso sí, que hacerlo por escrito —aclaró el teniente.

— ¿Usted se llama...? —le preguntó Lucila.

—Teniente Arcángel del Puerto, *madame* —le contestó ya puesto de pie.

— ¿Acaso nació en Cartagena de Indias?

—Sí, *madame*... ¿Y usted es Isabel de Flandes?

— ¿Cómo lo sabe?

—Pregunté a un parroquiano que vivía en la mansión.

—Ayer no nos presentamos; ahora nos conocemos mejor. Yo adiviné de dónde eras —lo tuteó Lucila.

— ¿Ha tenido algún motivo para pensar en mí, o hablar de mi persona al coronel...? —inquirió el teniente.

—Existía un compromiso serio, ¿no es así? Además, me habría gustado que mi hijo, a tu edad, se hubiera parecido a ti —le dijo, más lo cierto era que desde la primera vez que lo vio a quien le trajo a la memoria fue al músico Villavicencio, aunque físicamente no se parecieran.

Las últimas palabras de Lucila lo habían desanimado un poco, pero rectificó, pues era lógico que ella tuviera hijos. Su clara reflexión interior volvió a estimularlo.

La escribanía con la pluma y el tintero estaban colocados sobre una mesa al extremo de la sala, y él siguió a Lucila hasta allí con el pliego en blanco y una silla para que ella se sentara.

—El coronel del San Marcos me ha explicado que el señor Griego sabe lo que debe decir este contrato, que, como le aclaré, no hay que cumplir al pie de la letra; la letra se acata, es verdad, pero puede variarse según las circunstancias, pues se trata de prisioneros que no tienen amparo y cualquier cosa es ventaja para ellos —él hablaba mientras Lucila escribía, y ésta lo hacía con rebuscamiento, más o menos con el léxico que para el caso hubiera utilizado Filomeno. Arcángel del Puerto dejó de hablar para observar, maravillado, los trazos que dibujaba la mano de aquella mujer.

Cuando Lucila terminó de llenar el pliego, tomó otro papel y lo copió completo para constancia. Después lo leyó en voz alta.

— ¿Estás de acuerdo? —le preguntó al joven al concluir la lectura.

—Sí, señora, así está bien —avaló él.

Entonces Lucila, con la mano alzada en un gracioso gesto, rubricó los dos pliegos y se los extendió al teniente para que estampara su firma.

Él hizo una cruz donde le correspondía. No era extraño, pero Isabel de Flandes no lo toleró. Colocó su mano derecha sobre la de Arcángel del Puerto, y llevándole el torpe pulso de los iletrados lo ayudó a escribir su nombre sobre las cruces que había hecho. Mojó de nuevo la pluma, sin soltarle la mano, y subrayó la firma con un arabesco de buen gusto. Él sintió un escalofrío que no lo abandonó ni cuando ella volvió a colocar la pluma en la escribanía.

Todavía más nervioso, temblándole las manos y hasta las rodillas, creyendo que no podía disimularlo, conteniendo a duras penas la emoción, intentó hablarle:

— ¿Entonces, *madame...*? Perdone usted, le diré...

— ¿Requiere algún cuño que lo avale? — preguntó Lucila con la intención de cortar los ímpetus del teniente o probar su decencia.

—No, no hace falta nada más; quería decirle que si los prisioneros se portan mal, puede llamarme, eso es todo.

Perdidas las esperanzas que traía para esa ocasión, dobló el pliego rubricado por ambos, y con el documento se llevó con él, al menos, la sonrisa que le regalaba aquella gran señora.

Ya en el callejón, frente a la puerta de la casa, montado en su jamelgo, pudo desbordar su emoción y pronunciar unas palabras más personales:

—Gracias, doña Isabel; no olvidaré en los días de mi vida lo que me ha revelado. Es usted una reina verdadera.

MARTA ROJAS

XVIII

Tras cerrar la puerta por donde Arcángel del Puerto había salido tan turbado, Lucila se hacía el propósito de enseñar al joven teniente; de todos modos tendría que venir nuevamente a la casona para cobrar el alquiler de los prisioneros. Regresó a la mesa, tomó otra vez la pluma y una hoja de papel con sus antiguas iniciales, y estampó la fecha: 20 de mayo de 1812. Lo que escribió fue breve y guardó el pliego en una de las gavetas del secreter.

Serían las ocho de la mañana, hora prudente para ver a José en mejor estado. Quería conocer de una vez y por todas, de boca de un protagonista, hasta qué punto habían complicado a Albor en la conspiración de Aponte, y qué artimaña había hecho su hermano para librarse del peor castigo.

El nuevo *ogboni* José, que ya había asumido los poderes en el cabildo Changó-Teddun fundado por Aponte, así como los secretos del oráculo, habló con ella en un cuarto que tenía a su disposición en la planta baja. Era una habitación amplísima y ventilada, que parecía más espaciosa aún porque apenas tenía muebles. Había argollas de hierro embutidas en las gruesas paredes y en los horcones de roble para las amarras de las hamacas que solían colgarse cuando llegaban huéspedes de la cofradía.

José amarró para ella una de esas hamacas tejidas y él se sentó en el piso de tabloncillo, vestido de blanco con el pantalón a media pierna y calzado con sandalias de cuero. Meciendo con suavidad la hamaca donde Lucila se había acostado al través, empezaría a contarle cómo había podido evadir la pena capital.

Lo condujeron junto a Salvador Hierro ante dos encargados de impartir la justicia, el oidor Rendón y un tal Leonardo del Monte, aunque, en verdad, no hubo ningún proceso legal; tampoco lo había tenido Aponte el mes anterior.

Filomeno se hallaba junto a los jueces en calidad de asesor del capitán general y como jefe de la Casa de Locos, cargo que también desempeñaba; tenía facultades para decidir, en nombre de la máxima autoridad colonial de Cuba, con voto o veto inapelables.

—Pues ahí estaba Filomeno, hermana. En el momento en que lo vi extremé los artificios que comencé en la cárcel, de modo que no quedara ninguna duda de mi demencia ante el jefe de la Casa de Locos; aunque Filomeno había de suponer que yo estaba en mis cabales.

Los hermanos rieron con gusto.

Contó que lo llevaron a escena amarrado por la cintura como a un mono. Por fortuna con una larga soga, y se dijo, «si soy santo, el milagro me lo hago yo». —Hermsano, acotó Lucila, la Biblia de los jamaicanos dice en un Apocalipsis "...el que es santo se santifique". Y prosiguió José.

Al primero que interrogaron de los dos fue a Salvador, que parecía un fantasma por lo mucho que sufrió en la cárcel de la Cabaña. El moreno contramaestre se desencantó de vivir cuando el demonio del gaditano le dijo, entre bromas pesadas, la repugnante mentira de que la mulata Caridad, si bien había muerto de parto, parió un niño casi blanco y rubio que de ninguna manera podía ser hijo suyo...

Según las deducciones de José, había sido el gaditano, por alardoso y con bastante mala voluntad, quien puso en la picota al moreno:

—Fue el ostentoso pescador con ínfulas de navegante de Indias, a quien llamaban por allá *curro andaluz*. Él echó a rodar en las tabernas y casas de juego y de loterías que frecuentaba, de las que abundan en La Habana, que el hombre de confianza del *catalán* era el propio moreno Salvador Hierro, mientras él solo se tenía como comerciante encargado de canjear los pesos duros con que contaba aquél, en los *spanish dollars* para comprar armas a unos contrabandistas del Norte. Le preguntaban qué *catalán* era ése y contestaba que el único que conocía con cierto poder y dinero era un tal Albor Aranda, que tenía un tren de goletas y bergantines. Pláticas en extremo peligrosas con tantos oídos alertas en todas partes, hasta en cabildos donde el gobernador tenía espías —abundó José.

Dejó de mecer la hamaca para observar mejor la reacción de su hermana, porque no quería atribularla, pero ella le pidió que prosiguiera. Le contó entonces cómo Salvador, afligido, no sabía defenderse, mientras que él reía constantemente y hacía monadas de lunático. Lo único que profería Salvador, entre lamentos, eran súplicas directas a Filomeno pidiéndole ayuda para poder criar a sus hijos, con lo que hacía ver a todos los presentes, incluido el edecán del gobernador, que desde mucho tiempo atrás conocía al niño Filomeno y hasta habían sido amigos.

—Nuestro Filomeno, a quien tú bien conoces como su madre que eres, lo acusó de embustero, de contrabandista, de infiel y de traidor al uniforme de las Milicias de Pardos y Morenos que con tanto orgullo había vestido. Ese mismo día, al anochecer, ahorcaron a Salvador.

»Ya habían deportado a África al gaditano, hecho un rastrojo humano, hasta con mal de bubas..., eso me faltaba decirte —agregó, y pasó a narrarle su caso:

»En mi locura di un salto... —lo contó escenificando aquel salto de tal modo, que le sacó a su hermana la risa de la garganta—. «¡Ya es mío!», me dije.

Mientras José hablaba, representaba como si estuviera en escena los pasos que dio, las maromas que hizo para poder acercarse bien a Filomeno, riéndose, halándose las greñas, sin dejar de mirarlo, mirándolo fijo, escrutándole hasta lo hondo el pensamiento, dando *vueltas de carnero.*

Filomeno había entendido que sus actos estaban llenos de alegorías. Sabía interpretar aquel lenguaje... «Con el chicherebú no se juega», decía José golpeando rítmicamente el piso o emitiendo voces en lengua de antecesores que no le era ajena a su sobrino, pues más de una vez fungió como intérprete del deán. Con discurso gestual y lenguaje de la cofradía, José simuló batallas e ira con ánimo elevado y furibundo. Llamó a la máxima potencia del panteón frente al estrado de sus jueces. Después, cuando reía y sin parar de hacer maromas

increíbles, aun amarrado como un mono, sintién-
dose victorioso se había relamido de gusto.

José hizo en breve tiempo tantas rarezas cargadas de gracia a los ojos de los incultos, que lo suyo
les pareció muy simpático a los señores. «Endemo-
niado pandemónium de un teatro de relaciones»,
comentaron allí. Con bailes y palabrerías que, al
parecer de los ignorantes, resultaban una jerigonza totalmente loca, era a Filomeno a quien estaba
volviendo loco.

Ahora caminaba por la habitación y alrededor de
la hamaca en vaivén de su hermana, meciendo el
cuerpo, sonriente y eufórico, bellaco como Eleggua,
erótico como Changó, y en tono burlón le confió a
Lucila:

—El alto oficial, que era un tapón de botija, pero
edecán del gobernador, se reía de mis gracias a
mandíbula batiente como si nunca antes hubiera
visto a un cómico o le gustara verlos, y comentó:
«Al menos sois muy divertido, negro, que el otro
era aburrido y pendejo.» «Quítenle la soga —
ordenó—; daño no nos hace, y vosotros estáis armados.» Tu hijo no podía asomar una sonrisa en su
boquita de bombón...

»Gateó José tu hermano que está aquí contigo,
haciendo ahora lo que hice allá. Y gateando por
todo el salón llegué hasta donde estaba Filomeno y
comencé a saltar como un sapo y luego como una
liebre salvaje, y me torcí como serpiente, hasta
que, ¡fulminante!, le saqué del bolsillo el resguardo
que le hizo mamá Aborboleta, su abuela, al muy
inteligente y bribón de mi sobrino.

»Filomeno palideció, estaba más blanco de lo que
él quiere ser a base de las unturas, que es mucho
decir, pero, guardando la compostura, en la mano

el bastón de empuñadura de ébano que tú le tallaste, hizo un gesto para que le trajeran una silla.

Lucila oiría decir a José lo que ella estaba pensando:

—Filomeno no podía ni mantenerse de pie viendo su resguardo en mis manos; era como si se le fuera la vida sin el amuleto.

»Gateé y volví a gatear, y gateando y lamiendo el piso porque yo tenía que estar bien, pero bien, bien loco, llegué hasta los señores y les lamí las botas, pero a Filomeno le saqué *la lengua de fuego* así, como una culebra, más extravagante todavía; llamé a los malos espíritus y los conjuré, que él sabe lo que es eso, y confirmó lo peligrosos que podían llegar a ser mis actos futuros.

José siguió representando la farsa a Lucila tal cual la había ejecutado frente a aquel tribunal: con el amuleto en la mano empezó a sacudirse los hombros poniendo los ojos saltones, cimbreante el cuerpo, bailando solo de la cintura para abajo, o de la cintura para arriba, y luego poniéndose tan erecto como si no pudiera desprenderse del piso, como si estuviera clavado en él, mas enseñando siempre el amuleto apresado en las manos. Habló sin moverse aquí como lo había hecho allá: «*Emo ya okua-ana kaaroso* (castigo sin compasión, mato al que se atreva a faltarme)», con voz de chirrido y de falsete. Y más estridente aún, y a todo lo que daban sus pulmones: «*¡Egua mi laki ¡Egua mi laki!* (háblame, háblame)».

Ante las palabras del tío, Filomeno, en aquella ocasión, se había puesto de pie. Sus ojos parecían perdidos.

—Me quité la poca ropa que llevaba, que era un ripio, y agarrándome de lo que estoy dotado, me exhibí con las maneras más groseras para demostrarles en mi dote viril, con ademanes, el poder que tendría una potencia dirigida contra él. Filomeno, indefenso sin su resguardo, tuvo que abrir la boca para decir algo como lo que yo quería oírle. Dirigiéndose a los señores que nunca jamás habían visto baile tan desenvuelto y procaz, tu hijo dictó sentencia: «He sacado la conclusión de que este simio cómico, como todos ellos, se comporta un tanto indecente y libidinoso ante este digno tribunal y no hay que aventurarse a saber qué hará después. Como prevenía, este negro ha perdido el juicio: es un demente en todo lo que cabe, y no es aquí donde debe estar, sino en el manicomio, por el resto de sus días. Pero ocurre, sin embargo, señores míos, que en la Casa de Locos no hay espacio ni ración para uno más, y menos para tener bajo custodia, como es debido, a tan revoltoso, ordinario e inútil ser, al parecer como lo veis venido de otro mundo aunque a todas luces inofensivo... Por lo tanto, mi prudente consejo es despacharlo al amanecer junto con los deportados a San Agustín —al menos podría entretener a la tripulación durante la travesía, pues a nosotros bien que nos ha hecho reír este orate monomaníaco, a pesar de todo. Y si se pone impertinente o violento, echarlo al agua y remedio santo. Yo me encargaré de notificarlo a Su Excelencia el gobernador, señores. Y en cuanto a ti, alunado, me debes algo, pero líbreme Dios de llamar ladrón a tan excelente bufo.»

»Yo, que no había parado de pasearme, brincar y bailar con desparpajo mientras tu hijo querido hablaba, al oír su veredicto hice como sapo y como liebre otra vez hasta que, con mi magia aprendida, sin que nadie aparte del interesado se diera cuenta, froté por mi cuerpo el resguardo y se lo devolví a Filomeno, que sin disimulo lo besó, porque, claro, lo tenía envuelto en la fundita bordada con el Corazón de Jesús, ya tú sabes.

—Si soy un santo, el milagro me lo hago yo —dijo Lucila remedando la frase dicha por José, y agregó levantándose de la hamaca para despedirse de su hermano—: No desatiendas a Filomeno, seguro que va a necesitar de ti.

Los acontecimientos se iban produciendo con la precisión de un afinado reloj. Albor hizo su trabajo y antes del mediodía llegó al aposento de Lucila con intensos deseos de amarla.

Lo estaba esperando, y ahora las caricias y las provocativas e incitantes escaramuzas de su *Dkeur* —según la voz mora del cura—, fruto del razonado entrenamiento conyugal, le provocaban a Lucila sensaciones corporales que desataban la sobrepuja de la hembra cuando él, además, le daba dulces nombres a las cosas *prohibidas*, murmurándole al oído palabras gratas de escuchar, que ella devolvía con goces del tacto, de la vista y del compás de su receptáculo en espera de acoger el erguido *Dkeur*. Él la poseía con un sentimiento tan trágico como pudiera tenerlo el soldado que presiente un patético adiós. Lucila, por su parte, estaba dispuesta a prolongar indefinidamente aquel acto, pero solo por el gusto de hacer el amor con él.

Albor le había llevado un regalo: una cachorra lanuda, gordita, color canela, que le obsequió en el puerto un capitán de barco francés, a quien la mascota le había parido a bordo. El hombre estaba en aprietos y le dijeron que hablara con él. Como la situación política de Albor Aranda lo invalidaba para realizar ciertas gestiones, y menos aún relacionadas con un naviero francés, lo puso al habla con Hermes Praxíteles, y el forastero quedó complacido. Influencia y dinero lograron el objetivo: el francés pudo desembarcar su mercancía en San Agustín, parte de la cual compró Griego, y pudo asimismo darse un respiro en tierra. Con la buena nueva alegró a su tripulación, a punto de insubordinarse por el prolongado hastío.

Las autoridades del puerto también estaban necesitadas de alguna regalía, ya que los cambios de administración en La Habana no solo repercutían en el castillo de San Marcos, sino en todas las dependencias burocráticas de Las Floridas, por eso decidieron restarle importancia a la llegada de aquel barco cargado en un puerto de Francia, aunque un rato antes los mismos aduaneros alegaban, en contra del desembarco, que no podía descargar porque procedía de Nantes, había hecho una breve escala en Nueva York para recoger a un pasajero, y pretendía continuar viaje a Sudamérica, «de seguro con arengas y armamentos para alentar la desobediencia y revolucionar a los insurrectos republicanos».

A simple vista, aquél había sido un encuentro sin importancia. Cosas semejantes ocurrían con frecuencia en San Agustín o en la Fernandina, o en cualquier otro puerto, menos en la represiva Habana y en la belicosa Santiago. Pero pasó algo más:

el forastero traía periódicos con noticias de España y Francia, y Albor sentía avidez por leerlos, aunque los acontecimientos a los cuales se hacía referencia hubieran ocurrido, como era el caso, medio año atrás. «Acá son nuevos e importantes, especialmente para mí», le confesó al forastero.

La lectura de esos periódicos no sería el único móvil de su dramática decisión para un futuro inmediato, pero la precipitó.

Lucila había quedado encantada con su regalo. Por eso permaneció un rato más en la cama mientras jugaba con el gracioso animalito. Albor ya había bajado. Quería leer con detenimiento y concentración, le dijo, sin pasar por alto ninguno de los avisos y artículos de las publicaciones que le facilitó el francés del puerto.

En una de ellas le saltó a la vista el título. No nos sería difícil de comprender la razón:

«Cataluña, parte del imperio» —el hecho mencionado había ocurrido el 26 de enero de 1812, seis meses antes. Anunciaba el texto: «Napoleón decreta que Cataluña se divida administrativamente como los franceses... las victorias de Napoleón, en la cima de su poder, propician la anexión de Cataluña al enorme imperio del corso.»

— ¡Eso no!, lo que queremos es independencia —hablaba con él mismo en el salón del gran vitral.

«La nueva organización supone la segregación definitiva de Cataluña de la soberanía de José I.»

—Esta división territorial no sirve de nada sin funcionarios que la administren. Yo tengo conocimientos y méritos suficientes para ser uno de ellos —así se pronunciaba, enfático.

Estaba reclinado en el butacón donde acostumbraba a sentarse para leer los correos procedentes de Cuba, y según su importancia desglosarlos, distribuyendo los pliegos entre los compartimentos de su maleta panzona. Pero esta publicación tan interesante se la guardó en un bolsillo. Ya no cabía en aquel bello salón del gran vitral. Se incorporó; estaba lleno de dudas. De pronto pensó en la hora maravillosa que acababa de pasar con Lucila —de haber tenido diez años menos, solo diez menos, iría de nuevo al aposento. Se sirvió una copa de vino y ni la probó.

« ¡Abajo la corte y sus vasallos!», hubiera querido gritar. Esa corte española decadente, obsoleta, retardada, esclavista, carcomida y arruinada por dilapidadora y clerical, clero inquisidor, inmoral y retrógrado; España desprecia a Cataluña, Castilla le reprochaba a sus hijos ser fervientes patriotas y mejores trabajadores. Ésa era su verdadera patria y estaba pegada a Francia, favorablemente contagiada, contagiada, sí, pero ni la quería anexada, ni la deseaba tampoco provincia de España, rémora del imperio cuyo poder se desmoronaba por imprevisor. La imprevisión y el absolutismo son la carcoma del poder. ¡Cataluña lo atraía!

Lucila, con su mascota cargada, irrumpió de pronto en el salón para preguntarle a Albor:

— ¿Qué nombre le ponemos a mi perrita linda?

— ¿Cuál otro?: *Catalana*, pongámosle *Catalana*. Y así fue nombrada.

Se marchó, mas ni siquiera llegó a Cataluña. La situación que se respiraba en Europa nada tenía que ver con él. Albor estaba desarraigado de aquel mundo. Las motivaciones que le provocó Cádiz en la primera escala del viaje, se debieron a que en aquella ciudad, portera geográfica de África, había aspirado un aliento parecido al de la isla, al de San Agustín, y tenía costumbres similares a las del resto de América. Comienzo de camino y puente natural entre uno y otro continente, la flota en constante ida y venida se convertía en el aparato circulatorio de ideas de un cuerpo dual. Palabras, frases, chistes, variedad de gente mezclada y remezclada le eran familiares. Hasta las espumas del mar eran afines. Tocó puerto francés y se sintió extranjero. Un ciego sin lazarillo, un cojo sin bastón, un artesano manco.

Para los demás él resultaba una curiosidad, y se le consideraba, además de un intruso, un oportunista, porque el fuego graneado estaba pasando ya. Cayó en un vacío profundo y le faltaba el valor para reconocer lo absurdo de su voluntario exilio o de su ilusa «participación».

Lucila se lo había advertido. Ella sabía poner en el lugar justo la punta del compás. Ponía la yesca y hacía fuego. Su olfato le permitía percibir lo imperceptible.

Recordaba el diálogo, más bien su monólogo, y la dolorosa escena cuando él subió a despedirse. Su amante apasionada y comprensiva, recompensada por él en sus mínimos deseos de alcoba, con la delicadeza, entrega y constancia que se reclamaban, ni se movió de la mecedora donde solía ensartar las perlas, aunque lo que estaba haciendo esa vez era enmendar los pliegos garabateados por Arcángel del Puerto, a quien se había propuesto enseñar a escribir. Paloma, furiosa, parada como un húsar al lado de su madre para protegerla... Él de pie, con la maleta panzona en una mano y en la otra la capa y el bastón. Llevaba puesto un traje azul oscuro y un corbatín negro. Pronunció una frase manida:

—Lucila, Paloma, hija, *mi suerte está echada* —dijo, luego de explicarle a Lucila, una vez más, la última en la esquiva despedida, que quería participar de lleno en los cambios colosales que produciría el siglo que acababa de comenzar.

—Entonces, si eso es lo que quieres —le dijo ella—, quédate de este lado del mundo, donde todo está por hacer.

¡Qué razón tenía Lucila!, pensaba ahora, escuchando dentro de sí esa voz grave y cálida que lo estremecía, la voz y el gesto del adiós, cuando ella levantó la mirada —la que Filomeno heredó—, y tan cáusticos como su sentencia, le clavó los ojos con una fuerza tal, que él experimentó la sensación de sentir la hincada y sangrar por la herida.

Estuvo de vuelta en América casi un año después de pisar puerto francés, pero sentía vergüenza de regresar a San Agustín sin llevar consigo, debajo del brazo, «un digno expediente revolucionario». Por esa razón retomó su faena de navegante, como capitán de veleros de diferentes banderas que atracaban en puertos conflictivos del continente en ebullición donde todo estaba por hacer. Él hacía lo que podía y donde podía en el explosivo trasiego de armas y municiones. Aspiraba a que esas misiones lo elevaran a la categoría de héroe, mas todos los republicanos lo asumían como lo que era, un temerario traficante con fisonomía de corsario, pero al parecer honrado, decían. Ése era el más alto galardón que había alcanzado. Los republicanos valoraban sus servicios porque les era difícil encontrar a un capitán de barco que no fuera estafador, bandido o espía. Todavía no había pasado de ese rango de estimación prudente: el de «honrado», pero al menos en ese concepto ya lo recibían sin intermediarios en algunas comandancias libertarias.

Paloma podía comprender lo que significó para Lucila el desprendimiento de Albor; sin embargo, confió siempre en el temple de ella y no se engañaría. Aunque Griego había hecho construir una casa próxima a la residencia de la calle San Carlos, su joven esposa había estado aún más cerca de su madre desde los avatares del capitán Albor. Además, los negocios por un lado, y la duplicidad marital por el otro, dejaban poco tiempo libre a Hermes Praxíteles para hacer vida hogareña con Paloma.

Es verdad que a Lucila podían faltarle las motivaciones principales para vivir como vivía antes. Esa tarea suya de torear el alma dubitativa y las actitudes ilusas de Albor, propenso a quedarse siempre a mitad de camino, la mantuvo en guardia, con el ánimo elevado, en las peores circunstancias de su vida junto a él. El otro acicate, el contradictorio, el tenaz e irrompible, había sido Francisco Filomeno, cuya inteligencia admiraba Lucila más que todas las cosas, aunque lo consideraba un genio del mal que ella misma había contribuido a liberar, dándole alas para volar contra el viento.

Sin embargo, sería Filomeno y no Albor quien jamás la habría de engañar. En cuanto a Paloma, había sido mimada por su padre, pero no podía pensar en él sin que le doliera en lo profundo su opción incomprensible e irracional.

Después que Albor se fue, Lucila continuó trabajando en su taller. Ensartar las perlas y servir en su panteón religioso constituyeron lenitivos apropiados, pero no suficientes, para su dinámica interior. También seguía de cerca el aprendizaje de los hijos de Caridad y Salvador para que pudieran ganarse la vida con honradez (el deseo de Caridad) y hacer su propia fortuna. Uno de los muchachos había aprendido el oficio de tonelero, arte bien pagado donde quiera, mientras el más pequeño despuntaba como marino por su afición a los barcos y al mar, aptitud que le estimulaba Griego. La hembra se fue a vivir con Paloma.

En cuanto a Graciano, aunque residía en la casa de sus tutores floridanos, no escatimaba atenciones para Lucila, sabiendo cuán grandes eran sus necesidades afectivas.

Pero cada persona conocía solo un pedazo de Lucila Méndes. Pocos sabían que cuando todavía era mentada *la pardita* y el músico Villavicencio le pidió a Aborboleta que interviniera para convencer a su hija de que se casara con él, la bahiana le contestó al organista que Lucila estaba mejor dotada que todos en su casa *para saber lo que debía hacer, para encontrar el camino de la verdad...*

Transcurridas algunas semanas desde la partida de Albor, Lucila mandó a colocar en el cuartón de los huéspedes de la cofradía una gran lámina de pizarra pulida. El joven teniente le había dicho, y ella lo comprobaba en los garabatos escritos, que no lograba concentrarse en el cuartel de San Marcos para calcar las oraciones que le copiaba en los pliegos, porque sus superiores le imponían nuevas tareas con el propósito de interrumpirlo, e iguales y subalternos burlábanse de la *aciaga* aplicación intelectual, entre otros motivos.

Llevándole Lucila la mano —como el día que firmó la escritura sobre los prisioneros—, Arcángel del Puerto pudo al fin redondear las letras y comenzar a armar, de forma correcta y hasta con alguna belleza de rasgos, oraciones y párrafos.

Uno de esos días en que la bella mujer conducía la diestra del todavía iletrado para que reprodujera la frase «Mi maestra se llama doña Isabel de Flandes», ésta sintió sobre el costado derecho de su cuerpo la pujanza del sexo del joven teniente, que irremediablemente pleno pugnaba por vencer cualquier obstáculo que se le interpusiera para llegar al fruto apetecido.

Entonces ella fue añadiendo oraciones en relación con la primera, incorporándoles palabras nuevas que le hacía repetir al alumno mientras le conducía la diestra para dibujar las letras que habrían de formar las palabras: «Ella no quiere que me apure. Me va a enseñar a hacer bien la tarea. *(Punto y aparte.)* Arcángel es un ángel superior, llegó como el de la anunciación.»

Arcángel del Puerto no entendía el significado de aquellas palabras, pero estaba seguro de que a doña Isabel le resultaba grato continuar experimentando la progresión de su estado: excitación sin retroceso posible, impulsos naturales. Los latidos de su corazón eran tan fuertes que no le permitían oír su propia voz repitiendo las palabras desconocidas para su exiguo léxico; la presión le congestionaba los oídos como cuando buceaba en el mar de Cartagena buscando perlas dentro de las ostras.

La repetición de la frase le hizo entender... Para él el mensaje específico fue que no debía apurarse en cuanto a ese *martirio* insólito al cual lo estaba sometiendo la reina, al parecer indiferente hasta que descubrió en ella un leve movimiento reflejo, e instintivamente el ordenador de su mente dispuso la búsqueda de la verdad oculta, y urgió a sus dedos trepar, aunque con cautela, por dentro de la bata que vestía doña Isabel, hasta llegar a la fruta apetecida, escondida en el monte encrespado, debajo del ombligo, y tomarla. El monte que se traslucía aquella vez —la primera—, cuando el guardián gigantesco levantó la luz del farol, la noche en que le entregó a la reina el brujo loco...

La aceptación tácita de la atrevida incursión y el allanamiento vencieron su timidez, y empezó a acariciar sin remordimientos la preciosa gema; yema firme, ardiente, pulposa y protuberante, cuya posesión le estaba franqueando el camino, porque al emprender la fricción y el manoseo percibió cómo iba cediendo la presión que doña Isabel había estado ejerciendo sobre la mano cautiva con la cual él copiaba las letras, hasta dejársela completamente libre. Entonces se sintió dueño absoluto del campo de humedad espesa, en espera de la *anunciación,* que le rogaba. *Anunciación,* esa palabra cuyo significado desconocía, pero que si doña Isabel la relacionaba con el *arcángel superior* —intuyó—, debía de ser muy apreciada y deseada por ella, pues los *ángeles* andaban por el cielo, y el cielo era algo superior, y ahí querría ella llegar.

Sentía deseos intensos de ungirse con el néctar de esa fuente. Sintió envidia del privilegio de su propia mano, retribuida con la complacencia de la reina, que se la bendecía pródigamente. Su mano tosca de arcabucero privilegiada de esa manera... ¿Y si todo terminaba ahí...? Estaba asimilando la lección divinamente: solo debía cumplir con el mandato de la oración que fue capaz de comprender desde que la escribió: «Ella no quiere que me apure...»

Tenía los dedos resbaladizos de acariciar la gema. Aunque no la había visto todavía, la imaginó. Libre ya la mano del yeso de dibujar las letras, abrazó con ella a la maestra que se había vuelto hacia él. Con sus aquiescencias implícitas, ésta le hacía aprender cuáles cosas más debía hacer para no apurarse y llegar juntos a lo que en la lección de ese día ella nombraba *anunciación*. «Si la desgracia debe ser el precio de su amor, consiento en ser su víctima», pensaba. Le besó el cuello, y fue atraído; se unieron los cuerpos, con lo cual notó también que la agitación del pecho de doña Isabel ya desnudado por él, y los demás placeres que insinuaba la maestra, se correspondían con su espontánea incursión, pero, en este punto, se hallaba al borde del abismo: temía hacerlo todo de un modo ordinario, como con la ramera del puerto, y solo de pensarlo se abochornó. Habría querido, sí, satisfacer su caro deseo en ese momento, mas siendo ya capaz de unir el sentido de las letras y leer: «Ella no quiere que me apure», se impuso calma. Haciendo altos en su juego, conducido por la reina, la besó en la boca. Era la primera mujer a quien besaba en la boca; con las rameras solo expulsaba humores acumulados de soldado, no como ahora, esencia de amor. Sintió que ella le retiraba la mano del campo anegado y que además lo degradaba, porque le arrancaba —sin estridencia, pero con resolución— las doradas barras mal cosidas de Teniente del Ejército de la Corona, los botones prendidos con argollas, y lo hacía despojarse de las correas que se ajustaban a la chaqueta de reglamento. «Acepto las pruebas que me imponga mi soberana dueña; pruébeme, pruébeme», se decía.

Oyó su voz. Él no sabía cómo identificar el metal de la voz amada, pero lo envolvía, lo arrobaba, era cálida, y esta vez, admonitoria:

—Esas charreteras no son para ti, están bien en Griego, pero no en Arcángel —le dijo doña Isabel, porque siempre la llamaría *doña Isabel*, o *la reina*. La dueña.

No podía entender él por qué decía eso, y menos por qué lo degradaba, si solo se degrada a los traidores. ¿A quién traicionaba con su uniforme? Ignoraba el gusto de doña Isabel de Flandes por el lenguaje metafórico o alusivo en momentos cruciales. Aunque *lenguaje metafórico* no fueron las palabras que le vinieron a la mente, ya que aún no las conocía, discurrió que esa forma rara e incomprensible de hablar encubría un designio importante para él, pues ella no querría hacerle mal, de eso estaba seguro.

Hacía muchísimo rato que su marca de varón había tocado *a rebato,* convocada al asalto, al acometimiento repentino. La tenía desenvainada, tal vez liberada por sí misma buscando más espacio, o sacada afuera por noble gracia de la reina. En realidad no supo cómo ni cuándo la desenvainó, y

ahora era doña Isabel quien lo acariciaba —pero
no a su marca, a la que aun tan evidente, desenvainada y *a rebato*, parecía ignorar la reina sobe-
ranamente, cuando ella tenía que comprender y
más aún ver con sus ojos, que sus besos en las teti-
llas y sus caricias en las caderas le hacían tanto
efecto, indefensa como estaba ante la soberana, o
respetuosa, como debía serlo, a su orden, y empezando a rezumar.

Tampoco el Arcángel podía precisar en qué momento llegaron a la hamaca que allí había, ni cómo
se atrevía a tanto en medio de la conmoción que le
causó verse sin nada que les cubriese el cuerpo a
ninguno de los dos, sin saber si verdaderamente
habría de corresponder a él o a ella el éxito de esa
primera fusión henchida de goces que hasta ahora
él ignoraba; que no terminaba en un suspiro sino
en clamor acorde que tampoco nunca antes había
conocido hasta ahora, cuando penetraba a la reina,
y ocurrió otra vez, y otra... aquella alianza, sin detenerse a pensar en quién conducía la dulce acción.
Pero estaba escrito en la pizarra: «Ella me va a enseñar a hacer la tarea», y a eso se atuvo en todo.

—Mi *arcángel Gabriel*, Arcángel querido, des-
perté a un ángel y el ángel me premia —seguía sin
entenderla; palabras semejantes no había supuesto
que las pronunciara alguna mujer en ese trance.

—La amo, señora, la amo, nunca he amado a
nadie sino a usted, esté segura. La amo, doña Isabel, pruébeme, pruébeme de todas formas para que
sepa que de todas formas la amo, mi soberana
dueña —replicaba él penetrándola como le estaban
enseñando a hacer, con palabras dichas al oído ca-

da vez que ella alcanzaba su clímax. «*Sirviendo, el amor crece*», estaba pensando, y que ella era para él «*dueña en todo, dueña y señora, sosegada y queda, atesoraba el saber de una reina verdadera*»—. Señora, no tiene que hablar —y reincidía—: aunque usted calle, yo sé cuándo es. Una sola indulgencia reclamo: no exija que mi vida pueda no depender de usted. Pruébeme más, tráceme línea de examen, mi soberana reina...

Lucila —doña Isabel— escuchaba una sinfonía de cuerdas y atabales sonando *aleluya*, campañas tañendo, diques de contención derrumbándose; no le regateaba nada porque sabía que él verdaderamente la amaba.

Cada vez fue mejor; Arcángel del Puerto se esmeraba aprendiendo a escribir y decir palabras nuevas.

Transcurrieron seis meses justos. El guardián que lo había atemorizado, cuidaba ahora la puerta del cuartón durante sus visitas, para que nadie entrara mientras doña Isabel le enseñaba la lectura y la escritura y al final se amaban. Arcángel del Puerto llegaba en la noche, y por las tardes los días de asueto en el San Marcos.

Iba vestido con pantalones y chamarreta blancos, de faena. Se retiraba a las cinco de la mañana para reincorporarse a la guarnición antes que la tropa se formáse, todavía en los oídos la música del *Eros y Psiquis* que Lucila hacía sonar para él.

Empezó a desdeñar el uniforme desde la ocasión en que doña Isabel se lo impugnó; y cometió faltas disciplinarias que lo desvalorizaban como oficial, y un día desertó. Por ello fue acusando de infidencia y otros cargos más...

Griego lo asiló en Los Cipreses, a donde ella lo acompañó hasta que, en la primera oportunidad, su yerno pudo cumplir el pedido de Lucila y lo embarcó en secreto en un barco inglés. Lo que había alentado en su *arcángel* desde que le reprochó las charreteras del uniforme de la corona, hubo de separarlos en breve pero intenso tiempo de fulgor. Sin embargo, la consecuencia de aquel acto se correspondía con sentimientos ocultos y un tanto indefinidos de Lucila, de los cuales había permeado al *arcángel.*

Le dijo a Griego:

—De todos modos admiro su valentía... Los del cuartel no querían que él se ilustrara. Sus superiores le riñeron primero porque leía un libro grueso sobre mares y naciones que yo le regalé, de los que tenía Albor, y lo acusaron de robarse las velas para la lectura nocturna; lo peor fue cuando empezó a escribir, ya con buen entrenamiento del pulso, sobre lo que pensaba y veía que no le parecía del todo bien, con lo cual daba buen testimonio de su saber. Gracias a Dios él me traía los pliegos para que se los enmendara, por las faltas que pudieran tener, y no encontraron más pruebas que emborronaduras. ¿Por qué él no habría de ilustrarse y servir a quien debe, y el otro sí, mi hijo Filomeno, que emplea su inteligencia donde no debería?

No obstante su admiración, el destino incierto del joven teniente cuya vida de alguna manera ella había hecho cambiar, la desoló tanto que un buen día le dijo a Graciano que se llevara con él a *Catalana,* porque la perrita debía acostumbrarse a un nuevo dueño. La drástica decisión entristeció al ahijado, quien creyó que la madrina estaba despidiéndose de la vida o que no quería tener cerca de ella nada que le recordara a Albor. Hasta cierto punto tenía razón.

Pero no era solo el despego de Albor, aunque le dolía.

A cada rato sacaba de una gaveta de su secreter la copia de la nota que le mandó a su *arcángel* con Griego el día que éste lo embarcó. Una nota escueta robada a la rima de la señora de Asbaje:

¡Ay, mi bien, ay prenda mía,
dulce fin de mis deseos!
¿Por qué me llevas el alma,
dejándome el sentimiento?

Se calló por orgullo lo que en verdad le sucedía, que en voz prestada del antiquísimo Farid del Cairo, de quien le habló una vez Griego, se entendería así:

En los fuegos de tu amor se derritió mi corazón.
Consérvalo, sin embargo, en poder tuyo:
pues hay cenizas que viven.

Pero —de la noche a la mañana— con una visita inesperada, entraría de nuevo la felicidad para Lucila con diferente ropaje. Esta vez entre gran pompa y por la puerta principal de la casona de la calle San Carlos.

XIX

¡Llegó el rey! Francisco Filomeno irrumpió en la casona un año después de la partida de Albor. Sin avisarle a nadie. Lucila lo vio entrar con su habitual empaque y media docena de esclavos para sus servicios personales, más un edecán.

Observó el despliegue desde la ventana de su aposento, que daba a la puerta principal del palacete. El corazón le empezó a latir con demasiada fuerza; le faltaba la respiración y aspiró el aire que se colaba por las persianas, como solía hacer en las mañanas; se rió de aquel alarde de poder de Filomeno, muy propio de él, y no pudo contener los deseos de ir al encuentro del hijo pródigo. Volvía a vivir.

Filomeno, a su vez, subía las escaleras con su blanda pisada de felino cuando su madre ya había abierto la puerta de la habitación. Lucila no aguardaba un saludo efusivo de parte del hijo, pero éste, al verla, le hizo un gesto para que lo esperara arriba, y cuando se encontraron la besó en las mejillas, en ambas mejillas, como había aprendido en Europa. Enseguida se la presentó al edecán que lo seguía:

—Señor, ella fue mi *aya* Isabel de Flandes, aunque también oirá usted nombrarla Lucila. Le tengo mucha consideración, me crió.

En ese momento llegaba Paloma, quien, incrédula de lo que estaba viendo, subió a saltos los escalones. A fin de cuentas había pasado la niñez y la pubertad junto a su medio hermano Filomeno, y él la había bautizado:

— ¡Padrino! —dijo, y Filomeno, circunspecto, se adelantó a presentarla al edecán e ilustrado escribano, como él lo había presentado a Lucila:

—La señora Praxíteles, hija de mi *aya*. Su nombre es Paloma. Me ha llamado padrino porque es mi ahijada, a quien quiero mucho —expresó insinuando una sonrisa, y la besó en la frente.

Inquieto por lo que sus ojos estaban descubriendo, le pidió a Paloma que acompañara al edecán y le mostrara en qué lugar de la casa los esclavos debían colocar su equipaje. Filomeno nunca había visto llorar al *aya*... La tomó por el brazo y entraron al aposento donde se dejó abrazar con efusión por su madre, y le correspondió complaciente. Los años, o el sufrimiento, o la felicidad sin límite que sentía al verlo en persona cuando solo esperaba recibir alguna carta, algún día, provocaban en Lucila reacciones que nunca supusieron ni él ni ella.

Filomeno no estaba preparado para escuchar lo que la madre le dijo al abrazarlo:

—Hijo de mis entrañas, amor mío, déjame sentirte otra vez dentro de mí.

Recuperada de la primera impresión, lo halagó con una frase que sí se avenía a sus convenciones:

—Ya tienes lo que querías, ¿verdad?

—No todo lo que se requiere para borrar mi estigma en la isla. Lograrlo depende de la buena voluntad y aplicación de Griego —respondió.

— ¿Acaso no posees ya el título de blanco? Eres abogado, director de la Casa de Locos, juez, conse-

jero del capitán general de Cuba y Las Floridas —
enumeró Lucila.

—Así es, pero sabes bien que necesito otra gracia si he de heredar el marquesado de Aguas Claras, y ése es mi objetivo. Don Antonio mi padre dejó en marcha la gestión con la reina, y encargó a
Griego obtener por esa vía la legitimación de mi
nuevo bautizo como hijo de matrimonio para conformar mi árbol genealógico, y Griego se ha dormido en los laureles —precisó.

Aunque parecía entretenida con la organización
de la ropa del viajero, Lucila lo escuchaba con
atención:

—Tengo otras recomendaciones pero incumben a
mi prosapia; me aseguran puestos en la Judicatura, pero no de hidalguía. Te leeré una de esas ni-
miedades: la más reciente para colocarme como
abogado en los Reales Consejos, pero solo como
abogado, naturalmente: «El gobernador capitán
general de la isla de Cuba y Las Floridas a Su Majestad el rey: El gobernador elogia sobremanera...
con particularidad a Filomeno, sujeto que reúne a
su grande instrucción una honradez sin límites;
como lo tiene acreditado en los varios y arduos negocios que se le han confiado a su cuidado, por cuyos motivos lo recomienda muy en particular a
V.A., para que se digne agraciarle con una plaza
togada en aquella Audiencia territorial, o como sea
de vuestro Real Agrado.»

»Yo debía ser merecedor de la gracia, para heredar los blasones del marquesado, y lo soy con cre-
ces, por mi probidad y lealtad, pero Griego ha dila-
tado su tarea, te lo repito. En verdad os digo que
no hubiera querido tener que venir a recordárselo

en estos precisos momentos —agregó meciéndose en el balance de Albor.

Lucila le aconsejó descansar. Ya estaba lista su habitación de soltero y lo acompañó a instalarse. Le anunciaba una tarde invernal, según la grisura del cielo y el oleaje del mar.

Mientras Filomeno se desvestía en su recámara, ella cerró herméticamente las ventanas y luego sacó del armario los útiles de aseo.

Él estaba secándose la cara junto al palanganero cuando Lucila descubrió que su piel estaba renovada en el dorso de la mano, donde estuvo grabada la mariposa. Filomeno, listo como ella, se dio cuenta, y adelantándose a la pregunta le extendió la diestra para que la viera mejor, al tiempo que le decía:

—Ya estoy bien, no te preocupes; fue un accidente cuando trataba de prestar auxilio en la Marina, donde se generó un fuego atroz.

Esperaba otra reacción diferente al silencio de su madre, pero ésta pensaba que, al fin y al cabo, el vínculo de Filomeno con su origen sería siempre más fuerte que el signo que había querido borrar. Además, para ella eso sí era la metamorfosis de la crisálida, y no lo que se planteó el difunto con tanto empeño para el debut del marquesito. Con la cremación provocada, Filomeno se sacudió —reflexionaba— para volver a nacer, precipitó la transformación... Lucila sentía aletear sobre el hijo un mundo de mariposas que le proponían retos a plena luz del astro rey.

Abandonó el cuarto y prometió despertarlo antes de las seis de la tarde para un baño reparador. Por el momento tenía dos cosas importantes que realizar: disponer un gran almuerzo para el día siguiente, y consultar a su muerto sobre el verdadero propósito de la vuelta del hijo pródigo a San Agustín. Lo había interpretado más allá de lo que él podía suponer. Filomeno no tenía ninguna necesidad de emprender un fatigoso viaje de la isla a Las Floridas en temporada de naufragios para hacerle un simple reclamo a Griego; por otra parte, nadie más indicado que él para apurar en la corte una gestión del marqués de Aguas Claras. Podía acceder al rey, mientras Griego, nunca. El juez de Bienes Difuntos, oidor, jefe de la Casa de Locos y consejero del gobernador, había arribado a la casona de la calle San Carlos, entre alguna otra cosa de su interés, con el fin de tomar todas las provisiones posibles; para los que no lo conocían —ella sí—, provisiones inimaginables.

En breve tiempo Lucila se encontró con José, en el cuarto de igbodú. El *ogboni* ya había consultado el oráculo. La respuesta había sido que para Filomeno lograr su objetivo, tendría que hacerse una limpieza material y espiritual profunda. Añadió José, en confidencia a Lucila, que solo una potencia espiritual fuerte como la de su sobrino, podía salir airosa al enfrentar, con muchos poderes, a tantas fuerzas malignas que se había echado encima, por lo cual él requería *trabajos* muy fuertes «de parte de nuestros dioses».

—Mientras esté en esta casa —le advirtió el *ogboni* a su hermana—, a Filomeno no debe entrarle por la boca otra comida que la de *su santo protector* y algunas miniestras que debes escoger entre las que son del agrado de los dioses más poderosos —y le aclaró a Lucila que por la comida no había que preocuparse, pues Filomeno había tenido la precaución de traer de la isla a Natalí, quien conocía tanto o más que la propia Lucila la mesa recomendada por José.

— ¿Dónde encontraría a Natalí? —se interrogó Lucila en voz alta, y José le dio la respuesta posible:

—Él entendió bien que no podía jugar con candela cuando le arrebaté el amuleto que le puso Aborboleta; él sabe mucho. Pero en cuanto a que Filomeno acepte despojarse de las malas influencias, no lo sé... —dudó el *ogboni.*

La respuesta escueta y categórica de su hermana fue:

—A eso es a lo que ha venido Filomeno, por eso trajo a Natalí, aunque nunca nos lo dirá. A eso vino, lo conozco demasiado bien.

Media hora antes de las seis, Lucila comenzó a prepararle el baño a su hijo —ya había escogido las yerbas adecuadas a sus necesidades. En dos pailas de cobre, en la inmensa cocina, hervía el agua de lluvia sacada del aljibe, en la que echó las hierbas: álamo en abundancia, altamira y laurel; una rama de mirto para sedarlo; coralillo blanco del que es dueño Obatalá, creador de la tierra y escultor del ser humano, dueño también de todo lo blanco y de la cabeza, de los sueños y de los pensamientos; no olvidó la barbia de Elegguá y Changó para que su influencia ayudara a Filomeno a dominar la situación, a atraer y a cautivar a la reina y al rey. San Pedro, guardián del cielo, estaba detrás de ese poder del cual tenía que investirse su hijo.

Separó la artemisa recogida en su herbario, para que José la usara también en el despojo y le dejara en el cuerpo y en la mente una sensación de alegría que contagiara a todo el mundo. Tomó otra rama y la echó en uno de los calderos de cobre.

La albahaca era para dos cosas: el baño y el despojo. Aparte, tenía que prepararle a Filomeno tres baños consecutivos de albahaca con azucenas y rosas blancas, para saturarlo de sus virtudes y atraerle las buenas influencias. El cacao se lo frotaría en la frente tres veces al día, pues su inteligencia tenía que estar refulgente.

Dos esclavos llevaron los recipientes para el cuarto de Filomeno, adonde ya había sido trasladada la gran tina de cedro sellada con brea que perteneciera al marqués don Antonio.

Mezclado el cocimiento humeante con el agua fría, a la temperatura más fresca que pudiera soportar con agrado el cuerpo, como si estuviera sumergido en un manso arroyo (Lucila probaba el calor metiendo la mano en la tina), estaba ya todo listo para el baño. Faltaría solo rociar el agua bendita, la de la Iglesia, y prender el incensario para el sahumerio. Lo hizo cuando mandó a retirar a los esclavos.

Filomeno se había vuelto en la cama, pero aún dormía. Entonces lo despertó con el humo del sahumerio. No había nada que decir... Él se desnudó en su presencia y se metió en la tina, y Lucila, poniendo en manos de su hijo el jarro para que sacara del recipiente de agua humeante la que necesitara cuando se le enfriase demasiado la de la tina, salió del cuarto.

El marquesito de color quebrado disfrutaba el baño con alegría increíble. Le vino a la memoria

María Luz. El embriagador perfume de aquel sahumerio especial lo regocijaba, y lo divertía la evocación de los fragores eróticos experimentados, en esa misma habitación, con la negrita María Luz en su iniciación y aprendizaje.

Apartó el manto de hojas aromáticas que cubría la tina, y a través del espejo de agua contempló, ensimismado, el repentino despliegue de su sexo con el estímulo del agua purificadora y de aquella evocación.

La puerta de la habitación se abrió cuando aún él estaba invadido de la fulgurante respuesta sensual, y en ese estado Francisco Filomeno se incorporó obedeciendo la voz de su tío, en lengua lucumí.

José había entrado con un *bouquet* de ramas de albahaca y el crucifijo en una mano; en la otra el sartén donde quemaba incienso mientras decía una oración en voz muy baja.

Dejó el sartén en el suelo y empuñó en haz el crucifijo y las ramas de albahaca fresca. Así comenzó a despojar a Filomeno de las malas influencias. José subía la voz en la oración del rito mientras azotaba el cuerpo del marquesito de color quebrado con las ramas de albahaca, para matar a golpes el mal. Con humildad y sumisión Francisco Filomeno dejábase hacer todo lo que el santo le ordenase a su tío, por delante, por detrás, por los costados, hasta que, relajado, José lo hizo sentarse de nuevo en la tina. Descansó la cabeza sobre un cojín de yerbas colocado por el *ogboni* en el borde del recipiente para que pudiera leer la firma alegórica que estaba trazando con un yeso sobre las losas color terracota: era una *sarabanda*, enorme poder con que dotaba a su sobrino. Lucila volvió a entrar y lo secó para pintarle en la frente un símbolo de atracción.

(Y así se sucedieron los despojos y otros *trabajos* mayores una tarde tras otra durante una semana, precedidos y coronados por los aromáticos baños herbáceos del ritual.)

Aquella noche, luego del primer acto de desalojo del mal, Filomeno bajó a comer muy risueño y como si flotara. No obstante, demandó a Griego por su despreocupación en el empeño de su antiguo patrón. Hermes Praxíteles le prometió emprender viaje en cuanto pasara el mal tiempo «para llegar donde haya que llegar». Filomeno se apresuró a excusarlo:

—Estás todavía recién casado; puedes darme las últimas cartas que escribió mi padre, y seré yo mismo quien vaya a la corte.

—Esas cartas ya están en la corte —le contestó Griego.

—Entonces mejor; algo hiciste.

Se separó de las mujeres, y de muy buen humor le echó el brazo sobre los hombros a su cuñado:

—La madrugada será más fría, aunque no para ti —le dijo a Griego, quien, como buen entendedor, no le fallaría, de modo que tendría una cálida y experimentada compañía femenina.

A Griego, que no era criollo, le parecía inverosímil oír lo que oía de boca de Filomeno, y más aún ver lo que estaba viendo: su dependencia espiritual del *ogboni* José, la obediencia a sus magias y a otras ordenanzas sobre lo que habría de comer, de beber y hasta de vestir.

A la mañana siguiente, con el agrado de placeres satisfechos sin tapujos lejos de La Habana, Francisco Filomeno solicitó a Hermes Praxíteles que lo acompañara a la sastrería, donde, según su nueva conveniencia, tendría que ordenar con premura varios trajes blancos y otras prendas de vestir.

La mayor dificultad fue el hecho de que el mejor estilista entre los sastres anatómicos de San Agustín, el señor Francisco Roche, de la escuela inglesa en el vestir, aunque español de origen, no tenía en su tienda paños finos de color blanco, ni franelas, ni alpaca de ese color, sino otras telas inadecuadas para las exigencias de Filomeno.

Griego le dijo al sastre que el doctor Filomeno debía viajar a Europa con ropas de moda; en realidad, no tenía cómo justificar tanto empeño del criollo en ese color específico para el ajuar completo. El señor Roche trató de disimular su perplejidad y argumentó a favor de la ropa masculina organizada por los ingleses. Los *gentlemen*, según el sastre, usaban ahora el color azul oscuro con tonos verdes, ocres, grises, carmelitas, sienas, y también había preferencia por el color negro.

—Señor, vea usted estos colores opacos, o tal vez un tono terraza, pero no blanco —le sugería.

Filomeno le volvió la espalda y se dirigió hacia donde estaba doña María Elena, la esposa del sastre, a quien le pidió que le mostrara unos pañuelos blancos finísimos que la veía empacar. Pero el prurito profesional del señor Roche no podía quedar fuera de juego, e insistió:

—Los colores azules... Los colores azules están de moda, señor.

Filomeno, ignorándolo, apremió a Griego:

—Cuñado Praxíteles, dígale usted a este sastre que, de moda o no, yo quiero los paños de lana y la seda blancos; explíquele de una vez al maestro de oficio que ése es el color que deseo. Para mí, que se vistan los *gentlemen* del color que se vistan; dígale que yo me dirijo a la corte de Madrid, y no a una reunión de calculadores industriales de Londres.

—Usted tiene razón, doctor —aceptó el sastre, quien le prometió cumplimentar el encargo en el tiempo más breve posible, y le aseguró que quedaría complacido porque habría de mandar a buscar esos paños y sedas a las ciudades del Norte, a Boston o Nueva York; o mejor, los encargaría a Liverpool en un bergantín expreso que estaba por zarpar con otros pedidos urgentes.

—Haré el ajuar al gusto y conveniencia del doctor don Filomeno —le reiteró a Griego ante la indiferencia del marquesito, mientras le tomaba a éste las medidas anatómicas con particular esmero.

Subieron al coche luego de haber caminado un rato por el puerto. Le gustó siempre sentir de cerca el rumor de las olas y admirar la selva de velámenes de las embarcaciones surtas en los muelles cuando había bruma, oculto el sol que quemaba con furia su delicada piel quebrándole vergonzosamente su color. Pero habían andado unos 2 kilómetros y se excusó con Griego:

—No deseo fatigarlo más; debe sentirse exhausto, cuñado. Me doy perfecta cuenta de que no marcamos el paso igual —fue una expresión sarcástica para hacerlo sentir más viejo de lo que era en realidad.

Como respuesta indirecta a su insidia, Hermes Praxíteles le recordó el favor que le había hecho la noche anterior e indagó si había dormido bien abrigado... Creyó que Filomeno se iba a disgustar, pero no fue así:

—Con la avezada, limpia y lozana compañía que usted me supo procurar, yo no podía sentir frío de ninguna manera... Usted tiene buen tino en el oficio de buscarles esa clase de alivio y placer a sus amigos.

Las «bromas» de su cuñado las soportaba Griego solo porque existía Lucila. Aunque prefirió no desgastarse reprochándole la insolencia, no podía negar que Francisco Filomeno tenía estilo de gran señor. De ahí que en un futuro el biógrafo del juez dijera sobre su persona:

Todo en él era digno. Su vida laboriosa, brillante, útil a la patria y a sus amigos; su saber, su moral, su inteligencia, pues hasta sus enemigos lo querían por asesor; su amistad fina y ardiente para sus escogidos amigos que eran pocos: su ojo de águila para profundizar y prever; su tino para adoptar las medidas conducentes a un fin. En Filomeno aconteció lo que siempre acontece a los hombres que no son vulgares: grandes cualidades, grandes defectos; hijo de la nada, de la casa-cuna, le ayudaron, es verdad, mas casi todo lo hizo por sí. Más eco, más brillo, tuvo su adoptado «apellido» Filomeno, a secas, que el de Ponce de León que le correspondía una vez legitimado.

Pero Filomeno hubiera repudiado al biógrafo por el malogrado párrafo de la casa-cuna.

XX

En la madrugada comenzaron los sacrificios y ado-
bos para la comida de bienvenida que habría de
ofrecerle Lucila a su hijo pródigo, encomendado al
fuerte y versátil Eleggua.

La mulata liberta Natalí cocinó con la ayuda de
un mulato achinado llamado Amílcar, que apren-
día con ella el arte de las mesas orishas con sus
mitos y leyendas, capaces de encantar a cualquiera, al igual que el de otras comidas criollas desde
antaño elaboradas en Santiago y La Habana.
Amílcar era un tipo único, muy despierto, que usaba un ábaco chino para contar, cuando hasta los
que sabían de cuentas en el grupo lo hacían su-
mando con los dedos y anotando con carbones en
cualquier parte de la cocina. Según decían, era hijo
de una bella mulata y un comerciante cantonés
que desembarcó en La Habana procedente del Perú
—como la cocinera era tan exigente a la hora de
preparar las comidas, desde la mezcla de las espe-
cias hasta la proporción exacta de cada elemento
que componía las comidas, Amílcar le resultaba un
pinche insustituible con su ábaco y las pesitas chi-
nas que siempre utilizó.

El julepe de la cocina desbordó los ámbitos del
área que ocupaba el servicio en la casona de la calle San Carlos. Entre una corte de cocineras negras
se hallaban Natalí, Amílcar y su hijo Quique, ordenador del complejo servicio bajo la estricta su-
pervisión ritual del *ogboni* José. A la salida del sol

bendijeron los animales que iban a ser sacrificados: puercos, chivos, gallinas y hasta un novillo.

Desde esa hora se dispuso una batería de doce calderos de hierro y varios más de cobre, una docena de sartenes, ollas, tártaras y recipientes de barro, amén de jarros y latones de agua; cucharones sin cuento, pilones, rodillos, mazas y cuchillos de diversos tamaños. También hachas y machetes para cortar la variedad de leña con que, de forma selectiva, alimentaban el fuego.

En todos los fogones se mantenía el fuego lento, que el pinche Amílcar vigilaba.

Para el plato fuerte, Pescado al Monte, Amílcar había ido con José a la dársena la noche anterior, para comprarles las mejores piezas a los pescadores: once pescados grandes, entre pargos y emperadores, a los que Natalí y su discípulo les quitaron las espinas porque Elegguá era tan majadero como exquisito a la hora de comer su *mesa*. Habían colocado los pescados por varias horas en el adobo de ajo, orégano machacado, pimienta, y albahaca, que debía estar presente en casi todos los platos que comiera Filomeno porque había que respetar el gusto y la necesidad del comensal principal.

El Acará lo preparó la propia Lucila, aunque Amílcar fue quien machacó las doce libras de frijoles de carita hasta hacerlos polvo como harina. El caldo de pollones se coció en una olla de cobre, con jengibre, pimienta, ajo, cebolla y, desde luego, la albahaca recomendada.

El plato predilecto de Lucila lo cocinó Natalí: eran piñas rellenas con carne de novillo de la *mesa* de Ochaoko, y lascas de carne del propio novillo quemadas a la plancha, sin otro adobo que sal. Eso era lo que le había pedido su muerto, el blanco de barbas blancas, su padre el portugués.

En su momento, el propio *ogboni* José debió servir a Filomeno los platos de la *mesa* de Elegguá, pues ninguna otra persona de inferior jerarquía en el panteón podía hacerlo en esa etapa del *trabajo* religioso emprendido con él para abrirle los caminos como era debido.

La comida fue exquisita en todo sentido, y tuvo una prolongada sobremesa durante la cual, al principio, los comensales no hablaron de otros temas que no fueran de alabanza a los sabores y la variedad de platos servidos con tanto gusto en las bandejas de porcelana y plata que el marqués de Aguas Claras había llevado a la casona en 1795, hacía diecisiete años.

Los viejos Queen, Ferreyra B.-Nixon y el maduro Griego, entre los hombres presentes, llevaron la voz cantante en un escabroso asunto: Gran Bretaña se preparaba para una guerra de reconquista de sus antiguas colonias de Norteamérica, y los aún jóvenes estados independientes estaban decididos a preservar la soberanía.

Con los argumentos que se ofrecían, Filomeno no creía que los ingleses pudieran lograr sus propósitos, ni siquiera lisonjeando a los esclavos con promesa de emancipación si peleaban en las filas del ejército «de la pérfida Albión». Los Queen se mostraban temerosos de que los parientes que tenían en Georgia perdieran a todos los esclavos con aquellos cantos de sirena de los ingleses, mientras que los Ferreyra B.-Nixon y Griego, como hombres de negocio más que granjeros, veían el lado positivo de aquel río revuelto, con respecto a operaciones financieras en arriesgadas asociaciones con uno y otro sectores beligerantes.

—En este conflicto que nos viene encima, España aparece neutral, y por otra parte, es incapaz, está atada de pies y manos; no saben ustedes el peligro que le acarrearía a Madrid inmiscuirse en semejante contienda con la situación incontrolable que tiene el reino en Sudamérica —argumentó Griego, y no bastándole con el análisis que acababa de hacer, añadió—: La verdad es que para sofocar el incendió allá abajo, España solo cuenta con la lealtad de la isla de Cuba, segura y conservadora. Aunque el caso Aponte es mal presagio, primer aviso quizás, hasta ahora la isla es nuestra punta de lanza contra todos los revolucionarios de por acá —«No le falta razón», comentaron en voz baja los floridanos.

La tolerancia de Francisco Filomeno sorprendió a todos; quiso zanjar la disputa haciendo ver con claridad que no le incumbía en absoluto esa guerra:

—No soy dado a la injerencia en política cuando desconozco las razones verdaderas que engendran una colisión; además, tengo objetivos más perentorios que están muy lejos, y por otra parte no tengo ningún deseo de discutir sobre esa anunciada conflagración.

Graciano, el más joven a la mesa, que tenía ahora la edad de Filomeno cuando el más prolongado viaje del marqués don Antonio a San Agustín, tomó la palabra para dar su parecer, pero no sobre el conflicto bélico a la vuelta de la esquina:

—Ésta es una buena oportunidad que no debía perder la isla de Cuba para formar parte de la Unión Americana, y juntos obstruir, o mejor como un solo ejército impedir la reconquista inglesa, porque como bien ha dicho Griego, la desacreditada corona de España está en bancarrota. Yo leo los periódicos, y me cuentan cosas los navieros que tocan puerto; hay una insubordinación incontenible en las Indias.

Ahí sí se paró Filomeno, porque sintió el razonamiento de su medio hermano como una artera bofetada, y no iba a ofrecerle la otra mejilla:

—Eso no, jovencito; nosotros somos españoles, Fernando VII recuperará el trono. El reino es poderoso y la isla vale por todas las republiquitas advenedizas del Sur.

Puso tanto énfasis en aplastar los tempranos, desenfrenados y escandalosos arrestos anexionistas de Graciano, que, de pronto, todos pensaron que se iban a las manos. Gritaba desaforado:

— ¡Eso no, jovencito; eso no! El hecho de que tengas el pelo amarillo y la piel pecosa no te da ningún derecho a pensar así, eres hijo de un hidalgo, como yo.

Lucila tampoco logró aguantarse, pero actuó con cautela. Se retiró de la mesa y fue donde estaba sentado Graciano; le acarició la cabellera amarilla y luego apoyó sus manos en los hombros del joven. Su condición especial en aquella comunidad, donde era y no era una señora según el canon social, y sobre todo porque nada arriesgaba dada su independencia económica, le permitió expresarse con voz propia, lo cual no les era dable hacer a las otras mujeres, y emitió su opinión explícita para zanjar el incidente, como si se tratase de un asunto familiar:

—Doctor Filomeno y ahijado Graciano, yo creo que, como ustedes nacieron en Cuba y sus padres también, aquélla es su tierra. Si dijéramos el capitán Albor, o el sastre Francisco Roche, o el señor comandante del San Marcos, o el señor Griego aquí presente... Y tampoco somos españoles nacidos allá, del otro lado del mar, ni norteamericanos, ni ingleses, que ni nuestros abuelos lo eran... El asunto que ustedes discuten no debe dar motivos de ofensas entre hermanos. ¿No sería mejor imitar a los estados de la Unión Americana, que quieren seguir siendo ellos mismos?

No le respondieron aquella bomba, como era de suponer, y ella esperaba que ocurriera, pues no cabría atender la opinión de una dama. Mas lo dicho, dicho estaba, y se volvió a sus amigas para continuar conversando de cosas nimias, como lo frío que sería ese año el invierno en San Agustín...

Pasadas las cinco de la tarde las conversaciones languidecieron; los comensales bostezaban a causa de la pesada digestión de tan buena mesa, cuando aún faltaba por saborear en el salón del gran vitral una torta de manzanas que habían llevado los Queen.

Después de comer su porción de torta, Filomeno se pronunció por una larga caminata. Pidió un coche o un carretón para el regreso y le anunció a su cuñado que volvería a las ocho de la noche.

—Despreocúpese, doctor —Griego entendió la solicitud implícita de su cuñado.

Aquella noche Lucila pensó mucho en Albor. Apenas logró conciliar el sueño. Evocándolo en sus recuerdos lo perdonaba. Después de su partida, cada vez que le daba cuerda al *Eros y Psiquis* venía a su mente el puro y justiciero Albor, y aunque cada día fue menos fuerte su dependencia del recuerdo del gran amor, esperaba un posible retorno; esa idea la animaba, porque el haber observado a Filomeno probándose la ropa con la cual asistiría en su momento a la audiencia real, le confirmaba que ya no tenía mucho más por qué luchar. Todo parecía estar en orden y saldría bien.

Ella misma dio el beneplácito al atuendo de su hijo. El corte del frac de lana blanco era estupendo, al igual que el de la capa con esclavina forrada en piel. La bufanda de seda hasta el mentón le rozaba los labios y destacaba su tez quebrada y los ojos tan negros que todo el mundo admiraba. Las puntas del cuello de la camisa, también de seda, tocaban sus orejas.

—Hay que recortar las puntas, mi faz no es tan larga, es más bien corta, y no me luce bien, parece que me faltaran totalmente orejas y garganta —criticó. Completaba la elegancia de esa prenda de vestir, tributaria del frac, la botonadura de pequeñas perlas floridanas como pidió el *santo protector*, porque las del mar del Sur, en la Margarita, estaban contagiadas con la influencia belicosa de la región. Ésa parecía ser más una decisión de Filomeno —sobre todo después de haber oído las opiniones de Griego y Graciano— que un dictado del panteón de santería cubano.

También lucía sendas perlas sobre el empeine de sus zapatillas blancas, que se le ocurrió a Lucila colocarle a última hora. El chaleco era de raso bor-

dado con hilos de oro y plata en cuyo dibujo figura-
ban fugaces mariposas. Le colgaba del borde lateral de las braguetas del calzón, como bastoncillo
—acorde con la moda—, el garabato de Elegguá
tallado en ébano que le había donado como segundo amuleto su tío José. El calzón de lana inglesa
ajustado hasta las rodillas, destacaba su pletórica
masculinidad. Se miró de costado para ver cómo
lucía. Luego escogió entre docenas de pañuelos de
lino con encajes de Bruselas el que llevaría a la
audiencia, y lo perfumó con unas esencias especiales. Se colocó el sombrero de alta copa y, paseándose con prestancia por la recámara, enfundadas las
manos en los guantes que había destinado para la
gran ocasión, empezó a hacer piruetas con el bastón de empuñadura de ébano.

Se miraron frente a frente Lucila y él. Parecían
haber perdido el don de la palabra, pero, en aquel
momento, estaban complacidos el uno del otro.

Las semanas sucesivas fueron signadas por la
monotonía, hasta que llegó el día que paradójicamente ella no quería que llegara, pero esperaba
con impaciencia: cuando Filomeno hizo el equipaje.

Ya él estaba luciendo uno de los nuevos trajes
que habrían de contribuir a hacer expedito el camino que lo condujera a la audiencia definitiva en
la corte. Dos de las más asiduas esclavas de placer
que le procuró Griego durante esta temporada en
la casona, lo ayudaron a vestirse y formarían parte
de su servidumbre para los menesteres personales
del baño, el vestido, desvestido y la copulación necesaria, el *tratamiento* y demás, tanto en el viaje
como durante la permanencia en Europa.

— ¡Yo no acepto ningún valet!, por elegantes que esos «oficiantes del buen vestir» sean. No me lo vuelvas a recomendar, Griego; sabes que aborrezco los manoseos furtivos y a veces descarados, me lo han dicho, de los valets —le advirtió al cuñado cuando le propuso un valet para que lo acompañara, y estaba pensando Filomeno, sobre todo, en el *tratamiento* de su piel que también le favorecía otros gustos—. Desde el regreso a la isla en compañía de mi padre, yo mismo tuve que frotarme las unturas, sin ayuda de nadie, hasta que... cosas de la vida, el mundo es pequeño... No te debe importar. Por el momento te diré que sabe tocar el arpa...

Lo que contaba era que, desde hacía algún tiempo, aquellas aplicaciones que le hacía el *aya* desde la adolescencia, tenían para él una connotación añadida, por lo cual gastaba hasta un pote de unturas cada atardecer, o después de cualquier caminata al aire libre, para mitigar el efecto de los rayos del sol sobre su piel, tan susceptible de oscurecerse, y tales mañas diestras del *tratamiento* competían ahora a las *valetsas*.

—Sepa usted que esos especialistas del buen vestir no están capacitados para hacer lo que mis *valetsas* —agregaba Filomeno discutiendo con su cuñado y muy deseoso de contarle en qué y cómo *manos divinas* lo auxiliaban en determinados menesteres, pero trataba de ser sumamente discreto, virtud que primaba en él, por lo cual prefería que el otro se lo imaginara todo gracias a las claves que le daba, una acá, otra allá—. ¿Acaso saben de cosméticos los especialistas del buen vestir? Esa clase de remedios no son propios de aplicar por un valet, al menos no en mi caso —decía, para que el otro lo imaginara todo.

(Él tendido, de cúbito prono, de cúbito supino y de costado, dejándose untar paso a paso las cremas refrescantes sin que se descuidasen por ningún motivo las partes pudendas del cuerpo, pues sus pelotas, sobre todo, aunque protegidas por los calzones y nunca expuestas a la luz del astro rey, mantenían la persistencia del color inconveniente que la textura de los pliegues hacía ver todavía más oscuro, como del tono de la frambuesa, o de un marrón muy hecho, propio de otras frutas. Y él instruyendo al par de *valetsas,* que sin la experiencia de Juana necesitaron entrenamiento: «Ahí, eso es, con más cuidado ahí, y sin persistencia, o no podrán terminar el tratamiento ninguna de las dos y tendré que procurarme otras *valetsas.* Bien, ahora en las manos, y luego han de volver a aplicármelo en los dídimos. ¿No acaban de aprender?: las pelotas, las dos en los dos, y vuelvan al bastos, aprendan a decirle glande, así, así, un poquito más ahí en la bellota —la cabeza—, eso es, una primero y otra después; vuelvan a él solo cuando lo vean algo reposado, no como está ahora; *ídem* un catalejo extendido, ¡si sabré yo lo que busca!; y con más cuidado en la comisura de mis glúteos, dejen de estar mencionando esa palabra *nalga,* que es cosa de mujeres; las dos son buenas ladinas, van a aprender conmigo a hablar bien el castellano o me dejo de llamar Francisco Filomeno. Úntenmelo con mesura, pues ladeado tampoco podré ver la aplicación del tratamiento... para puntear hay que tener armonía y manos sensitivas...» En lo que estaba pensando era en las manos de Juana, desde que las vio moverse con tanta soltura y armonía el día de la despedida del convento. Los betlemitas habían autorizado el concierto y él la observó tocar el arpa junto a otras dos «margaritas del país», que así le había dicho el deán que llamó a las arpistas del convento en su tiempo el maestre Armona y Murga, recaudador del rey, porque eran doncellas expósitas del hospicio con aire de damas de corte, aunque las que vio el maestre en Santiago eran de color muy hecho, si bien Juana y compartes rasgaban las mismas arpas muy viejas, traídas, ya antiguas, de Castilla. Él siguió sin distraerse ni un instante el armonioso concierto de despedida. Más que la música le atraía el movimiento de las manos de Juana en el arpado, porque punteaban las cuerdas de un modo muy peculiar. «Tacto más sensitivo», se dijo, y acertó: nada semejante había experimentado en su carne hasta el presente. El primer mueble que entró en la casa de Guanabacoa fue un arpa, y de Europa traería otra nueva para que las manos de Juana se ejercitaran, ya que los ungüentos y las unturas requerían manos tan ágiles como sensitivas.)

—Y un valet no puede aplicar los ungüentos en todas partes, ni de cúbito prono ni de cúbito supino, ni siquiera de costado... Por demás te digo, Griego, para que un caballero como yo se sienta bien, una vez vestido, ha de estar antes reconfortado en todo sentido, de lo contrario la ropa no le sienta bien; de veras no me figuro qué clase de hombre inventó el

valet
—abundaba Filomeno, que desde hacía tiempo lo tuteaba.

Fue aún más que explícito, redundante, en otro sentido:

—Atribuyo el hecho de que los remedios de Aya en mi niñez, que cabe aplicar en estos tiempos al dúo de *valetsas,* no hayan surtido el efecto deseado en todas las partes de mi anatomía por igual, no a otra cosa sino a eso, a la extrema sensibilidad que poseo ¿Me doy a entender? Pues mientras en la faz de mi rostro, las *valetsas* pueden frotar cuanto sea necesario, y así también en el cuello o en mis manos, no podrían hacerlo con igual esmero y paciencia *en el sitio distintivo,* empezando porque se intranquilizan, se perturban, al descubrir mi carta oculta —el *as de bastos*—, y, por la otra parte, poco les dejo hacer en torno al ojo ciego, por oscuro que esté. Entonces, cuñado, ¿qué ocurre?; pues mantiénense estos extremos de mi anatomía del color que son, vuelto yo de cúbito prono y de cúbito supino, como quiera que me ponga, pues los espejos del cartógrafo me lo revelaron... ¡Ah, necesito espejos para vestirme! Griego, espero que comprendas, de una vez y por todas, por qué en vez de valet, *valetsas;* en resumen, irán conmigo las dos esclavas que ya son conocedoras de mis requerencias en el vestir y particulares necesidades.

»Las dos, te repito, porque al ser *valetsas* lo que prefiero y admito, han de descomponerse algunos días, mes por mes, ya que hembras son hembras, y sabré yo cómo requeriré al menos de una, con tanta ropa que quitarme y ponerme, mis unturas y la

excitación, en todo sentido, que me producirá el
cambio. Puedo descifrar tu mirada, Griego; sé lo
que estás pensando: de aquí te irás a ver a Catherina y no a mi pequeña hermana. Bueno, que soy
muy meticuloso, lo soy; sin aspaviento, sin ningún
alarde. Van ellas, cuñado. Cuando los colegas de la
corte descubran la novedad que he instaurado en
América, se morirán de envidia por mis *valetsas*.

Griego quiso saber, en confianza, cómo resolvía
esa cuestión en la isla, donde había ojos indiscretos
por todas partes, puestos en él. Se lo preguntó a
boca de jarro, pero Filomeno estaba preparado para responderle:

—No puedes imaginarte las argucias que utilicé
para lograrlo; indirectamente, hasta el capitán general intervino —tuvo Griego que quedarse sin saber la verdad, aunque tampoco le había mentido.

Su retórica respuesta a Griego el día que éste le
informó sobre los preparativos logísticos del viaje,
incluido «un valet de sobrada experiencia», le llevó
a Filomeno varias horas en la casa de La Muralla,
donde esperó que se escondieran los rayos del sol
para que sus *valetsas* le aplicaran las unturas. Un
pote no le bastó. El tercero que llevaba se lo pidió
Griego porque, según le dijo, tenía pecas por todas
partes, no solo en el rostro y las manos, como era
obvio reconocer.

—También a causa del sol, por la afición de na-
dar sin ropa en las playas —lo justificó Filomeno
aquella tarde, antes de la partida al reino de España.

Aunque su hijo la había invitado a acompañarlo al muelle en su calidad de antigua *aya*, Lucila rehusó ir a despedirlo.

—Está muy fría la mañana —alegó, aun cuando Filomeno sabía que hasta en inviernos crudos ella solía salir a cada rato al jardín o al huerto, sin manta ni gruesos abrigos, mientras el esclavo que la acompañaba andaba forrado de lanas.

—Entonces te prometo hacer escala en San Agustín a mi regreso, y cuando llegue esa ocasión llevarte a Cuba —la proposición era solo una frase gentil o un consuelo propio de Filomeno ante la certeza de un cambio trascendental en su vida, conjeturó Lucila, porque en un caso como ése pensaban igual.

Ni ella lo perjudicaría con su presencia en La Habana, ni él quería herirla escondiéndola de los demás en aquella sociedad en la cual ni como Isabel de Flandes podría reinar, y ni siquiera mantenerse entre ambos la convención de intereses como en San Agustín de Las Floridas, el más distante suburbio de La Habana.

— ¡Dios la guarde, madre! —dijo entonces con verdadera sinceridad Filomeno, rompiendo el largo y pesado silencio que no sabían cómo revertir.

—Eso es. Dios te bendiga, hijo; vete, ya nos veremos al regreso.

A partir de ese momento Lucila se haría dueña del primogénito de Paloma, un niño de tez rosada, pelo ensortijado rojizo y ojos grises —el primer nieto que conoció—; aunque volcó en la criatura parte de su energía, no dejó de subir a su taller-escritorio. Durante varios días se ocupó de ensartar las perlas en la tiara nupcial de la señorita Queen para la boda con Graciano Ponce de León.

Demoró a propósito la confección, no porque sus habilidades se hubieran atrofiado: se había propuesto prolongar la labor, como si de esa forma pudiera acortar el tiempo de espera hasta la vuelta de Filomeno, de paso hacia la isla, o el regreso del indeciso Albor.

También desde que su hijo emprendió el viaje, se alió más al viejo canario que todo lo conocía sobre el tráfico marítimo de San Agustín con el mundo, y porque como canario sabía de magias. Él debía comprarle la *Gaceta de Madrid* por si aparecía en sus páginas algún aviso sobre Filomeno, y además tenerla informada de contratiempos de naves que viajaban a Sudamérica, porque ella no se equivocaría en cuanto a los empeños de Albor. Griego le facilitaba el trabajo al canario desde siempre sin que lo supieran, porque fue él quien le recomendó usar la cruz de cedro contra las malas influencias, y le hacía traer a Lucila, desde Guinea, los coquitos africanos para sus dioses, pues de eso él sabía tanto como los negros. El viejo le decía a todo el mundo que su tierra era tierra de canes bravos, de ahí su nombre, y no de pájaros cantores como la gente pensaba: «Soy perro sabueso de doña Isabel de Flandes y del armador griego y no pájaro enjaulado», tenía como ritornelo.

La tiara estuvo lista: una preciosa joya, pero Lucila no quiso asistir al matrimonio de su ahijado y la Queen porque corrían otros vientos en la sociedad floridana. Graciano le llevó personalmente un trozo de la torta de bodas, y ella le dio la buena nueva que acababa de leer en la *Gaceta de Madrid*, aunque con varios meses de retraso: «El marqués de Aguas Claras, don Francisco Filomeno Ponce de León y Criloche, fue recibido por la reina...»

—Tu hermano no es como tu padre, pero se dejará ver por aquí, siquiera por breve tiempo —le dijo a Graciano más como un deseo que como una convicción.

Graciano trató de restarle importancia al acontecimiento, porque percibió que Lucila había impostado la voz con la voluntad de ocultar sus propias dudas.

Después de la breve visita de Graciano, Lucila subió al aposento para ver desde allí, como casi todas las tardes, las azuladas aguas de la bahía y las torres del castillo de San Marcos con sus pendientes y pilastras rompiendo la bárbara monotonía de los muros lisos; los baluartes del fuerte con las garitas enlucidas de color rojo, y aquellos cañones de bronce de una milla de alcance —se lo había dicho Albor, que el tiro alcanzaba una milla—, tan brillantes, apuntando a los pantanos o a la mar en la barra de San Agustín y de Matanzas de La Florida, y aún más lejos. Era capaz de ver —ahora con la ayuda de los monóculos que le había regalado Filomeno— los fortines en los ríos San Agustín y San Juan, y recordaba que don Antonio se propuso, ilusamente, ser dueño absoluto de toda la vastedad pantanosa del sur.

De tanto reconocer aquel panorama y suponerse el confín, río Miami abajo, podía haber bordado en un canapé el San Marcos y su entorno y territorios colindantes. Se dio cuenta de pronto de que nunca había navegado el San Juan, y cerró la ventana para cancelar los recuerdos.

Sintió deseos de salir de la casona y pidió el coche. Pronto se encontró transitando por las calles angostas que conducen a la ciudadela, mezclada entre los militares de asueto, los negociantes y el pueblo. Un indio seminola, entre muchos, embadurnada su semidesnudez con manteca de oso para alejar los insectos en el bosque pantanoso, se acercó al coche cuando la identificó a través del cristal. Lucila hizo detener el vehículo. Era uno de aquellos jóvenes seminolas evangelizados en la parroquia de San Agustín que ella muy bien conocía, y que luego se había asociado al canario en las incursiones de caza simulada de saurios en los pantanos.

—La africana le parió una niña a Buffalo Tiger, y cuando la mujercita tenga edad será esposa de Osceola. Buffalo Tiger se la destinó al cacique —le revelaba el seminola desde la ventana del coche.

Lucila comprendió que se refería a la ex esclava, la negrita María Luz. La noticia la alegró, y se la agradeció al indio, quien después de las reverencias tradicionales se retiró.

Para ella, como para casi todos en San Agustín, el mar era la vida, y ordenó al cochero que se dirigiera a los muelles para ver el movimiento de la gente, la carga y descarga de mercancías, y oír vociferar el mal español y peor inglés de los estibadores, vendedores, marineros y capataces del puerto.

Ni el *Saeta* ni el *San Antonio* ni ninguna de las antiguas embarcaciones que conocía estaban surtas. Los símbolos materiales de su vida, con excepción del reloj del artesano Lepine, iban desapareciendo poco a poco cuando aún estaban tan fijos en su memoria.

Un piquete de guardias montados estaba desalojando a los viandantes porque iba a pasar una Alta Autoridad de Madrid con su séquito, que se dirigía veloz al castillo de San Marcos.

Lo supo porque como todos los cocheros se conocían, el uno le preguntó al otro. Su vehículo tuvo que detenerse como los demás, y esperar a que pasara la caravana. Le dio gracia tanto aspaviento por tan poco, pero el hecho la hizo recordar el episodio del pabellón de caza de los Praxíteles y al oscuro teniente con su partida de soldados, que buscaba entonces al catalán Albor, aunque la escuadra de Arcángel del Puerto no hizo tanta bulla. Arcángel... *« ¡Ay mi bien... dulce fin de mis deseos!»,* dijo para sí, y con esa imagen en la mente volvió a la casona después que pasó el cortejo rumbo al castillo de San Marcos.

Albor no regresaba. Como Penélope, seguía aguardándolo, pero ensartando perlas en tiaras de novia que le vendía Griego en Nueva York y Boston, porque en San Agustín no había tantas muchachas casaderas ni tan ricas. Más de una vez cambió la graduación de los lentes que mandaba montar en aros de oro, y los inservibles los echaba en una gaveta del taller para regalárselos a las viejas esclavas que ella había manumitido.

Un día ocurrió lo inesperado, después que el canario descubriera el nombre de la Alta Autoridad de Madrid que hospedaba —en escala a la isla— el castillo agustino de San Marcos. Como el canario cojo se había autotitulado su sabueso, fue corriendo a trasmitirle la información:

—Era él, es él, el que venía en el carruaje del comandante, el marqués de Aguas Claras y grande de España, don Filomeno. Doña, esta mañana en el puerto el comandante en persona encabezó los honores y lo hizo despedir por la guarnición entera con sables cruzados. Puede creerme *a pie y juntilla,* señora.

Lucila, que había recibido al canario en la casita del callejón, se levantó del asiento, impasible:

—Ya lo sé. Filomeno vino anoche aquí, donde mismo estamos, y me dejó de regalo a las *valetsas,* embarazadas. Están a punto de parirle.

— ¿Y allá? —pregunto tímidamente el canario.

Allá la música lo distrae cada vez que quiera —le contestó, y él la vio sonreír, al tiempo que le retribuía generosamente sus servicios, aunque la noticia de la estadía la había obtenido antes que él.

Al día siguiente Graciano fue a verla e insistió tanto en que viajara con su familia a Nueva York, que no pudo negarse, pero al poco tiempo regresó a la casona del sur.

—Este frío sí que no puedo resistirlo; llévame de vuelta a San Agustín —el ahijado comprendió: era frío del alma el que la helaba, porque Albor no volvía...

Habrían de transcurrir apenas dos años del paso feliz de Filomeno como marqués de Aguas Claras por San Agustín de Las Floridas, cuando, en uno de sus trasiegos de armamento hacia Sudamérica, el capitán Albor se reencontró con el joven teniente Arcángel del Puerto, que un lejano día irrumpió con su escuadra en el pabellón de caza de los Praxíteles para «invitarlo» al cuartel de San Marcos.

Se reconocieron, aunque Arcángel del Puerto vestía ahora el uniforme republicano de Colombia porque formaba parte del ejército del Libertador Bolívar. Era ayudante de campo de un general y llevaba la correspondencia y la contabilidad del cuartel.

Albor observó que los rasgos de la letra del joven oficial, escrita en el pagaré que le extendía, parecían un calco de la letra —para él inconfundible— de Lucila. Se hizo muchas preguntas y apresuradas conjeturas.

Un momento después aquel hombre le estampaba su nombre en el salvoconducto, y corroboró la semejanza que había advertido en la mayoría de los caracteres. Por si fuera poco, reconoció sobre la mesa del republicano la escribanía de plata con las iniciales de Isabel de Flandes, los tinteros y la caja de puntos del metal precioso que don Antonio le había regalado al *aya* de Filomeno cuando todavía era su mantenida.

A una pregunta suya, que jamás recordó en forma literal, el joven oficial le empezaría a despejar las interrogantes:

—Recuerda la escribanía, claro está. Yo viajé a San Agustín, sorteando toda clase de inconvenientes y riesgos, para recibirla.

Albor creía que se desmayaba. Se le nubló la vista y escuchaba la voz de teniente como un eco de fuerte resonancia:

—La señora Paloma Praxíteles me contó lo que había sucedido con usted. La señora Praxíteles, usted perdone, reprochaba con alguna amargura el desamor de su padre, porque se había marchado a

Europa, me decía ella, «a disfrutar los laudos del Nuevo Imperio, olvidándose de mí y sobre todo de ella, que tanto lo quiso, rompiendo así... —me decía la señora Praxíteles— todos los lazos de afecto que lo unían a esta parte del mundo, pero rencor por él no siento ninguno». Le recito las palabras de la señora Praxíteles, capitán, y de eso hace dos años más o menos.

—Es peor la indiferencia que el odio o el rencor —balbuceó Albor, ahora sentado en una butaca que le había ofrecido el republicano.

Se debatía en un soliloquio interior. Quería y no quería preguntar por Lucila; deseaba sacar la verdad por deducción lógica, pero no podía ni pensar. Al fin se decidió:

— ¿Y ella?, doña Isabel, dígame, por favor... Necesito saber —instó.

—Doña Isabel de Flandes, gracias a Dios, señor capitán, pasó del sueño a la muerte, no padeció enfermedad...

¡Cómo le dolió a Albor la revelación del joven oficial!

—Entonces la escribanía ahora es de usted —fue lo único que se le ocurrió decir.

—Escribió en el testamento que sería para mí, capitán.

«Si al menos ella hubiese sabido antes de... —no quería admitir su muerte ni pronunciando la palabra—, que los republicanos me consideraban un suministrador confiable», se recriminaba. Sentía como si su cuerpo se fuera reduciendo a la nada en aquella butaca. Bajó la cabeza conturbado; solamente alcanzaba a ver los pies del republicano calzados con sandalias de cuero de vaca, y los tobillos callosos de pegarlos a los estribos del caballo. Todavía anonadado, zumbándole en el cerebro la voz de Arcángel del Puerto, lo escuchó expresar con emoción el elogio póstumo más grande y sincero que pudiera habérsele dedicado a Lucila:

—Sepa usted, señor capitán, que la llevo sembrada dentro de mi corazón. Doña Isabel de Flandes era una mujer tan excepcional que fue capaz de transformar la vida de un hombre en un minuto, mi vida, con solo un gesto, y me enseñó la felicidad.

Albor levantó la cabeza para asentir.

El teniente sintió la necesidad de decir algo más, porque se había enterado del paso de Filomeno por San Agustín.

—Ese hijo no sabrá nunca qué madre tuvo.

Albor se sintió la bofetada.

—Ni yo qué esposa, pero no estoy en condiciones de juzgar a Filomeno; para ella su hijo era transparente. No había lugar a dudas, se conocían, y él la respetó siempre. Si usted supiera, oficial, que hasta don Antonio la merecía más que yo... Al fin y al cabo, como bien decía Griego, que sabe muchas cosas, refiriéndose al marqués: «Ese gran pez de don Antonio siempre ha sido cautivo de la remembranza, indiviso, se deleita ávido hasta lo impensable con la recurrencia de su pasión frustrada, lo cual ni siquiera se empeña en disimular.» Parece que Griego tenía razón, por eso digo que hasta don Antonio era merecedor —admitió Albor, recriminándose de nuevo.

¿A qué otra persona podía abrirle su corazón en aquel momento, sino al teniente, aunque por segunda vez había sido portador de tan malas noticias?:

—Tiene usted toda la razón, era una mujer excepcional, teniente. Ojalá usted se determinara a darme ahora dos bofetadas en el rostro. Es lo que merezco, y mucho más. Le juro que algo así me haría sentir mejor...

Arcángel del Puerto lo ayudó a incorporarse y le tendió la mano:

—Estoy apenado con usted, señor. Le doy mi más sentido pésame. Tendrá que reponerse.

El capitán Albor no sabía cómo enfrentar la tragedia. Estuvo a punto de devolverle al joven republicano el salvoconducto que éste le había acabado de entregar, pero se retractó porque pensó que, de hacerlo, Lucila, ni aun muerta, habría de perdonarlo.

MARTA ROJAS

Editorial Letra Viva©

2013

Postal Office Box 14-0253
Coral Gables, FL 33114-0253

Made in the USA
Lexington, KY
15 February 2018